HEYNE <

*Das Buch*

Eigentlich wollte Tilly Blich bloß ein bisschen Ordnung ins Chaos bringen – in ihrem Reinigungsbetrieb *Plitz & Blank* wie auch in ihrem stressigen Alltag. Doch statt Steuerunterlagen zu sortieren, stolpert sie bei ihrem nächsten Auftrag an der Schule von Untertannbach über eine Leiche: Der Direktor liegt ermordet in der Sporthalle – und kein Allzweckreiniger der Welt kann hierbei noch helfen. Kriminalhauptkommissar Stubs ist sofort zur Stelle und mindestens so ehrgeizig wie misstrauisch. Doch Tilly, unterstützt von ihrer unerschrockenen Crew aus Gerdy, Leon und Antonia, lässt sich nicht so leicht aus dem Weg drängen. Denn unter der sauberen Oberfläche der Schule brodelt es gewaltig: Heimliche Liebschaften, überfürsorgliche Eltern und Lehrer am Rande des Nervenzusammenbruchs liefern mehr als genug Motive. Jetzt heißt es: putzen, spionieren, kombinieren – bevor der Täter erneut zuschlägt.

*Der Autor*

Andreas Suchanek (* 1982) verfasste bereits in Jugendjahren seine ersten Geschichten und Romane. Nach dem Studium der Informatik begann er damit, seine Geschichten hauptberuflich zu veröffentlichen. Seinen bisher größten Erfolg hatte Suchanek mit der Urban-Fantasy-Reihe »Das Erbe der Macht«, die mit dem Deutschen Phantastik Preis und dem LovelyBooks Leserpreis ausgezeichnet wurde. Er ist für seine gemeinen Twists bekannt.

**Lieferbare Titel**

Ein blitzsauberer Mord

ANDREAS SUCHANEK

# DER TOD *wischt mit*

Tilly Blich ermittelt

WILHELM HEYNE VERLAG
MÜNCHEN

MIX
Papier | Fördert gute Waldnutzung
FSC® C014496

Penguin Random House Verlagsgruppe FSC® N001967

Originalausgabe 11/2025

Neumarkter Str. 28, 81673 München
produktsicherheit@penguinrandomhouse.de
(Vorstehende Angaben sind zugleich
Pflichtinformationen nach GPSR.)

Redaktion: Nina Bellem
Umschlaggestaltung: zero-media.net unter Verwendung
von istockphoto / Say-Cheese, FinePic®, München
Satz: Uhl + Massopust, Aalen
Illustration: Alexander Gröber
Druck und Bindung: GGP Media GmbH, Pößneck
Printed in Germany
ISBN: 978-3-453-44202-3

www.heyne.de

# PROLOG

Peinlicher konnte ein erster Auftritt nicht verlaufen! Tilly ärgerte sich immer noch über Leon, der ihre Putzanweisungen vollkommen ignoriert hatte. Während sie die Bremse des Putzwagens mit einem Tritt einrasten ließ, formulierte sie die Standpauke in ihrem Kopf schon vor. Der blaue Müllsack war gefüllt mit dem Abfall aus dem Büro des Sportlehrers, das direkt an die Turnhalle des Gymnasiums grenzte.

Sie blickte sich erstmals um. Reck und Barren waren noch aufgebaut, hier hatte wohl jemand vergessen, die Sportgeräte wegzuräumen.

In der Halle roch es nach verschwitzten Sportklamotten und Gummimatten, gemischt mit etwas, das sie nicht einordnen konnte. Tilly war froh, dass sie ihren kleinen Basset Muffin nicht mitgebracht hatte. Wahrscheinlich hätte er hier erst einmal überall sein Revier markiert. Ein ganz schlechtes Vorbild für die jüngeren Schüler.

Dummerweise hatte sie jedoch einen Leon dabei, der das gerne übernahm. Nicht das Revier markieren, aber die Sache mit dem schlechten Vorbild. Sie und er würden später eine wirklich ernsthafte Unterhaltung führen müssen.

Tilly griff nach dem Lappen und machte sich an die Arbeit. Wieder stieg ihr der Geruch, den sie nicht recht einordnen konnte, in die Nase. Etwas Vertrautes, doch was? Seitlich der Turnhalle befanden sich Abstellräume. Drei davon waren verschlossen, aber einer stand offen. Sie kannte solche Räume noch aus ihrer eigenen Schulzeit. Man musste sich bücken und einen Hebel am Boden ziehen, dann öffnete sich die Tür und wurde wie bei einer Garage nach oben geschoben. Barren und Reck hätten da wohl hineingepasst. Tilly war bereit, auch die Geräte zu putzen, aber sie würde sie auf keinen Fall wegräumen.

Sie nahm die Sprühflasche und wischte alle Flächen gründlich ab. Da sie heute zum ersten Mal in der Schule arbeitete, musste das Ergebnis perfekt sein. Es hätte sie nicht gewundert, wenn ein paar Eltern hereingeschlichen kämen, um das zu überprüfen.

»Wer wird heute noch freiwillig Lehrer?« Sie blickte nach rechts, in der Erwartung, Muffin vorzufinden, der sie treuherzig ansah und ihr zustimmte, aber der Platz war leer.

Wie schnell man sich doch an einen Hund gewöhnen konnte. Prompt vermisste sie ihn.

Tilly schüttelte den Kopf und wandte sich der offenen Abstellkammer zu. Kam dieser seltsame Geruch von dort? Es roch nach Minze und Zitrusfrüchten mit einem Hauch von Metall. Fast wie der Kirschsaft, den ihre beste Freundin Antonia einmal wegen Eisenmangels hatte trinken müssen. Das Zeug schlug total auf den Magen.

Wieder mit dem Wischmopp ausgerüstet, betrat Tilly den Raum. Heute brauchte sie eine Eins mit Sternchen in Sauberkeit.

Sie wischte, umrundete eine breite blaue Matte …

… und erstarrte in der Bewegung.

Vor ihr lag ein Mann, die Augen im Tod weit aufgerissen.

»Nicht schon wieder.«

Die Eins mit Stern konnte sie vergessen.

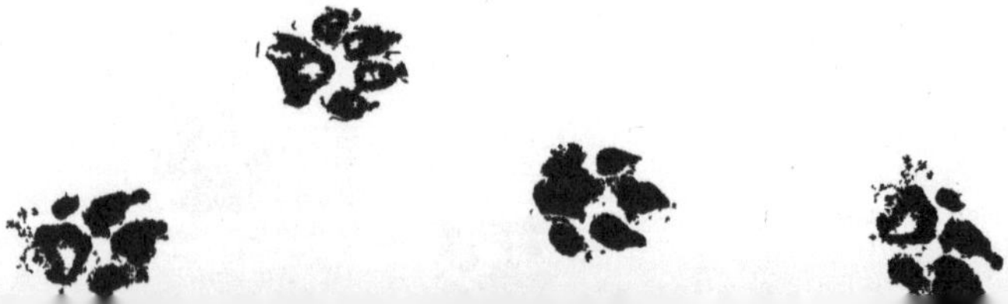

# 1. KAPITEL

*Ein Tag zuvor*

In Gedanken versunken, erreichte Tilly die Eingangstür ihrer Firma *Plitz* & *Blank*. Von außen sah das Büro aus, als wäre es schon in den Sechzigerjahren geschlossen worden. Von innen leider auch.

Tilly ergriff die Klinke, drückte sie nach unten und knallte mit Schwung gegen die Tür. Lautlos fluchend rüttelte und presste sie sie, bis diese weit genug geöffnet war, um sich durch den Spalt zwängen zu können. Ein kleines pelziges Wesen huschte zwischen ihren Beinen hindurch.

Wenigstens roch es hier drinnen nicht mehr muffig. Gemeinsam mit Leon hatte sie einen ganzen Nachmittag lang ihr Reich in Angriff genommen, den Boden gewischt, die Fenster geputzt und mit dem Wischmopp jede Bakterienkolonie vertrieben.

»Guten Morgen«, wurde sie von Gerdy begrüßt.

Wie immer war ihre neue Sekretärin schon da, eine dampfende Tasse Kaffee stand bereit und auf einem Teller lag ein Stück selbst gebackener Kuchen.

»Du weißt doch, dass du nicht so früh hier sein musst, oder?« Tilly lehnte sich gegen die Tür, bis sie sich schloss.

Mit einem Schritt war sie beim Tresen, klappte den Teil mit den Scharnieren hoch und trat aus dem ehemaligen Besucherbereich in den Hauptraum. Die Klappe schloss sie hinter sich wieder.

Muffin kam aus der Küche zurück und setzte sich mit vorwurfsvollem Blick vor Gerdy. Sie begann mit der Kraulroutine. »Es tut mir leid, aber du bekommst keinen Kuchen. Das ist nicht gut für kleine Bassets.« Erst dann wandte sie sich Tilly zu. »Ich bin Frühaufsteherin, ich sitze morgens gerne hier und genieße die Ruhe. Ein wenig Stricken, dann einen Krimi lesen.«

Der Kaffee duftete fantastisch, genau wie der Apfelkuchen. »Du hast recherchiert, gib's zu.«

Gerdy wurde rot. »Nur ein bisschen.«

»Man sollte meinen, wir hätten nach dem letzten Mord genug zu tun.«

Eine Woche lang hatte die Presse tagtäglich über die Ereignisse berichtet, die direkt nach Tillys Ankunft aus Köln zu mehreren Morden in Untertannberg geführt hatten. Gemeinsam mit Leon, Gerdy und Kriminalkommissarin Sarah Kraft war es Tilly gelungen, den Fall aufzuklären. Dabei hatte sie sich den örtlichen Kriminalhauptkommissar zum Feind gemacht, der sie bis zuletzt für die wahre Täterin hielt.

In dem ganzen Chaos aus Interviews, der Sorge um den angekündigten Steuerprüfer und ihrer emotionalen Achterbahnfahrt wegen Sascha – seines Zeichens Hundezüchter und Dreitagebart tragender Hottie – hatte sie keine

Zeit gehabt, dem großen Rätsel mehr Aufmerksamkeit zu schenken. Wie sonst sollte sie ein Kuvert ihres Vorgängers bezeichnen, das dieser auf der Unterseite eines Schreibtischs hinterlassen hatte? Der Inhalt war höchst mysteriös.

Gerdy grinste verschmitzt. »Komm mit.«

Ohne abzuwarten sprang sie auf und eilte hinaus, Muffin gleich hinterher.

Tilly überlegte, ob sie den Kuchen oder die Tasse Kaffee mitnehmen sollte, und entschied sich schlussendlich für das flüssige Koffein. Montage neigten dazu, eine gewisse Eigendynamik zu entwickeln, die sie nur mit ausreichend Kaffee überstand.

Es gab zwei Ausgänge aus dem Hauptraum. Einer führte in die Küche, der andere auf den Flur.

Gerdy nahm den zweiten und ging an dem Abgang zum Keller vorbei zu einer der besseren Abstellkammern.

Tilly trat hinter ihr ein. »Wow. Was ist hier passiert? Und was ist das?«

Der Raum war einer Generalüberholung unterzogen worden, das Gerümpel verschwunden. Stattdessen stand gegenüber der Tür eine Stehtafel, an die alles Mögliche gepinnt und mit Filzstiften geschrieben worden war. Daneben warteten ein Sofa und zwei Sessel. Es gab ein Hundekörbchen für Muffin und auf einem Beistelltisch eine Senseo-Kaffeemaschine.

»Das ist unser Mörderboard für den offenen Fall.« Gerdy nickte gewichtig. »Ich habe alle Unterlagen zum letzten Ereignis in einen Ordner gelegt.« Sie deutete auf einen schmalen Aktenschrank an der Seite. »Wir können jederzeit Einsicht nehmen. Oder alles an die Zeitung schicken.« Sie zwinkerte verschmitzt.

»Wie hast du das gemacht?«

»Leon hat mir geholfen.«

Tilly spürte eine ungewohnte Wärme, als sie an ihn dachte. Der Neunzehnjährige war ursprünglich von seinen Eltern dazu verdonnert worden, hier zu putzen, als Strafe dafür, dass er ihr Auto gegen die Wand gefahren hatte. Doch es stellte sich heraus, er war es gar nicht gewesen, sondern sein damaliger Freund. Leon hatte die Schuld auf sich genommen. Seine Lieblingsbeschäftigung war aber nicht das Putzen, sondern sich mit anderen attraktiven Jungs zu verabreden. Meistens zum Knutschen.

Inzwischen verbrachte er freiwillig einen Großteil seiner Freizeit hier, um beim Putzen zu helfen und rumzuhängen, wie er es nannte.

Tilly trat näher an das Brett heran, wo Gerdy alles zum aktuellen ungelösten Rätsel angebracht hatte. In der Mitte hing der Briefumschlag, der vor zwei Wochen aufgetaucht war. Den hatte Tillys Vorgänger, der verschwundene Tim Plitz, unter die Schreibtischplatte geklebt. Darin befand sich ein zusammengefalteter Zettel mit einer handschriftlichen Notiz:

Wenn ich verschwinde, benutze den Schlüssel.
Vielleicht kannst du mich retten.
Timothy.

Außerdem war ein Metallschlüssel aus dem Umschlag herausgefallen. Auch diesen hatte Gerdy mit einer Reißzwecke an der Tafel befestigt.

Tilly sah ein Bild von Tim Plitz, dem Namensgeber ihrer Firma *Plitz* & *Blank*. Seine Ex-Frau, Dorothea Pelz, hatte diese nach seinem Verschwinden an sie verkauft.

Herr Plitz war ein Mann in den Vierzigern mit kurzen dunklen Haaren und einem Dreitagebart.

Bevor sie etwas sagen konnte, ertönte der vertraute Rums an der Ladentür.

»Das muss Leon sein«, sagte Tilly.

»Montags knallt er immer gegen die Tür«, kommentierte Gerdy. »Von Dienstag bis Freitag ist er wach genug, um sie zu öffnen. Da seid ihr euch ähnlich.«

Ein Fluchen ertönte, die Tür wurde wieder zugeschlagen, kurz darauf surrte die Kaffeemaschine in der Küche. Teller und Besteck klirrten. Schlurfende Schritte.

Leons brauner Wuschelkopf erschien, natürlich perfekt gestylt. Trotz der Müdigkeit lag ein Lausbubenglanz in seinen Augen. Da die erste Schulstunde kurz bevorstand, trug er ein modisches Hemd, Jeans und Turnschuhe. »Guten Morgen.«

»Wünsche ich dir auch. Tolle Arbeit.« Tilly deutete in den Raum.

Leons Wangen färbten sich dezent rot, er zuckte aber lediglich cool mit den Schultern. »Jo.«

Tilly verdrehte die Augen. »Hatten wir das nicht besprochen?«

Ein Grinsen breitete sich auf Leons Gesicht aus. »Jo.«

»Iss deinen Kuchen.«

»Wie Eure königliche Sauberkeit befiehlt.« Und schon stopfte er sich die Backen voll und erinnerte dabei an einen Hamster.

Muffin umkreiste Leon wie ein mutierter Piranha, bevor er sich auf die Hinterbeine setzte und den Jungen anstarrte.

»Manchmal ist das unheimlich«, kommentierte der.

Vorsichtig wurde der Teller abgestellt und stattdessen die Kaffeetasse wieder aufgenommen. Genüsslich schloss Leon die Augen.

»Hast du inzwischen etwas herausgefunden?«, fragte Tilly an Gerdy gewandt.

Die schüttelte den Kopf. »Tim Plitz ist einfach verschwunden, seine Frau ist davon ausgegangen, dass er sich mit seiner neuen Freundin den Traum von Thailand erfüllt hat. Für weitere Informationen müssten wir Frau Pelz befragen.«

»Können wir sicher sein, dass der Brief an sie adressiert war?«

Gerdy schüttelte den Kopf. »Die beiden haben sich monatelang gestritten. Wenn der Tim Plitz den Brief danach geschrieben hat, hätte ihn jemand anderes bekommen sollen. Ich habe leider weder eine Ahnung, wer diese Person sein, noch wozu der Schlüssel passen könnte.«

Tilly trat direkt vor das Mörderboard, nahm ihn in Augenschein. »Zu groß für ein Schließfach. Möglicherweise eine Tür oder Garage.« Sie betrachtete die kaum leserliche Nummer, die in das Metall gestanzt worden war. »Muss älter sein.«

»Leider kann man nicht mehr alle Zahlen darauf erkennen«, mischte sich Leon ein. »Ich habe sie zur Probe in die Suchmaschine eingegeben, aber nichts.« Er blickte auf seine Finger und ließ die Gelenke knacken.

»War das mit der Tastatur so schwer, dass du jetzt Muskelkater hast?«, neckte Tilly.

»Das kommt vom Sport.« Leon schnaubte. »Wir müssen ab sofort beim Putzen der Turnhalle helfen, weil unsere alte Putzfrau gehen musste. Ihre Putzmittel waren nicht biologisch abbaubar, wie eine der Mütter rausfand.«

Tilly blinzelte.

Gerdy starrte Leon an.

»Was ist denn?«, fragte er und erkannte kurz darauf den Grund des Starrens. »Nein! Auf gar keinen Fall. Das ist oberpeinlich.«

Gerdy stürmte bereits aus dem Zimmer.

»Nein!«, rief Leon ihr hinterher.

»Wir haben demnächst eine Steuerprüfung und wahrscheinlich eine saftige Nachzahlung zu erwarten. Da ist jeder Cent willkommen.«

Außerdem hatte sich herausgestellt, dass vorübergehender Ruhm zwar zu vielen Interviews, aber nicht zu mehr Putzjobs führte.

»Gerdy, wehe!« Leon lief ihr hinterher.

Tilly schloss die Augen und schüttelte den Kopf. Als sie

sie wieder öffnete, war der Kuchenteller auf der Kaffeetafel leer. An Muffins Mundwinkel hing ein einsamer Krümel auf Schlagsahneresten.

»Warum komme ich mir vor, als hätte ich einen Kindergarten eröffnet?« Sie funkelte den Welpen so böse an, wie sie nur konnte. »Teller auf den Tischen sind tabu!«

Der Schwanz wedelte, der ganze Hund fiel in einem plötzlichen Schwächeanfall auf den Rücken und reckte den Bauch in die Höhe.

»Das glaubst du doch selbst nicht.« Tilly verschränkte die Arme und widerstand unter Aufbietung all ihrer Willenskraft dem Drang, Muffin zu kraulen.

Ihr Blick fiel wieder auf das Bild von Tim Plitz auf dem Mörderboard. Über ihren Vorgänger wusste sie nichts. Wer war er gewesen? Vielleicht lag die Antwort auf die Frage nach seinem Verbleib einfach nur in der Flucht vor dem Alltag. Der Umschlag konnte alt sein, längst vergessen. Aber Tilly wollte auf Nummer sicher gehen. Es war höchste Zeit, Sarah einzuweihen. Möglicherweise konnte sie als Polizistin ein paar Kollegen auf dem kleinen Dienstweg fragen, ohne dass Stubs es merkte.

Bei dem Gedanken an den Kriminalhauptkommissar, der ihr das Finanzamt auf den Hals gehetzt hatte, wurde sie sofort wieder wütend. Nur gut, dass sie in Zukunft nichts mehr mit ihm zu tun haben würde!

Tilly ging zurück in den Hauptraum ihrer Firma.

Leon rüttelte gerade wütend an der Tür, verkündete, dass er jetzt zum letzten Mal als angesehener Typ in seiner Clique in die Schule gehen würde, und war auch schon draußen.

»Haben wir den Job?«, fragte Tilly verdutzt.

»Morgen ist Probeputzen«, sagte Gerdy zufrieden. »Außerdem müssen wir einen Zettel mit allen Inhaltsstoffen der Putzmittel, die wir benutzen, einreichen. Weißt du zufällig, ob die vegan sind?«

Tilly erwiderte Gerdys verdutzten Blick. »Wir wollen das Zeug doch nicht zum Trinken am Kiosk verkaufen, das sind Reinigungsmittel.«

»Die Frau Lotz – das ist die Sekretärin – klang auch etwas genervt bei der Frage. Vielleicht bringst du ihr ein Stück von meinem Kuchen mit.«

Tilly seufzte schwer. »Schick ihnen alles, was sie brauchen. Ich werde morgen versuchen, Leon zu besänftigen. Nach der Schule ist sowieso kaum noch jemand da.«

»Der beruhigt sich auch wieder. Er ist doch ein Teamplayer.«

»Und dafür bin ich dankbar.« Tilly ging zurück an ihren Tisch. »Also, irgendwelche Änderungen im Programm für heute?«

»Frau Stoffelich hat dich für zwei Stunden gebucht, wahrscheinlich diesmal wirklich zum Putzen.«

Beim letzten Mal hatte die umtriebige Kioskbesitzerin sie Autogramme schreiben lassen. Da Tilly zu dem Zeitpunkt noch Mordverdächtige war, verkauften die sich auf diese Weise aufgemotzten Zeitungen hervorragend. Es hätte sie nicht gewundert, wenn Frau Stoffelich die Zeitungen kurzerhand zu einem Hardcover-Sammelband verarbeitet und mit Farbschnitt herausgebracht hätte. Das war momentan ein Trend auf dem Buchmarkt.

»Und nachmittags bleibt es beim Bürgerbüro?«, fragte Tilly.

»Ich habe sicherheitshalber nachgefragt. Bis der neue Bürgermeister gewählt ist, bleiben die bestehenden Verträge, wie sie sind. Danach wird alles neu evaluiert.«

»Sie müssen mich nicht lieben, nur bezahlen«, sagte Tilly. »Dann wollen wir uns mal auf den Einsatz vorbereiten, Muffin, einverstanden?«

Eine Stunde später machte sie sich auf den Weg.

# 2. KAPITEL

Der Tag verlief ereignislos, doch Tilly hing ihren Gedanken nach. Seit sie hier in Untertannberg angekommen war, hatte sich ihr Leben in eine Achterbahnfahrt der Gefühle verwandelt.

Sie schlenderte die Straße entlang, die Dämmerung wurde langsam zur Dunkelheit. Muffin schnüffelte am Bordstein und hob ab und zu das Beinchen.

Die Enttäuschung über die heruntergekommene Firma, die Verdächtige Nummer eins im zurückliegenden Mordfall gewesen zu sein und die tiefen Blicke von Sascha Neumann wirbelten in Tillys Gedanken umher. Leon hatte ihr vor der ersten Begegnung mit dem Inhaber der Welpenzucht und Tierrettungsstation zu verstehen gegeben, dass sie nicht die Einzige war, die ihn »heiß« fand. Breite Schultern, dunkle Haare und ein Dreitagebart, dazu ein authentisches Lächeln, brachten Tillys Herz zum Schmelzen und ihren Magen zum Kribbeln.

Leider musste sie erfahren, dass Sascha durch eine Erbschaft zum Millionär geworden war. Sie dagegen hatte nur eine heruntergewirtschaftete und wahrscheinlich bald bankrotte Firma vorzuweisen. Und was sollte nun werden? Hier in Untertannberg würde sie kaum bleiben können. Vor Gerdy und Leon gab sie sich siegessicher, doch selbst die kleinste Steuernachzahlung würde ihr längst leeres Konto ins Minus befördern. Das wäre das Ende ihrer Selbstständigkeit.

Vor ihr tauchte die Fußgängerzone auf und mit ihr ihre Wohnung, ein ehemaliger Friseursalon.

Sie öffnete die Tür, und Muffin sprang freudig hinein. Draußen war es windig geworden, aber wenigstens blieben sie im Moment vom Regen verschont.

Tilly zog ihre Jacke aus, hängte sie an einen krummen, frei stehenden Kleiderständer und betrat ihr Heim. Der Eingangsbereich war ein großer Raum, in dem ein länglicher Tisch stand. Links führte eine gewundene Treppe nach oben, wo das Sofa und der Fernseher auf sie warteten. Alles direkt im oberen Teil des Schaufensters mit Blick auf die Fußgängerzone.

Am anderen Ende des Raumes führte eine schmale Treppe hinunter in die Küche, und dorthin führten Tillys erste Schritte. Sie schmierte sich ein Brot, machte sich einen Tee dazu, setzte sich aufs Sofa und betrachtete durch das Schaufenster hindurch das Aufflammen der Straßenlaternen. Unweigerlich kam das Gefühl von Einsamkeit auf, gegen das es aber ein hervorragendes Mittel gab: Sie zückte ihr Smartphone und wählte eine ganz bestimmte Nummer aus ihrer Favoritenliste.

Nach einmaligem Klingeln ging die Angerufene ran.

»Lieblings-Blich«, wurde sie freudig begrüßt.

»Mein Tony-Teufel.«

Ihr wurde unweigerlich warm ums Herz. Ihre beste Freundin – Antonia Marschler – wirkte euphorisch wie eh und je. Und das, obwohl sie noch vor wenigen Wochen in Lebensgefahr geschwebt hatte.

»Gibt's was Neues?«, fragte sie sofort.

»Kein Finanzbeamter weit und breit, Schlüssel ist nicht zuzuordnen und kein Piep von Sascha«, fasste Tilly zusammen.

Bei der Erwähnung des Namens sah sich Muffin neugierig um. Er stammte aus der Zucht der Hunderanch (wie Sascha sie nannte) und konnte den Klang des Namens seines ehemaligen Besitzers eindeutig zuordnen.

»Ach, Blichy.« Antonias Stimme bekam diesen tröstenden Unterton, der Tilly einerseits guttat, andererseits ärgerte es sie, dass sie ihn überhaupt brauchte. »*Du* bist doch vor Sascha geflohen.«

»Aber nur, weil Kriminalhauptkommissar Stubs mir triumphierend den Steuerfahndungswisch unter die Nase gehalten hat.«

»Wenn Sascha dich mag, wird es kaum daran scheitern, dass du pleite bist. Und zahlungsunfähig. Und …«

»Schon kapiert.« Sie musste grinsen. »Lernt ihr im Studium nicht auch, wie man vernünftige Pep Talks hält?«

Jetzt hatte der Seufzer von Antonia etwas Gequältes. »Weißt du, die Arbeit im Nagelstudio ist mittlerweile fast schon meditativ. Ich kämpfe mit diesen Gesetzestexten und kann die Worte ›Tatbestandsmerkmal‹ und ›Rechtsfolge‹ nicht mehr sehen.«

Ihre beste Freundin hatte große Pläne. Allerdings bestanden die nicht wie Tillys darin, ein Unternehmen zu kaufen. Antonia wollte Anwältin werden. Da sie kaum Geld besaß, hieß das: Fernstudium. Und das hatte es in sich.

»Steht nicht zufällig Steuerrecht auf dem Stundenplan?«

»Polizei- und Ordnungsrecht«, antwortete Tony. »Ich bin froh, dass es das jetzt alles digital gibt, früher musste man diese Wälzer überallhin mitschleppen.«

»Du brauchst Urlaub«, erklärte Tilly. »Am besten in Untertannberg.«

Tony lachte. »Mein letzter ›Urlaub‹ dort endete im Krankenhaus.«

»Man stolpert nicht zweimal im Leben über einen Mord«, antwortete Tilly. »Allerdings gibt es da diesen Schlüssel, den wir gefunden haben. Man weiß nie, was noch so kommt.«

»Ach ja, erzähl mir mehr davon. Was sind die nächsten Schritte?«

Tilly fasste für Tony zusammen, was sie in der Zwischenzeit an dem Mörderboard zusammengetragen hatten, und dass dieses jetzt einen eigenen Raum in der Firma hatte.

»Ich mag Leon.«

Das sagte Tony immer, wenn die Rede auf ihn kam. »Morgen wird er sich wahrscheinlich in ein Teenagermonster verwandeln, weil er seine eigene Schule putzen muss.«

»Das ist aber auch *wirklich* peinlich.«

»Fang du jetzt nicht auch noch an.« Insgeheim gab sie Tony natürlich recht, doch Arbeit war nun mal Arbeit. »Zu der Zeit ist niemand mehr da. Du wirst sehen, in der Turnhalle herrscht dann Totenstille.«

»Ich drücke dir die Daumen. Und schick mir ein Foto von dem Schlüssel, dann frage ich hier bei unserem Schlüsselking nach. Vielleicht weiß der mehr.«

»Gute Idee.« Tilly schaltete Tony auf Lautsprecher, suchte das Bild in ihrem Fotoalbum auf dem Smartphone und schickte es los.

»Angekommen«, meldete Antonia. »Jetzt muss ich noch eine Stunde Texte wälzen. Tschüss, Lieblings-Blich.«

»Tschüss, Tony-Teufel.«

Sie beendeten das Gespräch. Tilly machte es sich gemütlich, wickelte sich eine Decke um die Beine, betrachtete Muffin, der sich in seinem Körbchen zusammengerollt hatte, und aß in aller Ruhe ihr Brot. Als es Zeit war, schaltete sie den Fernseher ein. Es lief eine neue Serie, die Tilly liebte. Eine Krimiserie über eine Reporterin, die in ein kleines Kaff strafversetzt wurde, weil sie ihren Chef angeschrien hatte. Da Tilly Parallelen zu ihrem eigenen Leben sah, verfolgte sie *Mord und Blitzlichtgewitter* immer mit Spannung. »Warum sieht sie nicht, dass ihr bester Freund der Mörder ist?« Manchmal wollte sie die Hauptfigur schütteln. »Und wer kommt auf die Idee, ihr eine Katze aufs Auge zu drücken? Jetzt muss sie sich um alles kümmern!« Sie warf Muffin einen Blick zu. »Ich mache dir gleich dein Essen.«

Die Episode endete, und Tilly stieg die Treppe hinunter. Nachdem Muffin sich über sein Fressen hergemacht hatte, als wäre er kurz vorm Verhungern, ging es endlich ins Bett. Ein Wasserbett, über dem eine Discokugel als Zimmerbeleuchtung hing.

Ihr Vorgänger hatte die Siebziger-, Achtziger- und – auf dem Schreibtisch stand eine Lavalampe – die Neunzigerjahre deutlich verklärt.

Tilly gähnte, rollte sich zusammen und schlief sofort ein. Ein Schlaf, der durch ein kreischendes Geräusch über ihr unterbrochen wurde. »Good Morning Sunshine« wurde gespielt. Sie hatte noch nicht herausgefunden, wie man den Wecker in dieser verdammten Discokugel ausschalten konnte. Natürlich gab es auch das passende Discolicht dazu.

Immerhin, dieses Mal weckte sie der Monster-Wecker aus einem Albtraum, in dem ihr der Plitz hinterhergelaufen war. Dabei schwenkte er seinen Brief, der sich aber in einen Steuerbescheid verwandelte.

»Ich sollte den Brief von Herrn Plitz einfach verbrennen«. Fluchend und gähnend stapfte Tilly durch Bad und Küche.

Den Vormittag verbrachte sie damit, Gassi zu gehen, zu frühstücken (in genau dieser unmenschlichen Reihenfolge), Antonia eine Nachricht zu schreiben und schließlich mittags alle Utensilien in ihrem knallrosa Dienstwagen zu verstauen. Die aufgemalten Blumen gaben ihr immer ein Gefühl von Flower-Power.

»Verstehen wir uns?« Gerdy unterhielt sich mit Muffin, der sich den Bauch kraulen ließ und dabei den Kuchen auf dem Tisch ins Visier nahm.

Ihre Sekretärin war eine Powerfrau, die sogar einen Elektroschocker besaß, den sie Mutzi nannte, aber gegen Muffin hatte niemand eine Chance. Seine Schnauze zuckte schon in Richtung Kuchenplatte. Er schaute zu Tilly, merkte, dass sie ihn beobachtete, und stoppte seinen Versuch.

Letztlich würde ihr nichts anderes übrig bleiben, als sich bei der Hundeschule anzumelden, um ihrem Basset Manieren beizubringen.

»Ich stürze mich ins Getümmel«, verkündete Tilly. »Hältst du die Stellung?«

»Kaffee und Kuchen warten auf euch«, antwortete sie. »Leon kommt bestimmt mit einer furchtbaren Laune, da könnt ihr beides gut gebrauchen.«

Wovon Tilly ebenfalls ausging.

Sie stieg in ihren Bus und brauste los. Die Schule in Untertannberg lag am Stadtrand. Selbst bei gemächlichem Fahrstil – und mehr war mit diesem Ungetüm von einem Gefährt nicht möglich, sonst würde es auseinanderfallen – brauchte sie nur zwanzig Minuten.

Die Schule war in einem grauen Siebzigerjahre-Gebäude untergebracht. Neben dem Eingang befanden sich rechts ein Parkplatz, links ein Sportplatz mit rotem Gummibelag. Die Turnhalle schloss sich direkt an, dahinter wartete das Hauptgebäude. Ein wenig versetzt stand ein altes, heruntergekommenes (und glücklicherweise abgesperrtes) Nebengebäude.

Tilly sollte sich im Sekretariat melden, da noch Unterschriften von ihr benötigt wurden. Danach würde sie eingewiesen werden. Aus den Fenstern blickten viele neugierige Gesichter heraus. Von den Fünfern (die Tilly erstaunlich klein vorkamen) bis zu den Abiturienten war alles dabei.

Die Tür quietschte, als sie diese aufzog und das Gebäude betrat. Drinnen stieg ihr ein muffiger Geruch in die Nase. Die Bodenfliesen glänzten, doch die Wände hatten schon bessere Tage gesehen.

Tilly wandte sich nach rechts und fand das Sekretariat. Vor einem Computer saß eine etwa dreißigjährige Frau mit dunklen, schulterlangen Haaren. Ihr Blick war starr auf den Bildschirm gerichtet, ihre Finger flitzten über die Tastatur. Es war ein Wunder, dass kein Rauch aufstieg.

Als sie eintrat, blickte die Frau auf. »Kann ich Ihnen helfen?«

»Tilly Blich, ich bin die neue Putzfrau.«

Die fliegenden Finger hielten inne. »Paula Lotz, Sekretärin und gleichzeitig Frau für alles.« Sie stand auf, griff nach einem bereitliegenden Zettel und schob ihn Tilly über den Tresen. »Ich habe mich sehr gefreut, als Gerdy sich gemeldet hat. Wir haben natürlich alle die Schlagzeilen verfolgt, und Sie haben das ganz toll gemacht.«

Tilly lächelte die Sekretärin an, griff nach dem bereitliegenden Kugelschreiber und unterschrieb. »Woher kennen Sie Gerdy?«

»Jeder kennt Gerdy«, war die schlichte Antwort. »Oder besser gesagt: ihre Kuchen. Persönlich kannten wir uns bisher nicht.«

Worauf Tilly nur mit einem wissenden Nicken antwortete. »Ich soll in der Turnhalle anfangen?«, fragte sie.

»Ja, genau. Ich habe Leon schon die Schlüssel gegeben. Er wollte in seiner Freistunde schon mal reingehen und vor der Halle auf Sie warten?«

Tilly schüttelte den Kopf. »Ich habe ihn nicht gesehen.«

»Ich gehe mal schnell mit Ihnen rüber.«

»Das ist sehr nett.«

»Paula.«

»Tilly.« Sie mochte die Sekretärin auf Anhieb.

Durch die Aula verließen sie die Schule. Von Leon war immer noch nichts zu sehen. Ein Umweg über den Parkplatz und schon war sie mit ihrem Putzwagen und allen notwendigen Putzmitteln ausgerüstet.

Bevor sie die Turnhalle wieder erreichten, ertönte ein Ruf aus dem Eingang der Schule: »Frau Lotz. Warten Sie, Frau Lotz.«

»Lassen Sie sich nichts anmerken«, sagte die Sekretärin.

»Hubschrauber?«, fragte Tilly.

»Rasenmäher«, kam es zurück. »Erkläre ich später.«

Beide drehten sich um.

Die Dame, die sich näherte, mochte Anfang vierzig sein und war modisch gekleidet. Zwei blaue Saphire baumelten an ihren Ohren, sie trug enge Jeans, eine weiße Bluse und darüber eine Designerjacke.

Offensichtlich war sie gut situiert.

»Frau von Lampenstell«, grüßte Paula. »Wie schön, Sie wiederzusehen.«

»Gleichfalls, Frau Lotz.« Ein verkrampftes Nicken folgte. »Obwohl ich eigentlich gar nicht so viel Zeit habe, wissen Sie … Aber ein paar Dinge müssen einfach noch rechtzeitig geklärt werden. Wir wollten doch über das Essen in der Mensa reden. Nach diesem Vorfall mit dem Friedrich und meinem Hartmut-Eloi müssen Maßnahmen ergriffen werden. Wir hatten ja über das Gesundheitsamt gesprochen.«

»Frau von Lampenstell.« Paula atmete tief ein und aus. »*Sie* hatten über das Gesundheitsamt gesprochen. Der Friedrich reagierte lediglich allergisch.«

»Aber auf was?«

»Basilikum.«

Frau von Lampenstell winkte ab. »Niemand hat eine Allergie gegen Basilikum. Ich glaube, die Eltern von Friedrich – also, der Vater, weil er mit dem Alois befreundet ist, der die Mensa betreibt – halten das klein. Da sind Allergene im Essen. Andernfalls hätte mein Hartmut-Eloi nicht so reagiert.«

»Es wurde eine Biene in seiner Nähe gesehen. Ist er nicht gegen die allergisch?«

»Die Biene ist doch eine Erfindung von Alois, da wette ich drauf. Das Problem liegt an einer ganz anderen Stelle«, Frau von Lampenstell senkte schockiert die Stimme: »Zusatzstoffe.«

Schweigen.

»Ich habe eine Liste.« Die Mutter schwenkte selbige.

»Der Direktor ist informiert«, sagte Paula. »Er wollte ein ernstes Wort mit Herrn Alois Koblinski wechseln.«

»Ausgezeichnet, dann kann ich mich direkt an den Direktor wenden«, erklärte Frau von Lampenstell. »Ein paar Dinge müssen sowieso prophylaktisch geklärt werden, damit nichts schiefgeht. Ich habe die Liste bereits abgegeben.«

»Das dreißigseitige Dokument.« Paula nickte. »Das haben wir bekommen. Aber jetzt entschuldigen Sie mich, ich muss Frau Blich alles zeigen.«

Wie zwei Laserdolche schossen die Blicke der Dame zu Tilly. Sie streckte die Hand aus. »Eleonore von Lampenstell.«

»Blich.« Sie schüttelte die Hand und hatte das Gefühl, ihre Finger seien in einen Schraubstock geraten.

»Sie müssen die neue Reinigungskraft sein. Da habe ich gleich mal ein paar Fragen an Sie, zu den verwendeten Reinigungsmitteln«, fuhr Frau von Lampenstell fort. »Es gab in der Vergangenheit mehr als einen Skandal, bei dem diese zu schlimmen Verätzungen bei Schülern geführt haben.«

»Welchen denn?«

Die Frau winkte ab. »Wir wollen uns nicht im Gestern verlieren.«

»Frau Blich hat bereits eine Liste der Inhaltsstoffe an das Sekretariat geschickt.«

»Ausgezeichnet.« Frau von Lampenstell schien zufrieden. »Dann warte ich dort.«

Sie stapfte in Richtung Aula davon.

»Was war das?« Tilly fühlte sich, als wäre sie gerade überrollt worden. Nur wovon?

»Das ist die neue Generation der Helikopter-Eltern. Sie räumen die Probleme ihres Kindes aus dem Weg, *bevor* sie überhaupt auftreten. Deshalb die Bezeichnung: Rasenmäher-Eltern.« Paula rieb sich müde die Augen. »Lass uns in die Turnhalle gehen. Danach muss ich den Direktor suchen. Um ein kurzes Gespräch mit der von Lampenstell kommt er sicher nicht herum.«

Paula hielt Tilly die Tür auf, damit sie den Wagen in das Gebäude schieben konnte. »Normalerweise ist hier abgeschlossen. Leon wartet bestimmt schon drinnen auf dich.«

Wahrscheinlich wollte sich der kleine Schlingel nur in Sicherheit bringen. Schließlich würde es gleich klingeln, und dann Scharen von Schülern aus dem Hauptgebäude nach Hause strömen.

Der Boden war mit grauem Linoleum ausgelegt, der typische Turnhallengeruch stieg Tilly in die Nase. Paula führte sie durch den Gang auf eine Tür zu, die zum ersten der drei Sportbereiche ging.

Doch ein Rumpeln ließ sie innehalten.

»Was war das?«, fragte Tilly.

»In der Abstellkammer muss etwas umgefallen sein.« Paula ging hinüber, drückte die Klinke herunter und öffnete die Tür.

Drinnen standen zwei Jungen, die sich abrupt voneinander entfernten.

»Oh, hallo. Also, Frau Lotz«, rief ein rothaariger, kräftiger Junge mit Sommersprossen. »Wir haben hier gerade …« Er wedelte mit der Hand.

»Geputzt«, sagte Leon.

»Richtig. Und aufgeräumt.« Der Junge nahm einen Eimer und stellte ihn von der linken in die rechte Ecke. »Ja. Genau.«

Paula seufzte wieder schwer.

Es war offensichtlich, dass Leon den Turnhallenschlüssel benutzt hatte, um ungestört mit einem Mitschüler zu knutschen. Da dieser Trainingsklamotten trug, sportlich aussah und im Gegensatz zu Leon wie ein Reh im Scheinwerferlicht wirkte, war er eindeutig weniger cool, wenn es darum ging, erwischt zu werden.

»Emil«, wandte sich Paula an ihn. »Ab auf den Fußballplatz.«

Der Junge sprintete los.

Tilly streckte die Hand aus. »Der Schlüssel.«

Leon übergab den Bund und sah dezent schuldbewusst aus. »Weißt du …«

»Zieh dich um, deine Sachen sind im Auto. Wir reden später darüber.«

Er trottete davon.

Paula zeigte Tilly den Weg zum Eingang. »Geh schon mal vor.«

»Bekommt Leon Ärger?«

Paula zuckte nur mit den Achseln. »Das sind Teenager, ich will gar nicht wissen, was hier sonst noch so los ist. Aber den Schlüssel für die Turnhalle kriegt er nicht mehr. Ich muss ins Sekretariat. Komm nach der Arbeit vorbei, dann besprechen wir alles Weitere. Den Schlüssel müsstest du immer vor der Arbeit dort abholen und am Ende wieder zurückbringen.«

Tilly nickte und schob den Wagen in die Richtung, in der sie anfangen wollte. Innerlich kochte sie vor Wut. Dieser Job war wichtig für den Fortbestand ihrer Firma, und Leon hatte nichts anderes im Sinn, als den ihm anvertrauten Schlüssel zu missbrauchen.

Sie öffnete die Tür.

Um Leon würde sie sich später kümmern. Jetzt galt es, jedes Staubkorn zu entfernen. Sie würde in die Geschichte dieser Schule als die beste Putzfrau aller Zeiten eingehen, die keine Spuren hinterließ, jawohl!

# 3. KAPITEL

»Nicht schon wieder.«

Im ersten Moment konnte Tilly nur dastehen und starren. Ein hysterisches Kichern wollte sich aus ihrer Kehle lösen, doch sie unterdrückte es. Etwas Derartiges konnte man wohl als Albtraum-Déjà-vu bezeichnen.

Sie stand erneut vor einer Leiche. So was konnte doch unmöglich noch einmal passieren.

Hinter ihr fiel die Eingangshalle ins Schloss. Schritte erklangen, stoppten. »Tilly?«

»Hier«, rief sie.

Leon kam herbeigeeilt. »Hör zu, es tut mir leid. Es war ein Impuls, okay. Emil ist echt cute, und er hat gesehen, dass ich aufgeschlossen habe. Es ist einfach so passiert.« Er kam neben ihr zum Stehen, starrte auf die Leiche. »Nicht schon wieder.«

»Smartphone, ruf Sarah an.« Tilly versuchte, sich zusammenzureißen. »Ist das euer Sportlehrer?«

Leon zog sein Smartphone hervor und wählte bereits die Nummer. »Nein, das ist der Direktor. Hallo, Sarah? Ja, ich bin es. Hast du einen Augenblick Zeit? Ja, nein. Schon. Also, hier ist eine Leiche. Nein, kein Witz. Ehrlich.« Er reichte Tilly das Gerät. »Sie glaubt mir nicht.«

»Hallo, Sarah?«

»Hört mal, ich habe wirklich keine Zeit für diese Scherze«, erklang die Stimme von Kriminalkommissarin Sarah Kraft aus dem Gerät. »Sag Leon, er soll das bitte lassen.«

»Sporthalle, Schule. Der Direktor«, haspelte Tilly.

Es fiel ihr noch immer schwer, ihr inneres Gleichgewicht wiederzufinden. Vermutlich lag es an besagtem Direktor, der offenbar mit dem Band einer Trillerpfeife erwürgt worden war, die silbrig glänzend auf seiner Brust lag. Falls der unbekannte Täter damit ausdrücken wollte, dass Sport eindeutig Mord war, stimmte sie ihm vollkommen zu.

»Das ist kein Witz?«, rief Sarah.

»Glaub mir, darüber mache ich keine Witze.«

»Ich komme. Mit SpuSi und Stubsi im Gepäck.« Ihre Stimme senkte sich zu einem verschwörerischen Tonfall. »Sei besonders freundlich, er hat einen schlechten Tag. Und komm bloß nicht auf die Idee, irgendwas anzufassen. Oder noch schlimmer: zu putzen.«

Damit beendete Sarah das Gespräch. Tillys eigener Tag stand ebenfalls kurz davor, ihr komplett zu entgleiten. Zumindest, sobald allen klar wurde, dass Tilly bereits geputzt hatte.

»Hallöchen«, erklang eine trällernde Stimme vom Eingang her. »Ich war gerade auf dem Weg zurück zum Parkplatz, und da dachte ich mir: Eleonore, dachte ich mir, jetzt besuch doch die gute Frau Blich und lass dir von ihr einfach mal ihre Putzmaterialien zeigen. Eine Liste mit allen problematischen Marken habe ich dabei, wir können die gemeinsam durchgehen.«

Die Tür öffnete sich erneut. »Frau von Lampenstell«, erklang die gehetzte Stimme von Paula. »Lassen Sie die Frau Blich und Leon doch bitte ihre Arbeit machen. Ich verspreche Ihnen, der Direktor wird sich höchstpersönlich um …«

Beide Frauen traten gleichzeitig in den Stauraum und erblickten den Toten. Die Augen von Frau von Lampenstell weiteten sich, ihre Hand presste sich auf ihr Herz. Paula stand nur da, geschockt und schweigend.

»Die Liste müssten Sie dann mit Konrektorin Richter durchgehen«, sagte Leon natürlich prompt.

Tilly warf ihm einen bösen Blick zu. »Nicht hilfreich.« In Richtung von Paula ergänzte sie: »Wir haben den Direktor gerade gefunden, und die Polizei ist bereits verständigt.«

»Er ist tot«, flüsterte Frau von Lampenstell und wirkte vollkommen verzweifelt.

Da Tilly sich angewöhnt hatte, das Offensichtliche nicht extra zu bestätigten, schwieg sie.

»Er ist tot«, bestätigte Leon mit einem Nicken.

»Du bist heute so hilfreich«, merkte Tilly an. »Wir gehen jetzt alle mal hier raus, damit wir keine Spuren verwischen.«

Innerlich stöhnte sie bei diesen Worten auf. Es gab kaum noch etwas zu verwischen. Wenigstens existierte hier keine Spülmaschine mit Hygieneprogramm.

Tilly verstaute ihre Putzutensilien im Wagen und schob ihn zur Tür. Frau von Lampenstell und Paula trotteten wie zwei geschockte Lemminge, die keinen Abgrund zum hinunterstürzen fanden, hinter ihr und Leon her.

»Wann haben Sie den Direktor denn zuletzt gesehen, Frau Lotz?«, fragte Leon.

»Heute Morgen«, erwiderte diese mit erstickter Stimme. »Wir haben den Lehrplan besprochen. Aufgrund des Lehrermangels mussten wir vor einiger Zeit ein paar der älteren Lehrer aus dem Ruhestand holen. Es ist noch etwas chaotisch. Ich verstehe gar nicht, wieso er hier ist. Mit dem Herrn Kurmann stand doch gar kein Gespräch an.«

Tilly linste fragend zu Leon, beeindruckt von seinem Gespür. Frau Lotz hatte eindeutig Redebedürfnis.

»Jan Kurmann, Sportlehrer«, erwiderte er Tillys stumme Frage. »Markus Eberhardt.« Er deutete über die Schulter zum Stauraum. »Direktor.«

Die Tür wurde aufgerissen, und Kriminalhauptkommissar Stubs trat ein. Hinter ihm folgte Sarah zusammen mit einer Traube aus Frauen und Männern der Spurensicherung.

»Sie!«, begrüßte er Tilly.

»Wie immer ist Ihr Spürsinn unübertroffen«, erwiderte diese und verschränkte die Arme.

Sarah warf ihr einen eindeutigen »Das war das Gegenteil von vorsichtig«-Blick zu.

»Wo ist die Leiche?«, bellte er.

»Stauraum.« Eleonore von Lampenstell deutete dorthin. »Es ist so gut, dass Sie hier sind, Herr Kommissar …«

»Kriminalhauptkommissar«, korrigierte Stubs.

»… es ist ganz schrecklich.« Sie schniefte.

Stubs eilte in die angezeigte Richtung, stoppte und schnupperte. »Rieche ich da Zitrusreiniger?« Sein wütend funkelnder Blick traf Tilly. »Sie haben mir nicht schon wieder den Tatort gereinigt, oder?!«

Alle Augen richteten sich auf Tilly, und sie erkannte mehr als eine Person vom letzten Mordfall wieder. »Falls es Sie beruhigt, ich war noch nicht fertig damit. Es gibt ungeputzte Stellen.«

Während die beiden Ordnungshüter zur Leiche huschten, begann die Spurensicherung mit der Absicherung des Bereichs. Sie wurden alle hinausgebeten, sollten aber vor der Tür warten. Schließlich waren sie Zeugen, obgleich es nicht viel zu sagen gab.

»Ob er dich spaßeshalber wieder zur Hauptverdächtigen macht?« Leon zwinkerte in Tillys Richtung.

»Falls du die Stimmung heben willst, machst du einen lausigen Job.«

Bedauerlicherweise traute sie Stubsi das durchaus zu. Die Tatsache, dass Tilly mit ihrem Team und Sarah den vergangenen Fall aufgeklärt hatte, hatte seinem Ego einen erheblichen Dämpfer verpasst.

Es dauerte eine Weile, dann erschien Staatsanwalt Simon Bruch. Zuletzt war Tilly ihm begegnet, als Muffin ihn umgerannt hatte, woraufhin der arme Kerl auf der ersten Leiche gelandet war. Eine überaus unangenehme Situation, die ihm – gemessen an seinem Gesichtsausdruck – lebhaft in Erinnerung geblieben war.

»Halten Sie Ihren Vierbeiner unter Kontrolle«, schnaubte er ihr im Vorbeigehen zu, ohne zu realisieren, dass der gar nicht anwesend war.

Schon war Herr Bruch in der Sporthalle verschwunden. Sie wusste, dass bei einem vermuteten Mord die Ermittlungen durch einen Staatsanwalt eingeleitet werden mussten. Tilly besaß keinen Zweifel daran, dass dies geschehen würde, hier lag eindeutig Fremdverschulden vor. Direktor Eberhardt hatte sich kaum selbst das Band der Trillerpfeife umgelegt und zugezogen.

Ein Ding-Ding-Geräusch ließ Tilly in Richtung von Eleonore von Lampenstell blicken.

»So.« Diese nickte zufrieden. »Die Eltern wissen Bescheid, und ich habe zugesagt, sie über die Mordermittlungen auf dem Laufenden zu halten. Kriminalhauptkommissar Stubs muss mir dafür einen täglichen Ermittlungsbericht zukommen lassen. Ob er sich dazu bereit erklärt?«

Tilly konnte sich die Reaktion auf diesen Vorschlag durchaus vorstellen. »Fragen Sie ihn unbedingt.«

»Ja, ich denke auch.« Frau von Lampenstell nickte gedankenverloren und malte sich ganz eindeutig in bunten Farben aus, wie die Elternschaft an ihren Lippen hing, während sie dabei half, den Mord aufzuklären.

Nach einigen Minuten öffnete sich die Tür. Staatsanwalt

Bruch ging kopfschüttelnd an ihnen vorbei und murmelte etwas von »schon wieder geputzt«. Tilly musste zugeben, ihr war das dezent peinlich. Andererseits hatte ja niemand ahnen können, dass der Direktor im Stauraum lag.

Wieso konnten Mörder das Opfer nicht wenigstens so positionieren, dass sie es nicht immer zu spät fand? Der Gedanke war Tilly aber gleich wieder unangenehm.

Endlich öffnete sich die Tür, und Sarah kam aus dem Raum. Gerade wollte sie dazu ansetzen, etwas zu sagen, als auch schon Stubs an ihr vorbeipreschte.

»Sie kamen hier an, haben geputzt und dann die Leiche gefunden?«, fragte er Tilly.

Die nickte.

»Hervorragend, mehr müssen wir nicht wissen. Sie können gehen. Sofort.«

»Und natürlich ist mir das Monogramm aufgefallen«, sagte Tilly zuckersüß.

»Das was?«, entfuhr es Stubs.

»Die Pfeife ist aus Metall und hat ein Monogramm an der Seite.« Auf Stubs' ratlosen Blick ergänzte sie: »Das sind die Anfangsbuchstaben des Namens.«

Nun umwölkte sich seine Stirn. »Ich weiß, was ein Monogramm ist, Frau Blich.«

Sie verschränkte die Arme und ließ ihn schmoren.

Sarah blätterte in ihrem Notizblock. »Es sind die Buchstaben AA.«

»Richtig.« Stubs nickte.

Tilly konnte ihm ansehen, dass er keine Ahnung davon

gehabt hatte. Sarah war seine Rettung gewesen, was sie ihr durchaus übel nahm. Und natürlich würde Stubs ihr das nicht danken.

Der Kriminalhauptkommissar wandte sich an Paula. »Wissen wir, zu wem diese Initialen gehören?«

Sie schüttelte den Kopf. »Unser Sportlehrer heißt Jan Kurmann, das passt nicht. Und ich kenne auch sonst niemanden mit diesen Initialen.«

Tilly glaubte sowieso nicht daran, dass der Mörder so dumm war, eine Trillerpfeife mit seinem Monogramm darauf als Mordwerkzeug zu verwenden.

»Wer besaß einen Schlüssel zur Sporthalle?«, fragte Stubs.

»Frau Lotz und der Sportlehrer«, schaltete sich Eleonore von Lampenstell ein. »Ich kann Ihnen jede Frage zu den Verantwortlichkeiten hier beantworten, Herr Kriminalhauptkommissar Stubs. Wobei in den letzten Stunden natürlich nicht Frau Lotz den Schlüssel hatte, sondern Leon. Es hängt vom Todeszeitpunkt ab, wer den Schlüssel hatte und verdächtig ist.«

Stille.

Wie ein Fadenkreuz richtete sich der Blick des Kriminalhauptkommissars auf Leon. »So. Du hattest einen Schlüssel.« Er betrachtete den Jungen eingehend. »Wie sind deine Noten?«

»Soll das ein Witz sein?!« Tilly umklammerte ihren Wischmopp und mobilisierte all ihre Willenskraft, um dem Kommissar den nicht über den Kopf zu ziehen. »Leon bringt doch nicht den Direktor um, weil er schlechte Noten hat!«

»Wir gehen jeder Spur nach«, gab Stubs patzig zurück. »Und in die Sporthalle kommt nun einmal niemand ohne Schlüssel. Das macht Frau Lotz ebenso zur Verdächtigen wie Leon. Und natürlich den Hausmeister der Schule.«

»Hausmeisterin«, korrigierte Frau von Lampenstell. »Das ist die Vanessa Hoffmann.«

»Es ist ein Wunder, dass Sie Ihre Schuhe alleine zubinden können, Herr Kriminalhauptkommissar.« Tilly funkelte diesem Idioten ihre gesamte Verachtung entgegen.

»Ich kann Sie gerne als Mittäterin verhaften«, gab er zurück. »Immerhin haben Sie erneut alle Spuren beseitigt.«

»Beim letzten Mal habe ich den Mord aufgeklärt«, konnte Tilly sich nicht verkneifen.

»Was Sie dieses Mal schön den Personen überlassen, die dafür ausgebildet sind«, sagte Stubs. »Und nur als Tipp: Wenn Sie noch einmal über eine Leiche stolpern, versuchen Sie, wenigstens ein paar Spuren für uns übrig zu lassen. Ansonsten wird ihre Firma bald von den falschen Personen gebucht.«

Damit wandte er sich ab, eindeutig mit dem Bedürfnis, das letzte Wort zu haben. Und für dieses Mal hatte er es tatsächlich.

»Cool«, sagte Leon. »Ich war noch nie ein Verdächtiger. Das kommt besser als Putzhilfe.« Er zog sein Smartphone hervor. »Das muss ich den anderen texten.«

Während Leon überaus zufrieden mit sich schien und

auch Eleonore von Lampenstell eifrig tippte – vermutlich waren die anderen Eltern weniger begeistert davon, dass ein Schüler verdächtigt wurde –, wurde Paula kreidebleich.

»Hältst du durch?«, fragte Tilly.

Die Antwort war ein zittriges Nicken. »Ich verstehe das alles nicht. Er ist tot. Wir haben doch heute Morgen noch miteinander gesprochen.«

Tilly rückte ein wenig näher zu Paula. »Hattest du den Schlüssel für die Sporthalle die ganze Zeit bei dir?«

»Er hängt im Sekretariat in einer Box, zu der nur ich und Jan Kurmann Zugriff haben«, erklärte sie. »Heute Morgen war zwar eine Sportstunde, aber danach hat Jan abgeschlossen und mir seinen Schlüssel gebracht. Wie immer.«

Vermutlich trug das Chaos in einem Sekretariat nicht dazu bei, einen Schlüssel permanent im Auge zu behalten. Doch Tilly verwarf diesen als Spur sowieso direkt. Im Verlauf der Jahre hätten durchaus Nachschlüssel dazukommen können, und falls der Direktor sich hier mit jemandem getroffen hatte, hätte tatsächlich auch er selbst aufschließen können oder er hatte sich von der Hausmeisterin öffnen lassen. Damit bot sich überhaupt kein Hinweis auf den Täter.

Was Stubs zweifellos nicht daran hindern würde, mit voller Kraft in die falsche Richtung zu ermitteln.

»Ich kenne diesen Blick.« Leon grinste. »Wir nehmen die Sache in die Hand, hab ich recht?«

»Das ist kein Grund, sich zu freuen«, erwiderte sie.

»Mein Job ist Reinigungskraft, nicht Detektivin. Verdammt noch mal.«

»Tja, da hättest du den Putzjob hier lieber nicht annehmen sollen.«

Wenn er den Teenager raushängen ließ, stand sie immer kurz davor, ihn Toiletten schrubben zu lassen. Leider ging das hier nicht, dort konnten sich durchaus ebenfalls Spuren befinden. Das durfte also die Spurensicherung übernehmen. Wenigstens etwas.

Gemeinsam brachten Tilly und Leon Paula zum Sekretariat. Eleonore von Lampenstell beschloss, noch ein wenig in der Nähe der Sporthalle zu bleiben. Immerhin hatte sie mit Stubs ein neues Ziel für ihre Bemühungen bekommen. Das verschaffte allen anderen Luft.

Die Halle war außen bereits abgesperrt, ringsum drängten sich Schüler und neugierig dreinblickende Eltern.

Irgendwo blitzte ein Fotoapparat, Smartphones wurden auf sie gerichtet.

Eines war sicher: Tilly hatte es wieder in die Schlagzeilen geschafft.

# 4. KAPITEL

Auf dem Rückweg zu *Plitz & Blank* sah Tilly vereinzelt Leute, die auf ihr Smartphone starrten, dann aufsahen und ihrem Putzwagen mit Blicken folgten. Dank modernster Technik und der WhatsApp-Elterngruppe hatte sich die Nachricht vom Tod des Schulleiters Eberhardt schon mit wenigen Klicks verbreitet.

Sie parkte den Wagen und betrat ihr Büro. Trotz des Chaos, das seit ihrer Ankunft in Untertannberg herrschte, mochte Tilly den Gedanken – es war *ihre* Firma. Der Tag, an dem sie ihrem alten Chef die Meinung gesagt und gekündigt hatte, war einer der besten in ihrem Leben gewesen.

»Tilly«, grüßte Gerdy zuckersüß. »Wie schön, dass du da bist.«

Nicht die Reaktion, die sie nach einem Mord erwartet hatte.

»Darf ich dir Jörg Höffler vorstellen?«, fuhr Gerdy nach Tillys Blick bedeutungsschwanger fort. »Der Finanzbeamte.«

»Oh. Ohhh.« Dieser Tag verlief eindeutig anders, als sie es sich heute Morgen erhofft hatte. »Guten Tag, Herr Höffler.«

»Frau Blich.« Ein kurzes Nicken, keine Regung im Gesicht.

Höffler mochte Anfang dreißig sein, hielt sich jedoch kerzengerade wie die Verkörperung reinster Bürokratie. Ihn umgab diese gewisse bürokratische Aura, die Tilly bisher nur von Frau Oberzart, der Mitarbeiterin im Bürgerbüro, kannte. Sie musste gar nicht erst versuchen zu scherzen. Herr Höffler würde aller Wahrscheinlichkeit nach nie in die Verlegenheit kommen, Botox einsetzen zu müssen – seine Haut war lachfaltenfrei.

»Ihre Sekretärin hat mich schon auf den neuesten Stand gebracht«, sagte Herr Höffler. »Sie ist ordnungsgemäß als 450-Euro-Kraft angemeldet, ebenso wie Herr Nobler.«

»Nobler?«, runzelte Tilly irritiert die Stirn.

»Leon«, erklärte Gerdy.

»Ach, genau, der Herr Nobler auch.«

Herr Höffler trug eine Weste, darunter ein Hemd und eine Krawatte. Deren Knoten zog er jetzt straff. »Sie wissen natürlich, dass wir durch eine Selbstanzeige von Frau Ilse Blechle von Aufträgen der Firma *Plitz & Blank*, die angeblich nicht ordnungsgemäß versteuert wurden, erfahren haben.«

»Dafür war mein Vorgänger verantwortlich«, erklärte Tilly. »Das Ganze beruht auf einem Missverständnis. Und Unwissenheit.«

Herr Höffler zog nur eine Augenbraue in die Höhe. »Die Rechtsform Ihrer Firma besagt, dass die Schulden bei der Übernahme auf Sie übergegangen sind. Außerdem haben Sie meines Wissens bei Frau Blechle geputzt.«

Tilly verfluchte sich innerlich. Das alles war im Zuge von Mordermittlungen passiert und hatte die Frau des verstorbenen Bürgermeisters so sehr in Angst und Schrecken versetzt, dass sie sich einen Tag später selbst angezeigte. »Aber da wusste ich noch nichts von dem schwarzen Buch.«

»Schwarzes Buch?«, fragte Herr Höffler.

»Dieses hier.« Gerdy schob ihm das Buch mit den nicht ordnungsgemäß versteuerten Reinigungsaufträgen zu.

»Das nehme ich. Darf ich jetzt die anderen Auftragsbücher sehen?«, fragte er. »Kaffee ist in Ordnung, Kuchen kann ich leider nicht annehmen.«

Das war wohl das Schlimmste, was Gerdy heute gehört hatte. Niemand lehnte ihren Kuchen ab.

»Wir können hier lediglich auf die Steuerunterlagen meines Vorgängers zurückgreifen«, erklärte Tilly und nickte Gerdy zu.

Diese erhob sich, verließ den Hauptraum und kam kurz darauf mit drei Schuhkartons zurück, die sie vor Herrn Höffler abstellte. Der Finanzbeamte schaute nacheinander auf die geschlossenen Deckel, und in seinen Blick schlich sich die Gewissheit, hier eine Bombe, Rattengift und Zyankali vor sich zu haben. Mindestens.

»Ich nehme an, ich werde die nächsten Tage damit vor Ort verbringen?«, fragte er.

»Ich fürchte ja«, sagte Tilly. »Aber wir freuen uns, Sie da

zu haben. Es wartet jeden Morgen ein Kaffee. Und Kuchen. Nicht, dass Sie das wollen würden. Aber so grundsätzlich.«

Herr Höffler öffnete einen Karton nach dem anderen. Sie waren alle voll mit handgeschriebenen Rechnungen, die kaum noch zu entziffern waren; Kassenzettel und sogar ein Bierdeckel lagen darin.

»Manche Putzabsprachen wurden wohl auf diese Art festgehalten«, erklärte Tilly. »Wir haben noch nicht herausgefunden, ob es sich bei den Strichen um die Anzahl der Putzeinsätze handelt oder um … nun, das bestellte Bier.«

»Ich empfehle dringend, auf ein ordentliches System umzusteigen.«

Gerdy nickte eifrig. »Ich habe schon mit meinem Schwager Kontakt aufgenommen, er wird sich zukünftig um alle Steuerangelegenheiten kümmern.«

»Ach?«, machte Herr Höffler.

»Ach?«, entfuhr es Tilly.

»Aber ja.« Gerdy schien wieder etwas versöhnter mit sich und der Welt zu sein. »Wir binden dein Geschäftskonto über eine Software ein und können alle Belege hochladen und zuordnen. Im Falle einer Prüfung kann dann jeder Beamte einfach durch die Datensätze scrollen.«

Da Gerdy trotz ihrer Pfiffigkeit keine Ahnung von Steuern und der dazugehörigen Software besaß, vermutete Tilly, dass ihre Sekretärin alles auswendig gelernt hatte.

»Ich helfe Ihnen gleich, Herr Höffler.« Gerdy winkte

Tilly in den Nebenraum, in dem das Mörderboard stand. »Ja. Ich bin jetzt mit Tilly allein.«

Verwirrt blinzelte diese. »Mit wem sprichst du?«

»Dank dir, Bertie, ich rufe dich zurück, sobald neue Fragen auftauchen.« Sie berührte ihr rechtes Ohr, und erst jetzt sah Tilly, dass ein Kopfhörer an ihrem Ohr hing, über das sorgfältig die Haare gekämmt waren. »Das war mein Bruder. Er hat mich beraten. Ich habe ihn angerufen, als der Herr Höffler mal auf Toilette war.«

Womit geklärt war, woher Gerdys Expertise stammte.

»Da ist was passiert.« Tilly sprach den Leichenfund an.

»Schon wieder«, entfuhr es Gerdy, und sie zückte ihr Smartphone. »Der *Untertannberger Morgen* schreibt bereits darüber. Und da ist ein Foto von dir. Aber das Licht ist wirklich unvorteilhaft.«

»Was schreiben sie denn?«, fragte Tilly.

Gerdy setzte ihre Lesebrille auf, die an einer Perlenkette um ihren Hals baumelte.

Sie tut es schon wieder!

Die selbst ernannte Pseudodetektivin und Putzfrau Tilly B., die es in Untertannberg durch tragische Ereignisse zu unrühmlicher Berühmtheit gebracht hat, will es erneut wissen. Die örtliche Schule ist zum Schauplatz eines schrecklichen Verbrechens geworden, und natürlich ist die umtriebige Tilly B. wieder mit von der Partie. Wie wir aus gut unterrichteten Kreisen erfahren haben, liegt am Pfläumle-Gymnasium einiges im Argen. »Vor allem in der Cafeteria, wo die Schüler mit Allergenen vergiftet werden«, so eine Mutter.

Die ehemalige Konrektorin und neue Rektorin der Schule stand für eine Stellungnahme nicht zur Verfügung.

»Das war die Olle von Lampenstell«, sagte Gerdy. »Die Frau hat sogar den Stadtrat auf die Allergene angesetzt.«

»Ich sage nur: veganes Reinigungsmittel.« Tilly schüttelte den Kopf.

Ein kurzes Rumpeln ertönte, dann näherten sich Schritte. Leon betrat den Raum. »Der Mann da draußen hat mich Herr Nobler genannt.« Es klang wie ein Vorwurf.

»Ist das nicht dein Name?«, fragte Tilly.

»Aber niemand benutzt ihn«, erwiderte er pikiert. »Das klingt so altmodisch.« Schwungvoll warf er seine Schultasche auf einen der Stühle und ging zur Kaffeemaschine. »Am Gymnasium geht es gerade heftig ab.«

»Glaube ich sofort.« Gerdy hielt ihm das Smartphone mit dem Artikel aus dem *Untertannberger Morgen* unter die Nase.

»Wie geht es dir denn?«, fragte Tilly.

Leon kniff die Augen zu schmalen Schlitzen zusammen. »Man sieht nur meine Turnschuhe.« Er sah wieder auf. »Mir geht's gut.«

»Kanntest du den Direktor?«

Leon zuckte mit den Schultern. »Vom Sehen her, sonst nicht. Ich hatte keine Stunde bei ihm. Hey, du schaust schon wieder wie meine Mutter, wenn sie denkt, dass ich zu viel zocke. Mir geht es gut, echt. Ist doch nicht meine erste Leiche.« Er deutete auf das Bild im *Untertannberger Morgen*. »Aber dass man nur meine Turnschuhe sieht, geht gar nicht.«

»Da ist der Kelch des Ruhms an dir vorübergegangen.«

Tilly warf ihm einen verschmitzten Blick zu und nahm sich vor, seine Gemütslage im Auge zu behalten.

»Ich war nur kurz bei Elif, sie hatte heute Computerunterricht. Vom Fenster aus hat man einen guten Blick auf den Hof.«

»Und Elif ist?«, hakte Tilly nach.

»Meine beste Freundin.« Leon hatte sich Kaffee gemacht, roch daran und lächelte selig. »Sie hat gesehen, wie Direktor Eberhardt mit unserem Sportlehrer in die Turnhalle gegangen ist. Zwanzig Minuten später kamen beide wieder heraus, haben sich vor der Tür angeschrien, und dann ist Herr Kurmann weggegangen.«

»Was ihn als Täter eher ausschließt«, sagte Tilly. »Hat sie noch jemanden in die Turnhalle gehen sehen? Bevor Frau Lotz dir den Schlüssel gegeben hat?«

Leons Wangen färbten sich rot, während er in seinen Kaffee pustete.

»Du und der Emil, hm?«, zwinkerte Gerdy.

»Gerdy!«, rief Leon. »Wie peinlich.«

»Ach, das findest du jetzt peinlich?« Tilly schüttelte den Kopf. »Ich schwöre dir, du würdest super nach Köln passen.«

»Konzentrieren wir uns auf den neuen Fall.« Mit Feuereifer schob Gerdy das Mörderboard mit den bisher gesammelten Erkenntnissen zu Tim Plitz beiseite und zog ein zweites aus der Ecke. Mit Filzstift schrieb sie »Direktor Markus Eberhardt« in die Mitte. »Was wissen wir bis jetzt?«

»Herr Eberhardt ist schon Lehrer, seit ich an der Schule bin«, sagte Leon. »Aber Direktor ist er erst vor drei Jahren geworden. Er ist … war 51 Jahre alt.« Auf Tillys erstaunten Blick hin fügte er hinzu: »Gab 'ne große Feier zu seinem Fünfzigsten, sonst wüsste ich das nicht.«

Gerdy schrieb alles mit Kreidestift auf die Tafel. »Wir wissen, dass er ein Gespräch mit dem Sportlehrer hatte.« Sie malte einen Pfeil zu einem anderen Kreis. »Das war gegen …«

»Halb elf«, erklärte Leon.

»Ich bin kurz vor ein Uhr in der Schule angekommen. Dazwischen muss der Mord passiert sein.« Tilly presste die Lippen zusammen. »Ich werde Sarah nach dem genauen Todeszeitpunkt fragen, sobald die Obduktion erfolgt ist.«

Gerdy schrieb das Wort »Tatwaffe« an die Tafel. »Vermutlich wurde er mit einer Trillerpfeife ermordet.«

»Kein schöner Anblick«, kommentierte Leon und schluckte. »Oh, und der Geruch war heftig.«

»Stimmt. Es roch penetrant nach Honig und Pfefferminze.« Tilly schnippte mit den Fingern. »Paula Lotz hat einen Schlüssel im Sekretariat. Den hat sie Leon gegeben, damit er für mich aufschließen kann.«

»Brauchte ich aber nicht, weil schon offen war. Und jemand war bei mir. Tadaa, ich habe ein Alibi.«

»Man könnte jetzt natürlich sagen, dass Emil befangen ist.«

»Pfff«, machte Leon nur, wieder mit roten Wangen.

Wenn Tilly die Zeichen richtig deutete, reagierte ihr bester und einziger Putzmann auf den Namen Emil deutlich empfindlicher als früher auf Patrick. Braute sich da etwas Ernstes zusammen? Sie würde es dem Jungen gönnen.

»Hatte der Direktor Feinde?«, fragte Tilly.

Leon zuckte mit den Schultern und wiegte dann den Kopf hin und her. »In letzter Zeit ist öfter Unterricht ausgefallen, die Personaldecke ist wohl dünn. Und das hat einige Eltern verärgert. Die haben Mails geschrieben … Die Lehrer waren auch nicht begeistert. Die Konrektorin hat es geschafft, ein paar pensionierte Lehrer zurückzuholen. Dadurch wurde etwas Druck rausgenommen.«

Obwohl Tilly Eleonore von Lampenstell als Paradebeispiel einer Helikoptermutter erlebt hatte, konnte sie sich nicht vorstellen, dass sie wegen des Lehrermangels einfach den Direktor um die Ecke brachte. Das machte schließlich alles nur noch schlimmer.

Gerdy schnippte mit den Fingern. »Aber ein Motiv hätte die Konrektorin schon. Sie wird nämlich jetzt Direktorin.«

»Mal ehrlich, wer macht den Job freiwillig?« Tilly seufzte.

»Ich schau mal, ob ich die morgen erwische.«

Leon bekam große Augen. »Die hat ganz schön Wucht, die Frau Richter. Glycerin trifft TNT.«

Gerdy nickte. »Stimmt. Sie ist fünfzig, aber irgendwie hat sie diese jugendliche Energie nie verloren.«

»Genau wie du, Gerdy.« Leon zwinkerte ihr zu.

»Du alter Charmeur.« Gerdy winkte ab, war aber sichtlich geschmeichelt.

»Verdächtig sind also nicht nur diejenigen, die einen Schlüssel haben«, nahm Tilly den Gesprächsfaden wieder auf. »Denn wenn die Turnhalle seit dem Streit offen war, hätte jeder reingehen können.«

»Unsere Hausmeisterin ist auch aus dem Schneider«, meinte Leon. »Sie hat zwar für alles einen Schlüssel, aber Elif war nach dem Unterricht in der Mensa und hat von dort aus gesehen, wie Vanni draußen die Mülleimer geleehrt hat.«

Tilly deutete auf die Tafel. »Schreib die Dame bitte auch darauf, Gerdy. Vielleicht hat ihr ja jemand den Schlüssel geklaut. Oder sie hat etwas bemerkt. Vermutlich müsste ich diese schreckliche Eleonore von Lampenstell auch noch mal befragen. Die kennt doch sicher alle Details zu jedem.«

Womit sich bereits zahlreiche Ermittlungsansätze ergaben. Bisher fischten sie natürlich im Trüben.

»Eloi tut mir schon leid«, sagte Leon, als hätte er ihre Gedanken gelesen. »Entschuldige, Hartmut-Eloi, seine Mutter besteht darauf. Die Lehrer müssen ihn auch mit seinem vollen Namen ansprechen.« Er verdrehte die Augen. »Als er in der Mensa diese allergische Reaktion bekam, war das ganz schön heftig. Seine Mutter hat den Notarzt gerufen und dann Anweisungen gegeben. Ich glaube, der Arzt hätte ihr fast ein Beruhigungsmittel verabreicht, die Frau hat die ganze Zeit auf ihn eingeredet.«

Tilly fand den Gedanken gar nicht so abwegig.

Ein Räuspern ließ sie alle drei zusammenfahren.

»Herr Höffler«, sagte Tilly verblüfft.

Der Finanzbeamte stand hinter ihnen in der Tür.

»Ich wollte lediglich Bescheid sagen, dass der Kuchen aufgegessen ist«, erklärte er.

Gerdy strahlte übers ganze Gesicht. »Sie sind mir ja einer. Ich wusste doch, dass Sie nicht widerstehen können.«

»Es ist mir ein Bedürfnis, Ihnen zu sagen, dass ich gut widerstehen konnte. Ihr Hund allerdings weniger.«

»Muffin!« Tilly sah sich hektisch um und bemerkte, dass der Bassetwelpe sich davongemacht hatte.

Sie eilte zurück in den Vorraum. Eine verräterische Schwanzspitze lugte unter ihrem Schreibtisch hervor. Als Muffin seine Schnauze herausstreckte, waren die Krümel darauf nicht zu übersehen. Schwanzwedelnd kam er auf Tilly zu.

»Nichts vom Tisch!«, schimpfte sie.

Daraufhin warf er sich auf den Rücken und reckte den Bauch in die Höhe.

Für eine Sekunde erschien ein Lächeln auf Jörg Höfflers Gesicht, dann setzte er fast erschrocken wieder sein Pokerface auf.

Selbst den Finanzbeamten hatte der Lausbub also um den Finger gewickelt.

»Das kann man ihm nicht verübeln«, ertönte Gerdys Stimme. »*Er* mag halt meine Kuchen.« Sie blickte zum Schreibtisch hinüber, wo Herr Höffler weiter eifrig die »Steuerunterlagen« entzifferte.

»Du weißt, was das bedeutet, Tilly«, ertönte Leons Stimme. »Du musst dringend in die Hundeschule.« Ein Zwinkern folgte.

Sie atmete langsam ein und aus. Bei dem Gedanken, Sascha wiederzusehen, kribbelte es in ihrem Bauch. Gleichzeitig fühlte sie sich elend, weil ihr das letzte Gespräch wieder in den Sinn kam.

»Also gut, Muffin.« Sie winkte dem Winzling zu. »Wir beide gehen zur Hunderanch.«

Dieses Wort ließ den Basset unweigerlich aufgeregt im Kreis herumhüpfen, bevor er sich auf den Weg zur Tür machte.

Tilly folgte ihm und bereitete sich innerlich darauf vor, Sascha Rede und Antwort zu stehen.

# 5. KAPITEL

Das Tor öffnete sich automatisch, als Tilly mit ihrem Elektroauto heranruckelte. Die Hunderanch lag außerhalb von Untertannberg zwischen dichtem Grün und erinnerte sie an einen Pferdehof. Es gab Holzzäune mit Metallgittern, ein Haupt- und mehrere Nebengebäude. Sascha züchtete an diesem Ort Bassets und Dackel, was ein einträgliches Geschäft darstellte. Die Einnahmen flossen direkt in sein Auffanglager, wo er verletzte und streunende Tiere aufnahm.

Mittlerweile hatte er Angestellte. Tilly sah auf den ersten Blick, dass das kürzlich geerbte Vermögen der Hunderanch einen weiteren Push verpasst hatte. Die Zäune waren ausgebessert worden, die Kameras behielten jetzt flächendeckend alles im Auge.

Die Vierbeiner hatten bemerkt, dass sich ein Auto näherte. Gescheckte wie einfarbige Bassets und Dackel kamen an den Zaun gesaust. Überall wedelten Schwänze, es wurde gebellt und gefiept.

»Dass du dir dieses Gefiepe bloß nicht angewöhnst«, verlangte Tilly von Muffin. »Ich bin froh, dass du eher zur ruhigen Sorte gehörst.«

Muffin lauschte ihr aufmerksam.

Als sie die Tür öffnete, sprang er aufgeregt hinaus, purzelte einmal über seine Beine und kam sofort wieder hoch. Dann ging es weiter zum Zaun.

»Dieses Geräusch kommt mir bekannt vor.«

Breite Schultern, dunkles Haar, Dreitagebart – Sascha war der Traum zahlreicher schlafloser Nächte, wie Leon ihr gar nicht erst hätte verraten müssen. Er warf einen Lappen zur Seite und kam auf sie zu, die Ärmel seines Shirts hatte er nach oben gestreift, die Jeans waren ebenso abgewetzt wie die Boots.

»Du erkennst wohl jeden Hund am Bellen«, sagte Tilly.

»Ich meinte eher das Summen deines Autos.« Er deutete auf den Stromer. »Aber ja, Muffin natürlich auch.«

Er packte den Mini und hob ihn über den Zaun in das Gehege. Sofort entstand ein Teppich aus Fell, in dem die einzelnen Schnauzen kaum noch zu unterscheiden waren.

Sascha lehnte sich an das Geländer. »So, du hast dich also entschieden, das Ghosting zu beenden.«

»Ghosting.« Tilly räusperte sich. »So würde ich das nicht bezeichnen.«

»Keine Antworten auf meine Nachrichten oder Rückrufe«, sagte er. »Ich würde es genau so nennen.«

Tilly setzte zu einer Erwiderung an, wurde jedoch abgelenkt. »Was ist das?«

Saschas Blick folgte ihrem.

Eine Frau Mitte zwanzig saß auf dem Hundespielplatz. Auf ihren Beinen saß ein Dackelwelpe, vor ihr hielt ein Mann ein Smartphone in die Höhe.

»Das ist für den TikTok-Kanal«, erklärte Sascha.

»Wa… was?«

»Ich habe jemanden eingestellt, der unseren Social-Media-Kanal aufpeppt. Das ist Sybilla, Influencerin und Marketingspezialistin. Sie dreht Videos, schreibt Beiträge und ruft zu Spenden auf.«

»Sybilla. Spenden«, echote Tilly.

»Hat dein Sprachzentrum einen Kurzschluss? Das Tierhilfszentrum verschlingt unglaublich viel Geld. Das Erbe ist fast aufgebraucht. Ich habe mittlerweile zwei Tierärzte eingestellt, das muss sich rechnen. Andernfalls können wir all den armen kleinen Würmchen nicht mehr helfen. Gestern haben wir einen ganzen Wurf bekommen, den Aktivisten aus einer Tötungsstation in Spanien gerettet haben.« Sascha sprach die Worte gelassen aus, doch in seinen Augen blitzte Traurigkeit auf.

Tilly riss sich von dem Anblick dieser Sybilla los. »Da ist es ja gut, dass du Hilfe hast.«

»Wie geht es dir?«, fragte er.

»Ich komme schon klar.«

»Das habe ich gelesen. Du bist mal wieder über jemanden gestolpert.«

Tilly nickte mürrisch. »Den Direktor des hiesigen Gymnasiums. Und in meiner Firma sitzt der Finanzbeamte, den ich schon seit Längerem erwarte. Wie immer kommt alles auf einmal, aber das ist ja nichts Neues.«

Innerhalb der Umzäunung tollte Muffin mit den anderen Hunden umher und schien Tillys Anwesenheit vollkommen vergessen zu haben. Ganz im Gegensatz zu Sybilla, die argwöhnisch herüberschaute.

»Magst du etwas trinken?«, fragte Sascha.

»Kölsch«, gab sie im Spaß zurück und folgte ihm über die Veranda ins Haus.

Hier drin war es kühler als draußen, obwohl der Herbst Untertannberg fest im Griff hielt. Wie der Winter hier wohl werden würde?

Sascha verschwand in der Küche und kam mit zwei Flaschen in der Hand zurück. Eine davon war ein Kölsch.

»Nicht dein Ernst.«

»Ich bin eben auch auf ausländische Besucher aus Nordrhein-Westfalen vorbereitet«, erwiderte er neckend. »Ich hätte auch ein Alt, falls dir das lieber ist.«

»Und schon rutscht er wieder ins Minus. Ich bin doch nicht aus Düsseldorf.« Tilly nahm die Flasche entgegen, sie stießen an und irgendwie war plötzlich alles etwas leichter.

»Es liegt mir fern, dich zu drängen«, sagte Sascha. »Das weißt du. Nimm dir die Zeit, die du brauchst. Aber es gibt in meinen Augen keinen Grund, den Kontakt abzubrechen.«

In diesem Augenblick schalt Tilly sich eine Närrin. Tausendmal hatte sie das Gespräch in Gedanken geprobt, war es immer und immer wieder durchgegangen. »Weißt du …«

»Das ist also die berühmte Tilly Bitch.« Sybilla schwebte herein, verströmte aus jeder Pore Jugendlichkeit und Energie.

»Blich«, korrigierte Tilly sie, ging aber keinen Augenblick davon aus, dass das ein Versehen gewesen war.

»Das tut mir leid.« Sybilla senkte die Stimme zu einem Flüstern. »Sie bringen mich jetzt aber nicht um, oder?« Es folgte ein künstliches Lachen.

»Mal sehen.«

Sie schüttelten einander die Hände, doch ebenso gut hätten sie sich Fehdehandschuhe um die Ohren hauen können. Es stand für Tilly außer Frage, dass Sybilla ihre Krallen längst in Sascha geschlagen hatte, auch wenn der es noch gar nicht bemerkt hatte. »Und Sie sind Sybilla.«

Die lächelte und winkte ab. »Bleiben wir ruhig beim Du.«

»Eigentlich ist Sybilla ihr Künstlername«, erklärte Sascha. »Tilly Blich, darf ich vorstellen, Annegret Schabrinski.«

Tilly war stolz auf sich. Es gelang ihr, das Kölsch zu schlucken, nicht zu spucken und obendrein eine ernste Miene aufzusetzen. »Wie nett.«

Die Blitze, die Annegret Schabrinski in Richtung Sascha abschoss, machten deutlich, was die von ihrem bürgerlichen Namen hielt. »Bleiben wir doch bei Sybilla, das geht leichter von der Zunge.«

»Natürlich«, bestätigte Tilly zuckersüß.

»Das nächste Set an Videos ist fertig«, erklärte die Influencerin und Marketingspezialistin an Sascha gewandt. »Ich bereite alles vor, damit sie automatisch online gehen. Je nach Plattform tagge ich sie auch mit Trend-Hashs und passe den Text an. Meta ist so wichtig. Die Ebene meine ich. Die Plattform hat ihre besten Jahre hinter sich. Wie so viel anderes auch.«

Tilly nickte gewichtig, obgleich sie nur die Hälfte von dem verstanden hatte, was Annegret da von sich gab. Die Anspielung am Ende war allerdings deutlich zu verstehen.

»Vielleicht solltest du dir auch eine Präsenz in Social Media aufbauen«, merkte Sascha in ihre Richtung an.

»Oh ja.« Sybilla nickte eifrig und vergaß für einen Augenblick, dass sie Tilly gar nicht leiden konnte. »Ein True Crime Podcast wäre auch was.«

»Ich meinte für ihre Putzfirma«, sagte Sascha.

»Oh. Ja, das natürlich sowieso.« Ein betretenes Räuspern folgte. »Die Hunde werden in Kürze wieder reingeholt. Die anderen sagen, es wird vermutlich regnen. Hier in Untertannbach regnet es oft.«

»Untertannberg«, korrigierte Sascha.

»Eben. Wie gut, dass wir es hier drin gemütlich haben. Wie gestern Abend, am Kamin. Das war wirklich schön.« Wimpern klimperten, ein Schmollmund wurde gezogen.

Tilly wusste sehr genau, was hier vorging, trotzdem spürte sie einen Stich. Beim letzten Regenschauer waren Sascha und sie es gewesen, die am Kamin saßen. Doch wie es schien, gab es dafür jetzt Annegret Schabrinski.

»Mein Wohnzimmer steht jedem frei.« Erst durch die einsetzende Stille realisierte Sascha wohl, wie diese Bemerkung auch verstanden werden konnte. »Jeder Person, die Hilfe braucht. Hier ist Platz genug. Für alle. Also, zum Sitzen.« Seine Wangen färbten sich rot. »Warum genau bist du denn hier, Tilly?«

»Wegen Muffin«, sagte sie.

»Natürlich.« Sybilla lächelte, aber es war so falsch wie eine fleischfressende Pflanze, die jeden Augenblick zupacken wollte.

Ignorieren war hier eindeutig die beste Option. »Er hat sich heute zum Kuchen geschlichen und ihn vollständig verputzt.«

Sascha lachte leise. »Oh ja, wenn es um Essen geht, verschieben sie Stühle, springen auf Tische und sind überaus einfallsreich. Ansonsten möchten sie Streicheleinheiten. Entgegen anderslautender Gerüchte lassen sich Bassets durchaus dazu erziehen, dass sie nur noch das essen, was Frauchen ihnen gibt. Aber das ist harte Arbeit, Tilly. Ein Kind nimmt man ja auch nicht einmal im Monat mit in die Schule und erwartet dann, dass es alles weiß und gehorcht. Es ist ein Lernprozess. Das betrifft Hunde genauso. Zudem erfordern die unterschiedlichen Hunderassen auch unterschiedliche Herangehensweisen. Dackel schießen wie Pfeile durch das Unterholz, Bassets mögen eigentlich mehr den gemütlichen Spaziergang. Da wird schon mal jeder Grashalm ausdauernd beschnuppert.«

»Ich sage ja auch immer, es benötigt eine Langzeitstrategie.« Annegret nickte, vollkommen eins mit Sascha.

»Und genau deshalb bin ich hier«, sagte Tilly.

»Regelmäßig?«

Warum nur fühlte sie sich gerade, als hätte der Lehrer sie vor der Klassenstreberin gescholten? »Natürlich.«

»Wie schön.« Sybillas Lächeln ging irgendwo auf Höhe der Wangenknochen verloren. »Dann werde ich mich mal mit dem Team besprechen.«

Sprachs und glitt davon wie ein bildhübscher Hai in einem Meer aus arglosen Welpen.

»Nun denn.« Sascha grinste zufrieden, als hätte er soeben irgendeine Art von ganz besonderem Sieg errungen. »Legen wir los.«

»Jetzt?«

»Du hast Glück, in fünfzehn Minuten beginnt eine Trainingsstunde.«

»Aber es regnet.«

»Wir haben eine Halle.«

Und damit war es Sascha, der sich kurzerhand abwandte, seine Bierflasche abstellte und in Richtung Terrasse davonging. Tilly tat es ihm nach, auch wenn es ihr um das gute Kölsch leidtat. Hier bekam sie meist nur dieses Tannenzäpfle und anderes lokales Zeug.

Die Halle entpuppte sich als weitläufiger Bereich mit Gras und einer von Säulen gehaltenen Decke. Ringsum war ein Gitterzaun gezogen, der jedoch den Blick nach draußen freigab. Die übrigen teilnehmenden Personen warteten schon, und alle bekamen ein kleines Säckchen mit Leckerlis.

Es dauerte allein fünfzehn Minuten, die Hunde brav neben Herrchen oder Frauchen zu positionieren. Wobei

Muffin sich vor Tilly setzte und das Säckchen mit den Leckerlis hypnotisierend anstarrte. Alles andere war vergessen.

Sybilla stand ein wenig abseits, hatte ihr Smartphone erhoben und filmte. Vermutlich landeten die zusammengeschnittenen Erfolge dann in den sozialen Medien.

Sie waren insgesamt sechs Personen. Ein Mann, fünf Frauen. Reihum stellten sie sich vor, und Tilly überlegte fieberhaft, woher sie diesen Alois nur kannte? Gesehen hatte sie ihn noch nie, aber der Name …

Da jeder nur nickte, als sie sich vorstellte, war zumindest klargestellt, dass sie eine gewisse Berühmtheit erlangt hatte.

Sascha begann mit seiner Erklärung, dass sie alle lernen mussten, Nein zu sagen. Es gab nichts Schlimmeres als einen tiefen Blick aus traurigen Hundeaugen, der stets gleichgesetzt wurde mit einem verhungernden Vierbeiner. Es genügte völlig, wenn die Tiere einmal am Tag gut zu essen bekamen, auf diese Art nahmen sie auch nicht zu sehr zu. Gerade bei Bassets konnte das Rückenprobleme verursachen. Gab man dem Hundeblick nach, registrierte der Welpe das und fortan war man vor Bettelattacken nicht mehr sicher.

Es folgten einige Übungen, bei denen es darum ging, dass der Hund still sitzen blieb und erste einfache Kommandos befolgte.

Unnötig zu erwähnen, dass Muffin einem Wolf ähnelte, der nach wie vor nur auf das Säckchen stierte. Immerhin blieb er bei Tilly und versuchte nicht, die anderen Besitzer anzubetteln. Wobei sein Blick zweimal in Richtung seiner Kollegen wanderte, die soeben für ihr Stillsitzen belohnt wurden.

»Gut Alois, der hört schon fein«, lobte Ursula Potz, eine Frau mittleren Alters, die die Stadtbücherei führte.

»Dank dir, Uschi.«

»Wenn die anderen Kleinen nur auch immer brav wären, was?« Sie lachte.

Und in diesem Augenblick realisierte Tilly, wo sie den Namen schon einmal gehört hatte. »Alois Koblinski? Sind Sie der Betreiber der Mensa des Pfläumle-Gymnasiums?«

»Der bin ich. Zwei in einem. Aber ich hab ein Alibi.«

Tilly lachte auf. »Wurden Sie denn verdächtigt?«

»Sagen Sie ruhig Du, das tun wir hier alle. Und der Kriminalhauptkommissar Stubs wollte einen lückenlosen Zeitplan von jedem von uns. Sogar von der Konrektorin. Die sah aus, als würde sie ihn gleich zum Nachsitzen verdonnern.« Er lachte, bis ihm bewusst wurde, dass gerade jemand gestorben war. »Tragisch natürlich. Sehr tragisch.« Er tätschelte den Kopf seines Dackels.

»Ihrer?«

»Gehört meiner Schwester. Ich bin heute nur eingesprungen, weil sie keine Zeit hat. Und ich mag ihn, den Beißer.«

Worauf der kleine schwarze Dackel mit dem Schwanz wedelte und sich näher an das Futtersäckchen heranschob.

»Sie hatten also ein Alibi.« Tilly ließ es absichtlich wie eine Feststellung klingen, nicht wie eine Frage.

»Na ja, ich stand halt in der Mensa.« Er zuckte mit den Schultern. »Es war Raubtierfütterung. Da hat mich die gesamte Schule gesehen. Und seitdem der Hartmut-Eloi von Lampenstell diese allergische Attacke hatte, überwache ich das Essen noch genauer. Seine Mutter wollte sogar, dass ab sofort einmal pro Woche eine Untersuchung stattfindet.« Er schüttelte den Kopf.

Es hätte Tilly keine Sekunde überrascht, wenn Eleonore von Lampenstell als Opfer in der Sporthalle aufgefunden worden wäre. Sie machte sich scheinbar überall Freunde.

Gerade wollte Tilly weiter nachhaken, als Muffin neben ihr einen Satz tat.

Während sie sich mit Alois unterhalten hatte, war Uschi – eindeutig angetrieben von Neugier – näher gerückt. Dabei hatte sie aber auch ihr offenes Futtersäckchen in den Radius von Muffin gebracht. Wie viel Kraft in einem Bassetwelpen steckt, wurde im nächsten Augenblick deutlich. Er schoss durch die Luft, knallte gegen Uschi und warf diese um. Mit einem Aufschrei fiel sie zu Boden, ruderte dabei mit den Armen und schlug sie dabei der bebrillten Dame neben ihr ins Gesicht. Deren Brille machte sich selbstständig, und um sie zu halten, ließ sie ebenfalls das Futtersäckchen fallen.

Die Welpen kannten kein Pardon. Wie eine Horde pelziger Piranhas fielen sie über die Leckerlis her. Dabei tollten sie ungestüm über die am Boden liegende Uschi. Aus der Nase der jetzt nicht mehr bebrillten Dame rann ein dünner Blutfaden, aber die Brille war immerhin ganz geblieben.

Überall wurde »Aus« und »Sitz« gebrüllt. Auch Alois' Beißer schoss davon.

Die Hundeübungshalle verwandelte sich in den Inbegriff von Chaos.

Es gab nur drei Personen, die völlig ruhig blieben. Sascha, der sich die Hand vor die Stirn schlug. Tilly, die schlicht erkannte, wenn sie keine Chance mehr hatte. Und Sybilla, die mit zuckenden Mundwinkeln weiter aufnahm.

# 6. KAPITEL

Auf der Basis der bösen Blicke, die ihr aus allen Richtungen zugeworfen wurde, entschied sich Tilly für einen strategischen Rückzug.

Regen trommelte sanft auf das Dach ihres Autos, während sie durch Untertannberg fuhr. Muffin lag zusammengerollt wie ein unschuldiger Donut auf dem Beifahrersitz. Für die anderen Hunde war er eindeutig ein Held, immerhin war er es gewesen, der für einen Schwall aus Leckerlis gesorgt hatte.

»Wir beide müssen ein ernstes Gespräch führen.« Tilly lenkte den Wagen in Richtung ihrer Wohnung.

Ein Basset-Lid hob sich träge, der Winzling gähnte und schlief weiter.

Tilly hatte Antonia bereits via Textmessage mitgeteilt, dass das Gespräch mit Sascha zuerst von einer Annegret – Sybilla – Schabrinski und danach von Muffin torpediert worden war. Irgendwie waren sie einen Schritt vorangekommen und kurz darauf zwei zurückgegangen. Immerhin, er hatte die Ereignisse in der Halle eher amüsant gefunden, abgesehen von der blutigen Nase der Teilnehmerin.

Das Summen ihres Stromers verstummte, als Tilly ihn auf dem Parkplatz in Sichtweite ihrer Wohnung abstellte.

Muffin merkte, dass sein Futternapf näher kam, und schoss ganz freiwillig aus dem warmen Auto in die Herbstkälte.

Der Wind in Untertannberg tauchte die Stadt in eine intensive Frische. Sie eilte zur Tür und rieb sich die Oberarme. Im Inneren war es warm und trocken. Muffin flitzte zu seinem Körbchen.

»Sei bloß anständig«, verlangte Tilly.

Sie streckte den Rücken durch, ließ ihre Gelenke knacken und fühlte sich alt. Was für ein Shampoo Sybilla wohl benutzte? Ihr Haar hatte richtiggehend geleuchtet.

Das Smartphone klingelte.

»Hast du mich wieder über unsere Standortfreigabe gestalkt?«, fragte Tilly.

»Natürlich habe ich das, Lieblings-Blich. Ich wollte auf Nummer sicher gehen, dass du daheim bist, sobald ich anrufe.«

»Damit ich während des Fahrens nicht abgelenkt bin? Wie ungewöhnlich rücksichtsvoll von dir.«

»Damit du während des Fahrens nicht vor Wut gegen eine Hauswand fährst«, erklärte Antonia.

»Wieso sollte ich das denn tun?«, fragte Tilly vorsichtig.

»Weißt du, ich habe mir in den Sozialen Medien die Videos der Hundeschule angesehen. Und Sybilla. Sie hat Aufnahmen aus der Lernstunde vom heutigen Tag hochgeladen. Ich fürchte, sie sind für dich ein wenig unvorteilhaft zusammengeschnitten. Es ist eine Gegenüberstellung zwischen den erfolgreichen Hunden und den schwer erziehbaren.«

»Das ist jetzt nicht dein Ernst!«

Tilly schaltete das Smartphone auf Lautsprecher und rief parallel die entsprechende App auf. Ein Video zeigte die Welpenarmee, die gerade erfolgreich ihre Leckerlis erbeutete. Darunter stand schwarz unterlegt: eine geblichte Situation. Sybilla hatte ihren Namen doch tatsächlich dazu missbraucht, das Chaos aus einer blutenden Nase und wild rufenden Hundebesitzern zu beschreiben, das Muffin angerichtet hatte.

Uschis fuchtelnde Arme waren gut in Szene gesetzt.

Das letzte Video zeigte eine bedröppelt aussehende Tilly inmitten eines Welpenmeeres.

»Diese elende Schlange«, zischte sie. »Und ich gehe jede Wette ein, dass Sascha keine Ahnung von den Videos hat. Der lässt alles sie machen.«

»Dann solltest du ihn aufklären«, erklang Tonys Stimme aus dem Hörer.

»Damit ich als eifersüchtig dastehe?«

»Bist du doch«, neckte Antonia. »Aber schon klar, was du meinst. Ist es schlimm, dass ich irgendwie stolz auf Muffin bin? Er ist ein kleiner Dickkopf und lässt sich nichts sagen. Außerdem ist er ein sehr zielgerichteter Welpe.«

»Das sind sie alle. Glaub mir.«

»Muffin ist etwas Besonderes«, stellte Antonia klar. »Und solltest du als Hundemama das nicht auch so sehen? Ha, du willst es nur nicht zugeben. Aber jetzt erzähl mal, gibt es etwas Neues zu deinem toten Direktor?«

»Es ist nicht *mein* toter Direktor. Es ist nur *ein* toter

Direktor. Ach verdammt, wieso gerate ich immer in diesen Mist?«

»Du bist wie Muffin.«

»Bitte?«

»Oh Blichy«, sagte Antonia. »Du bist auch ein Mensch, der zielgerichtet agiert. Als Besitzerin einer eigenen Firma tun sich ständig Abgründe auf. Probleme, die du angehen musst. Aber das läuft doch prima. Du reinigst Räume, hast tolle Freunde gefunden und sogar – mit der Hilfe deiner besten Freundin – einen Mord gelöst. Tadaaa.«

Im Hintergrund war das typische Geräusch einer Nagelfeile zu hören, die gleichmäßig über Horn strich. Tony würde die am besten aussehende und gepflegteste Anwältin in ganz Deutschland sein.

»Das steht dir auch noch bevor. Wart es nur ab, bis du deine eigene Kanzlei besitzt.«

»Antonia Marschler – elegant, eloquent, engagiert«, trötete es aus dem Hörer. »Nagelstudio und Rechtsberatung. Nur streichen wir dann das Nagelstudio.« Ihre Stimme nahm einen verträumten Klang an, als stelle sie sich bereits vor, wie sie in den großen Chefsessel sank.

Tilly wusste das, weil es ihr selbst auch immer so gegangen war, bis sie ihren Traum hatte Wirklichkeit werden lassen. Der Chefsessel hatte sich bei ihr allerdings als klappriger Stuhl aus den Neunzigern entpuppt.

»Denk immer dran, ein Schritt nach dem anderen«, sagte Antonia. »Mordfall lösen, Kundenstamm aufbauen, Steuerschulden begleichen und Sascha flachlegen.«

»Die Reihenfolge gefällt mir nicht.« Tilly schüttelte den Kopf. »Bis ich bei Sascha angekommen bin, hat Sybilla sich um ihn gekümmert. Morde zu lösen ist so langwierig.«

»Und gefährlich«, merkte Antonia an. »Trotzdem beneide ich dich. Gestern habe ich bis um zwei Uhr Paragrafen gelernt, Tatbestandsmerkmale und Rechtsfolgen markiert. Irgendwie bin ich dann eingeschlafen und habe mir dabei mit dem Marker einen Strich quer übers Gesicht gezogen. Morgens wollte ich ihn wegmachen, worauf ich knallrot gescheuert ins Geschäft gegangen bin. Und weil ich total müde war, habe ich bei einer Stammkundin …«

Stille.

»Ja?« Tilly war es mittlerweile gelungen, die Schuhe wegzukicken und sich auf das Sofa auf der Galerie fallen zu lassen. Muffin versuchte, zu ihr nach oben zu steigen, doch ein böser Blick reichte und er realisierte, dass sein Körbchen der bessere Ort war.

»Komm schon, raus damit. Ich brauche heute etwas, das mich aufmuntert.«

Ein Seufzen drang aus dem Hörer. »Erinnerst du dich noch an dein erstes Mal in unserem Salon, als ich an dir meine Pediküre-Fähigkeiten testen durfte?«

»Oh ja, das war übel. Tony, das hast du nicht wirklich getan?!«

»Gestern ging einfach alles schief. Zuerst habe ich einer Dame bei der Maniküre anstelle von Nagellackentferner neongrünen Nagellack aufgetragen, dann habe ich bei der Pediküre zu lange das Dermabrasionsgerät zur Hornhautentfernung eingesetzt. Irgendwann war dann keine Hornhaut mehr da, die Hitze wurde zu heftig und sie hat geschrien – die Kundin, nicht die Hornhaut. Daraufhin bin ich zusammengezuckt und habe prompt das Gerät noch fester auf die rohe Haut gedrückt. Sie brüllte und trat.«

Tilly unterdrückte ihr Kichern.

»Ich fliege also mit so viel Wucht rückwärts, dass ich im Fußbecken von Camilla lande. Deren Kundin war nicht erbaut und sie noch viel weniger.«

»Ich kann es mir vorstellen. Aber es wurde niemand verletzt, oder?«

»Nur mein Stolz. Und die Hornhaut meiner Kundin. Die Chefin will morgen mit mir ein Gespräch führen, vermutlich bekomme ich eine ordentliche Standpauke gehalten. Von wegen zu viele Paragrafen und so. Sie macht ständig solche Bemerkungen.«

»Lass dich bloß nicht von deinem Traum abbringen.«

»Habe ich nicht vor, aber irgendwie muss ich den ja auch finanzieren. Da kann ich nicht mal eben so aufhören zu arbeiten.«

»Solange du nicht weiter unschuldigen Frauen zu viel Hornhaut entfernst.« Tilly kicherte. »Antonia Marschler – die Hornhaut-Mörderin. Am Ende schaffst du es noch auf die Titelseite der Zeitung.«

»So wie du?«, kam es zuckersüß zurück. »Du bist langsam die berühmteste Person von Untertannberg. Gut, das ist vermutlich nicht schwer.«

»Sie sollten mir irgendeinen Orden verleihen, immerhin

weiß der Rest von Deutschland jetzt, dass es dieses Kaff überhaupt gibt und wo es zu finden ist. Und ich muss mich dafür mit Stubs herumschlagen, einer armen Sekretärin helfen und nebenbei meine privaten Probleme jonglieren.«

»Verblicht noch mal.« Tony brach in Lachen aus.

»Das ist nicht lustig.«

»Ich finde, es hat einen gewissen Klang. Wir müssen es nur umdeuten. Damit es nicht für Chaos, sondern lupenreine Putzkraft steht. ›Ihre Wohnung wurde geblicht‹ oder so.«

»Na, solange du Anwältin wirst, ist alles gut. Marketingexpertin sehe ich nicht.«

Stille drang aus dem Hörer.

»Heute bist du garstig«, sagte Antonia.

»Es tut mir leid.« Tilly seufzte. »Ich bin gerade ein wenig müde, weißt du. Gott sei Dank habe ich Gerdy und Leon, wobei ich gar nicht wissen will, was der momentan wieder ausheckt.«

»Er zockt mit Emil«, erklärte Antonia.

»Wie bitte?«

»Wir schreiben uns auf WhatsApp«, führte sie weiter aus. »Ich will doch wissen, was bei ihm so abgeht. Nach dieser unschönen Sache mit Patrick ging es ihm nicht gut. Und er ist so ein lieber Kerl. Stell dir das mal vor, die dachten alle, er betrinkt sich und fährt den Wagen seiner Eltern zu Schrott, und dabei war das sein Freund, und Leon hat den Kopf für ihn hingehalten.«

Tilly nickte schweigend. Davon abgesehen hatte er stets

an sie geglaubt und sie unterstützt. Da durfte er sich auch mal ein paar Flausen erlauben. Immerhin war er noch jung.

»Und jetzt ›zockt‹ er mit Emil?«, fragte Tilly.

»Jap. Den mag er wohl sehr. Kein Wunder, ist so ein rothaariger Sportlertyp.«

»Hab ihn gesehen. In der Putzkammer.«

»Bitte was?«

Erst jetzt realisierte Tilly, dass sie diese Info noch gar nicht an Antonia weitergeben hatte, und holte es schnell nach.

»Das hat er mir gar nicht erzählt! Na ja, auf jeden Fall ist noch nicht ganz klar, in welche Richtung es sich entwickelt: Freundschaft plus oder was Ernstes.«

Tilly wünschte sich schon aus eigenem Interesse, dass es etwas Ernstes wurde. Verdient hätte Leon es allemal. Genau wie sie selbst. Was ihre Gedanken prompt zu Sascha zurückbrachte und ihr ein Seufzen entlockte.

»Das mit Sascha klappt auch noch«, sagte Antonia, die den Seufzer natürlich sofort durchschaute. »Aber wolltest du mir nicht sagen, ob es Neuigkeiten gibt?«

Tilly berichtete von Alois, dem Betreiber der Mensa-Cafeteria.

»Das ist echt das Gute an so einem Dorf«, sinnierte Tony. »Da läuft man allen Verdächtigten allein durch Zufall über den Weg. In Köln passiert dir das nicht.«

»Von wegen. Fürs Protokoll: Als ich versehentlich Frau Zimuschkes Weinglas zerstört habe, stand sie am Tag darauf im Supermarkt hinter mir und hat losgelegt.«

»Ich bin ja der Meinung, dass sie dich gestalkt hat, aber gut. Jedenfalls kannst du den Alois jetzt ausschließen, richtig?«

»Ich müsste noch überprüfen, ob er wirklich in der Mensa-Cafeteria war. Das könnte ich diese Elif fragen.«

»Die Freundin von Leon? Die ist cool. Total der IT-Nerd. Normalerweise zockt sie mit Leon, aber die Verliebtheit geht vor.«

»Die kennst du also auch?«

»Ich hatte hier ein Computerproblem, und da hat Leon mir ihre Nummer gegeben. Seitdem chatten wir. Sie ist pfiffig, du solltest sie mal auf deinen Uraltrechner im Büro ansetzen. In nächster Zeit sehe ich Leon da nichts machen.«

»Wo du recht hast … Schick mir auf jeden Fall mal ihre Nummer, man kann ja nie wissen.« Tilly fiel wieder mal auf, dass es niemanden gab, der besser netzwerken konnte als Antonia. Sie kam mit jedem ins Gespräch und ihre einnehmende Art sorgte dafür, dass die Menschen sie in positiver Erinnerung behielten.

Tilly sagte man da andere Dinge nach. Worte wie ›ruppig‹ und ›wuchtig‹ oder seit Neuestem ›geblicht‹.

»Was willst du jetzt tun?«, fragte Tony.

»Ich werde auf jeden Fall mal mit dem Sportlehrer sprechen, immerhin gab es da diesen Streit. Wäre schon interessant, zu wissen, worum es ging.«

»Aber er hat die Sporthalle schon vor dem Mord verlassen.«

»Hätte jedoch zurückkommen können«, gab Tilly zu bedenken. »Nein, die einzige Person, die wir aktuell wirklich zu einhundert Prozent ausschließen können, ist Alois. Wenn er wirklich in der Mensa-Cafeteria stand.«

»Könnte Paula …«

»Nie und nimmer. Da hat der Stubs sich total in etwas verrannt. Mein Instinkt ist da eindeutig.«

»Vergiss nicht, dass wir uns schon einmal alle geirrt haben.«

Tonys Worte rissen Tillys Wunde wieder auf. Manchmal glaubte man selbst bei den schlechtesten Menschen an das Gute, wurde aber eines Besseren belehrt. Sie durfte Paula natürlich nicht von vornherein von der Verdächtigenliste streichen, nur weil sie ihr sympathisch war.

»Wir können jene Lehrer ausschließen, die zum Tatzeitpunkt Unterricht vor einer Klasse hatten. Dazu alle, die sich im Lehrerzimmer befanden. Ich denke, wer das war, erfahren wir durch ein paar Befragungen. Aber ab dann wird es schwierig. Mit etwas Glück kann Sarah mir morgen sagen, wann der Direktor exakt ermordet wurde, damit lässt sich der Kreis der Verdächtigen weiter eingrenzen.«

»Halte mich auf dem Laufenden, ja?«

»Und du mich über den Erfolg von Leons Werbeversuchen«, gab Tilly mit einem Grinsen zurück.

»Werbeversuche«, echote Tony. »Jetzt klingst du fast schon wie deine Mutter.«

Tilly zuckte prompt zusammen. »Darüber machen wir

keine Witze. Und du sollst sie nicht erwähnen, du weißt, sie kann das spüren.«

Antonia kicherte. »Ich bitte dich, sie wird wohl kaum ins Auto springen und plötzlich vor deiner Tür in Untertannberg stehen.«

Bei dem Gedanken wurde Tilly heiß und kalt zugleich. Ihre Mutter als Teil einer Mordermittlung … Stubs hätte sie es gegönnt, aber ihr eigenes Nervenkostüm war dafür zu fragil.

»Ich bereite mich jetzt seelisch und moralisch auf mein morgiges Chefinnen-Gespräch vor«, verkündete Antonia. »Schlaf gut, Lieblings-Blich.«

»Schlaf gut, Tony-Teufel.«

Sie legte auf.

Sofort wollten ihre Gedanken sich wieder dem Chaosknäuel zuwenden, das Tilly entwirren musste.

»Heute nicht!«, beschloss sie dann aber spontan.

Sie linste zur Seite, wo Muffin es irgendwann geschafft hatte, auf die Couch zu krabbeln. Müde kraulte sie den Winzling.

Das leise Geräusch von Regentropfen gegen Glas ließ Tillys Lider schwer werden. Eingerollt in eine Decke, schlief sie gemeinsam mit Muffin ein.

# 7. KAPITEL

Tilly wurde von einer feuchten Schnauze geweckt, die über ihr Gesicht strich. Der Traum von Sascha, der sich eng an sie schmiegte, verpuffte abrupt. Als sie die Augen öffnete, starrten zwei treue Hundeaugen sie aus einem Zentimeter Entfernung an.

»Wah!« Tilly fuhr zusammen.

Wie aufs Stichwort ging am anderen Ende der Wohnung der Discokugel-Wecker los und spielte »I will survive«. Muffin fand das alles superlustig, spannend und überhaupt. Er bellte, tollte herum und freute sich des Morgens.

»Hundewelpe müsste man sein.« Tilly steckte die Nacht auf der Couch in den Knochen.

Die Morgentoilette zog sich hin, aber dann bekam Muffin sein Fressen und danach ging es zur Firma. Die Tür wurde aufgeruckelt, Tilly trat ein und schob sie wieder zu.

Am Tisch saß Jörg Höffler, die Steuerunterlagen vor sich, einen Eisbeutel an der Stirn. »Guten Morgen.«

»Was ist Ihnen denn passiert?«

»Sie sollten die Tür wirklich ölen oder gleich neue Scharniere einbauen lassen«, erwiderte er. »Ich bin mit Schwung dagegengelaufen, weil ich gedanklich damit beschäftigt war, die Hotelausgabe von vor zwei Jahren einzuordnen.«

»Und wie ging das Einordnen aus?«

»Nicht zu Ihren Gunsten«, antwortete Herr Höffler schmallippig.

Womöglich hatte die verdammte Tür sie gerade eine absetzbare Ausgabe gekostet. Bedauerlicherweise besaß Tilly kein Geld für einen Ersatz.

»Wenn meine Steuerrückzahlungen nicht zu hoch sind, kann ich die Tür ersetzen lassen.«

Ihr Lächeln traf eine Zementblock-Miene. »Netter Versuch.«

»Guten Morgen«, trällerte Gerdy. »Kommst du direkt rüber, wir müssen uns unterhalten, bevor du wieder zur Schule fährst.«

»Ich fahre wieder zur Schule?«

»Aber ja. Paula hat angerufen, du musst auf jeden Fall weitermachen. Gerade jetzt. Nur sollte dein Probeputzen nicht exemplarisch werden.«

Hinter Tilly lachte Herr Höffler auf. Als sie sich ihm zuwandte, schlug er die Hand erschrocken vor den Mund.

»Sie dürfen durchaus lachen«, merkte sie an. »Das spricht doch sicher nicht gegen Ihre Berufsethik.«

»Das nicht«, sagte er. »Aber es kam mir unangemessen vor.«

Sie ließen ihn allein und gingen in den Nebenraum.

Gerdy wandte sich noch einmal um. »Falls das Telefon klingelt, sagen Sie einfach, ich bin gleich zurück.«

Vom Schreibtisch war ein protestierendes Grummeln zu vernehmen.

»Er wird rangehen«, war Gerdy überzeugt. »Du wirst nicht glauben, was heute passiert ist.«

»Paula hat angerufen?«

Sie betraten den Raum. »Das auch. Aber Leon war hier. Um sieben.«

Tilly blinzelte erschrocken. »Was ist passiert?«

»Er war gut gelaunt.«

»Vor sieben und dem ersten Kaffee? Oha, das Date mit Emil muss richtig gut gelaufen sein.«

»Scheinbar findet der Emil es cool, dass Leon im Direktorenmord ermittelt. Die haben sich noch zusammengesetzt, und heute Morgen hat er mir eine Tabelle präsentiert.« Gerdy deutete auf das Mörderboard. »Darin stehen alle Lehrer, die Unterricht hatten. Inklusive Bestätigung, dass sie auch wirklich anwesend waren. Die haben am Abend wohl andere Schüler durchtelefoniert.«

»Wow.« Tilly trat näher.

In den einzelnen Tabellenzellen standen die Uhrzeiten, der jeweilige Lehrer und von welchen beiden Schülern Leon und Emil die Bestätigung des Alibis eingeholt hatten.

»Damit können wir echt was anfangen«, bestätigte Tilly. »Wissen wir schon etwas von Sarah?«

»Ich habe kurz mit ihr telefoniert. Sie will sich nachher melden, sobald die Obduktion abgeschlossen ist und der Bericht vorliegt. Wir geben ihr diese Tabelle doch, oder?«

Tilly schürzte die Lippen. Sie wollte auf keinen Fall

Stubs unterstützen, aber hier ging es immerhin darum, einen Mörder zu finden. Und damit konnte Sarah womöglich auf den Kriminalhauptkommissar einwirken. »Mach bitte eine Kopie.«

Gerdy lächelte zufrieden. »Laut Leon haben sie heute ab elf Uhr dreißig Sport bei Jan Kurmann. Falls du da zufällig zur passenden Uhrzeit reinschneist, könntest du ihn befragen.«

»Gar keine schlechte Idee. Er kann uns auch alles zum Gelände sagen. Es gibt sicher so was wie Notausgänge. Und diese Sache mit der Trillerpfeife samt Monogramm lässt mich nicht los. Schon ein sehr spezifischer Gegenstand.«

»Also, ich habe bei Paula am Telefon nachgehakt.« Gerdy setzte ihre Brille auf und zog einen Zettel hervor. »Der Direktor besaß weder eine solche Pfeife, noch war er für seinen Minze-Honig-Geruch bekannt. Im Gegenteil, er war gegen alle möglichen Gräser und Pollen allergisch, weshalb er nicht einmal ein Rasierwasser benutzte. Er war zudem maßgeblich daran beteiligt, das Essen in der Mensa zu modernisieren. Bio, Gemüse, lokale Zutaten und alles ohne Zusatzstoffe.«

Womit er sich bei Eleonore von Lampenstell sicher etliche Pluspunkte geholt hatte.

»Was sagen die Leute in der Stadt sonst so?«, fragte Tilly.

»Ich war gestern Abend im *Eintöpfle.*« Gerdy zog ihre Brille wieder von der Nase. »So ganz grundsätzlich haben alle noch in Erinnerung, wie du bei deiner Ankunft falsch beschuldigt wurdest. Die Leute glauben nicht, dass du es warst, da kann ich dich beruhigen. Ehrlich gesagt ist momentan jeder gespannt, wer die Sache zuerst löst: du oder Stubs.«

»Nicht dein Ernst.«

Gerdy nickte gewichtig. »Immerhin hat er den letzten Fall verpatzt, das ist jedem klar. Seiner Laune tut das gar nicht gut, er wird alles daran setzen, den Fall vor dir aufzuklären. Das können wir natürlich nicht zulassen, schließlich sind wir Team Blich. Wir blichen jeden Mörder.«

»Damit fangen wir gar nicht erst an«, stellte sie klar. »Woher hast du das?«

»Antonia hat es Leon gewhatsappt und der mir«, erklärte Gerdy. »Es geht wohl um ein Re-Branding.«

»Ich brauche kein Re-Branding für meinen Namen, danke. Und wenn man es genau nimmt, ist die Aufklärung eines Mordes ja auch nicht meine Aufgabe.«

Sie fand zwar tatsächlich Gefallen an der Ermittlungsarbeit, andererseits war sie verdammt noch mal eine Reinigungskraft und keine Ersatzpolizistin für den idiotischen Kriminalhauptkommissar.

Erst jetzt bemerkte Tilly, dass Muffin nicht da war. Hektisch sah sie sich um.

»Keine Angst, der Kuchen steht ab sofort außerhalb der Reichweite von Kindern und Welpen.«

Sie kehrten zurück in den Hauptraum. Gerade rechtzeitig, um mitzuerleben, wie die Eingangstür mit einem einzigen wuchtigen Ruck geöffnet wurde.

Mit offenem Mund starrten Tilly, Gerdy und Herr Höffler zur Tür. Letzterer ließ sogar seinen Eisbeutel sinken.

In der Tür stand Eleonore von Lampenstell mit einer weiteren Frau, die ein Smartphone in die Höhe hielt. Dessen Kamera war in den Raum gerichtet.

»Guten Morgen, guten Morgen.«

»Der Helikopter setzt zum Sturzflug an«, raunte Gerdy.

Tilly dachte eher an einen Jumbojet, der über eine Landebahn bretterte.

»Ich bin hier, um mich über den Stand der Ermittlungen zu erkundigen«, trällerte Frau von Lampenstell. »Wir Eltern sind überaus besorgt und denken darüber nach, einen Bodyguard zu engagieren, der die Kinder begleitet.«

»In den Unterricht?«, entfuhr es Tilly.

»Absolut. Da kann ja sonst etwas passieren.«

»Ja klar«, murmelte sie. »Binomische Formeln können schon mal Schmerzen verursachen.« Lauter ergänzte Tilly: »Wir sollten jetzt nichts übereilen.«

»Es geht um Hartmut-Eloi. Und natürlich alle anderen Kinder, die ebenfalls möglicherweise in großer Gefahr schweben.« Frau von Lampenstell nickte gewichtig. »Sie haben sicher keine Kinder, sonst würden Sie nicht so leichtfertig darüber sprechen.«

»Liebe Frau Lampenstell«, begann Tilly.

»… *von* Lampenstell«, warf diese ein.

»Wollte ich sagen. Sehen Sie, Kriminalhauptkommissar Stubs wird sicher niemals zulassen, dass den Kindern etwas passiert. Und er wird unterstützt von Sarah Kraft, die nun wirklich kompetent ist.«

»Wollen Sie damit sagen, dass er es nicht ist?«

»Jetzt drehen Sie mir doch nicht das Wort im Mund herum.« Genau das *hatte* Tilly damit sagen wollen. »Wir tun alle unser Bestes, um diesen Mordfall zu lösen.«

»Richtig. Und deshalb habe ich gemeinsam mit weiteren besorgten Eltern eine Mordermittlungsgruppe gegründet. Also, bei WhatsApp. Ich leite alle Ermittlungsergebnisse, die von unserer Exekutiven, Ihnen oder uns selbst beigetragen werden, dorthin weiter.«

»Sie ermitteln.« Tilly starrte entgeistert auf das Smartphone.

»Absolut. Je mehr, desto besser, richtig? Wir haben alle hohe Bildungsabschlüsse.«

Dass sie Tilly dabei einen vielsagenden Blick zuwarf, verbuchte diese unter Zufall. Andernfalls hätte sie Eleonore von Lampenstell hochkant rauswerfen müssen.

Die andere Frau – augenscheinlich ebenfalls eine überbesorgte Mutter – schwenkte die Kamera des Smartphones durch den Raum.

»Was wird das denn?«, fragte Gerdy.

»Na, wir sind live. Ich streame das in der Gruppe, damit die übrigen Eltern vom Arbeitsplatz aus zusehen können«, erwiderte Frau von Lampenstell. »Gibt es bereits Input?«

Die andere Mutter nickte und betrachtete den Chat. »Siglinde fragt, ob es mittlerweile erste Verdächtige gibt.

Und Peter will wissen, wieso Jörg Höffler hier ist.« Sie blickte kurz auf. »Peter ist Steuerfachanwalt.« Wieder linste sie in den Chat. »Cornelia fragt, ob es denn noch Lehrer gibt, von denen wir wissen, dass unsere Kinder bei ihnen sicher sind? Man könnte da ja vielleicht für Extrastunden votieren oder die Stundenpläne ändern.«

»Warum stellen Sie nicht gleich einen neuen Lehrplan auf?«, fragte Tilly trocken.

»Das sage ich bereits seit Monaten«, ereiferte sich Frau von Lampenstell prompt. »Mein Hartmut-Eloi ist doch gar nicht auf das Arztstudium vorbereitet! Bildungsmisere Deutschland, sag ich da nur. Wenn wir Eltern – unter meinem Vorsitz – einen vernünftigen Lehrplan ausarbeiten würden, sähen die Pisa-Ergebnisse ganz anders aus.«

»Zweifellos.« Was sollte Tilly sonst auch sagen? »Wieso kümmern wir uns nicht alle wieder um das, was wir am besten können?«

»Das tue ich doch«, sagte Frau von Lampenstell. »Ich organisiere die Schwarmintelligenz der Elternschaft, damit unsere Kinder eine bessere, sicherere Zukunft haben. Und aktuell gibt es nichts, was deren Sicherheit mehr gefährdet, als ein frei herumlaufender Mörder.«

»Oder eine Mörderin«, warf die andere Mutter ein. »Möglicherweise auch eine nonbinäre Person.«

Frau von Lampenstell wedelte mit der Hand. »Im Protokoll für Kriminalhauptkommissar Stubs werden wir das natürlich aufschlüsseln. Wir möchten hier niemanden als potenzielle Mordperson ausschließen.«

»Besprechen Sie das doch erst mal mit Stubs«, schlug Tilly vor. »Der freut sich ganz bestimmt.«

»Und ich dachte immer, dass Sie beide sich nicht so gut verstehen«, sagte Frau von Lampenstell. »Dabei hat er exakt das Gleiche vorgeschlagen. Ich solle doch zuerst Sie aufsuchen und dann wieder zu ihm kommen. Er würde sich natürlich die Zeit nehmen, mit mir alle Ergebnisse durchzugehen.«

»Dieser elende Halunke«, zischte Tilly leise. »Der will unsere Ermittlungsergebnisse abgreifen.« Etwas deutlicher ergänzte sie: »Sie sind doch eine Frau von Welt und überaus eloquent.«

»Absolut«, bestätigte Frau von Lampenstell. »Eloquenz.« Sie tippte sich gegen die Schläfe. »Eine Menge davon.«

Gerdy maskierte ihr Lachen glücklicherweise durch ein Husten. Vermutlich war da gerade intelligent und eloquent verwechselt worden, aber sei's drum.

»An Ihrer Stelle würde ich nicht darauf warten, bis Kriminalhauptkommissar Stubs mal durchatmen kann, ermöglichen *Sie* ihm das.« Tilly lächelte zuckersüß. »Dem Polizeirevier kommt jemand, der gut koordiniert und Ressourcen freisetzt, gerade recht.« In Gedanken entschuldigte sie sich tausendmal bei Sarah. »Ich bin sicher, unser über alles geliebter Stubs wird sich auf diese Art Zeit nehmen können und jedes Detail mit Ihnen erörtern. Sie wären dann quasi seine Assistentin.«

»Ich betrachte das eher als gleichwertige Teamarbeit, aber Sie haben recht.«

»Wir haben leider bisher fast gar nichts Neues herausgefunden.« Sie zuckte entschuldigend mit den Schultern. »Ich bin eben hauptberuflich eine Reinigungskraft.«

»Natürlich.« Frau von Lampenstell nickte zustimmend. »Wir wollen Sie auch nicht weiter stören. Ich werde eine weitere WhatsApp-Gruppe einrichten, über die wir kommunizieren können, falls sich neue Spuren auftun.« Sie hob die geballte rechte Faust. »Team von Lampenstell.«

Und schon gingen die beiden wieder hinaus. Die Tür wurde mit einem einzigen harten Ruck geschlossen.

»Ich fühle mich, als wäre ich gerade von einem ICE überrollt worden«, flüsterte Gerdy.

Erst jetzt realisierte Herr Höffler, dass er eigentlich die Rechnungen durchgehen sollte, und machte sich wieder ans Werk. Der arme Kerl wirkte ebenfalls geschockt. Vermutlich sehnte er sich zurück in sein Büro. Tilly konnte das absolut nachvollziehen.

»Dir ist aber schon klar, dass Stubsi dich dafür hassen wird.« Gerdy verzog die Mundwinkel zu einem gemeinen Grinsen. »Verdient hat er es.«

Sie hatte ihre Kündigung im Polizeirevier also nicht vergessen. Kein Wunder, dass Gerdy mit Feuer und Flamme in Mordermittlungen einstieg.

»Auf jeden Fall wird Frau von Lampenstell Stubs beschäftigen«, sagte Tilly. »Ich werde in der Zwischenzeit zur Schule fahren. Schließlich freut sich der Sportlehrer bestimmt, wenn ich seine Wirkstätte reinige und dabei ein wenig mit ihm plaudere.«

»Ich drücke dir die Daumen«, sagte Gerdy. »Und grüß den Leon.«

»Wenn ich ihn sehe. Er und Emil in der Sporthalle? Ich hoffe, da sind alle Extraräume verschlossen.«

Gerdy zwinkerte. »Ach ja, die Jugend.«

Tilly sammelte jene Sachen zusammen, die nicht vor Ort im Putzraum gewesen waren, und lud sie in den Flower-Power-Sprinter, wie sie ihn nannte. Heute stand neben der Schule ein weiterer wichtiger Termin auf dem Plan. Einen, mit dem sie nicht gerechnet hätte. Doch eine Rückfrage bei Gerdy hatte ergeben, dass er tatsächlich nicht abgesagt worden war.

Ein spannender Tag lag vor ihr.

Als sie gerade hinausging, klingelte das Telefon.

Da Gerdy noch einmal zum Mörderboard geeilt war, griff sich Jörg Höffler den Hörer.

»*Plitz & Blank*, wie kann ich Ihnen helfen?« Nach kurzer Stille sprach er weiter. »Ja, da ist bestimmt noch was frei. Doch, das gilt als haushaltsnahe Dienstleistung, aber ich darf sie gar nicht … Natürlich auf Rechnung!«

Muffin folgte Gerdy aus dem Raum, wohl hoffend, dass er noch mit Kuchen versorgt wurde.

Tilly grinste in sich hinein und verließ die Firma.

# 8. KAPITEL

Tilly parkte und stieg aus. In der Ferne ragte das Schulgebäude empor, nach außen wirkte es so unschuldig. Der Anblick ließ an Teenager denken, die mit geschulterten Rucksäcken zum Eingang strömten. Einen erwürgten Direktor hatte man nicht unbedingt vor Augen.

Heute hatte Tilly sich für einen anderen Parkplatz entschieden. Erst aus dieser Perspektive konnte sie das ältere Nebengebäude genauer betrachten. Der Anblick hatte etwas Trostloses.

Neben ihr kam ein dunkler VW zum Stehen. Die Fahrertür wurde geöffnet, und ein Herr stieg aus. Tilly schätzte ihn auf Anfang siebzig.

»Kein schöner Anblick, was?«, begrüßte er sie. »Pichler mein Name, Mathe und Physik.«

»Tilly Blich«, erwiderte sie. »Wischmopp und Staubwedel.«

Herr Pichler lachte auf. »Die berühmte Tilly Blich. Natürlich habe ich schon von Ihnen gehört und auch gelesen.«

»Glauben Sie ja nicht alles.«

»Keine Sorge, ich bilde mir mein Urteil stets selbst.« Der Mathe- und Physiklehrer machte auf Tilly einen offenen

Eindruck. Das graue Haar war ordentlich frisiert, er trug Kordhose und Hemd. »Das Ding dort drüben war schon zu meiner Zeit als aktiver Lehrer baufällig.« Er nickte in Richtung des heruntergekommenen Gebäudes. »Es hätte eine Komplettsanierung benötigt, aber aufgrund des Denkmalschutzes war das zu teuer.«

»Und jetzt?«

Herr Pichler zuckte mit den Schultern. »Vegetiert es vor sich hin und verfällt. Natürlich alles abgesperrt. Über den Keller sind die beiden Gebäude noch miteinander verbunden, aber da darf niemand mehr hinein. Angeblich hat es dort mal vor langer Zeit einen Unfall gegeben, weil ein paar Schüler Mutproben veranstaltet haben.«

Warum dachte Tilly direkt an Leon?

Sie konzentrierte sich wieder auf ihr Gegenüber. Wenn sie sich richtig erinnerte, gehörte Herr Pichler auf Leons Liste in die Rubrik »kein Alibi«. »Sie wurden aus dem Ruhestand zurückgeholt, korrekt?«

Er öffnete die Beifahrertür und nahm eine Aktenmappe heraus.

Tilly zog ihrerseits die seitliche Tür des Flower-Power-Busses auf und den Putzwagen mit den Reinigungsutensilien heraus. Mit einem Rumms schloss sie sie wieder.

Gemeinsam spazierten sie vom Parkplatz.

»Tja, der Personalmangel schlägt zurzeit überall zu«, erwiderte Pichler. »Man hat angefragt, ob ich ein paar Stunden pro Woche übernehmen würde. Und wenn ich meinen Beitrag leisten kann …«

»War es im Ruhestand zu langweilig?«, fragte Tilly mit einem Lächeln.

Pichler schmunzelte. »Ganz und gar nicht. Zumal ich mit meinen einundfünfzig Jahren ja noch nicht in Pension bin.«

Tilly schluckte und war froh, keine laute Altersabschätzung abgegeben zu haben. »Das müssen Sie mir jetzt aber erklären.«

»Ich habe damals im Verlauf meines Berufslebens – genau genommen vor zwanzig Jahren – eine Lernsoftware entwickelt und an einen Schulverlag verkauft. Die war zu jener Zeit recht innovativ, und ich bekomme noch heute prozentuale Anteile.«

»Da konnten Sie sich also zur Ruhe setzen.«

»Richtig. Ich habe mich in den letzten Jahren intensiv mit dem Wandel der Lehrmethoden durch den Einzug von Computern und KI beschäftigt.«

Beinahe wäre Tilly vor Verblüffung über ihre eigenen Füße gestolpert. »Was man halt so macht, wenn man nichts zu tun hat.«

Der Mathe- und Physiklehrer grinste schelmisch. »Solange man neuen Dingen gegenüber offenbleibt, hält das jung.«

Was auf Energie bezogen eindeutig der Fall zu sein schien. Herr Pichler spazierte beschwingten Schrittes über das Schulhofpflaster auf das Hauptgebäude zu.

Ihr blieben nur noch wenige Minuten, um die eigentlichen Fragen zu stellen, die für die Ermittlung wichtig waren. Der Eingang der Sporthalle lag zu Tillys linker Seite, und sie hatte ihn fast erreicht. »Sie kommen zurück, und kurz darauf wird der Direktor umgebracht. Das muss schlimm sein.«

Über das Gesicht des Lehrers huschte ein Schatten. »Da haben Sie recht. So was ist noch nie vorgekommen. Mal hat sich ein Kollege verletzt, oder es war eben das hohe Alter, aber so was … nein. Ich bin ja auch nur zurückgekommen, weil der Markus mich gebeten hat.«

»Markus?«, fragte Tilly irritiert. »Ach so, der Direktor.«

»Wir kannten uns von früher. Sind ein Jahrgang. Während des Studiums haben wir uns ein wenig aus den Augen verloren. Sind dann beide hier gelandet, aber ich habe mich nach Stuttgart versetzen lassen und kurz darauf eben aufgehört.«

»Wie haben Sie denn von seinem Tod erfahren?« Tilly nickte in Richtung Sporthalle.

»Ich habe gerade am Rechner die Software für die Mathe-AG vorbereitet. Da können Formeln dazu genutzt werden, um mathematische Gebilde zu visualisieren.« Prompt bekamen Herrn Pichlers Augen einen seligen Glanz.

»So toll«, warf Tilly ein.

»Nicht wahr?«

»Und da standen Sie ganz allein herum und dann …«

Er nickte. »… wurde plötzlich die Tür aufgerissen und ein völlig aufgelöster Jannis-Noah ist hereingestürmt und hat gesagt, im Gruppenchat würde gerade darüber gesprochen, dass der Direktor tot ist. Ich hielt das ehrlich gesagt für einen geschmacklosen Scherz.«

Was Tilly vermutlich ebenso gegangen wäre.

»Ich habe mich dann erst mal bestmöglich darum bemüht, Antworten zu erhalten, gleichzeitig musste ich die Kinder in Schach halten, die durch die Gänge gelaufen sind. Die wollten alle rüber zur Sporthalle.«

Wie Tilly sicher erinnerte, hatten es auch einige geschafft. Gegen eine Flut an Schülern kam wohl am Ende kein Lehrer an. Und dank Smartphones waren so umgehend Bilder und Videos entstanden. Sie wollte gar nicht wissen, was demnächst noch alles im Netz auftauchen würde.

»Ich hoffe wirklich, dass diese Sache zügig aufgeklärt wird«, sinnierte Herr Pichler. »Nicht auszudenken, wenn es jemand aus dem Kollegium war.«

»Hätten Sie eine Person in Verdacht?«

»Das ist es ja, eigentlich nicht. Jeder mochte Markus, kam gut mit ihm aus. Er hatte stets ein offenes Ohr, versuchte, die Personalprobleme zu lösen … ich bin jetzt erst seit diesem Schuljahr wieder mit an Bord, aber ich habe nichts Negatives mitbekommen. Nur mit der Konrektorin lief es wohl nicht ganz so gut.« Er räusperte sich.

»Ach?«

»Nicht so wichtig. Auch die kamen letztlich gut miteinander aus, obwohl es wohl eine alte Geschichte zwischen den beiden gab. Jetzt hat sie jedenfalls seinen Job und macht ihn obendrein ganz gut.«

Wenn Tilly an Eltern wie Eleonore von Lampenstell dachte, dann konnte sie Frau Richter nicht beglückwünschen. Diesen Job hätte sie niemals angenommen. Andererseits waren Menschen unterschiedlich; die meisten sahen auch im Putzen nicht unbedingt die große Berufung.

»Ich werde in der Sporthalle erwartet.« Tilly stoppte und deutete mit dem Daumen auf die Tür. »Aber es hat mich gefreut, Sie kennenzulernen.«

»Ebenso. Viel Erfolg.«

Herr Pichler nickte ihr freundlich zu und ging davon.

Für jemanden, der einen alten Freund verloren hatte, wirkte er sehr aufgeklärt, fast schon beschwingt. Andererseits hatten sie sich vermutlich jahrelang nicht gesehen, und er war erst seit Kurzem wieder dabei.

Tilly schritt auf die Sporthalle zu, zog die Tür auf und schob den Putzwagen hinein. Jetzt galt es, strategisch vorzugehen. Die Sportstunde ging noch dreißig Minuten. Danach musste sie den Lehrer unbedingt abfangen, bevor sie alles reinigte und später mit Leon zum nächsten Auftrag abzog.

Zuerst prüfte Tilly, welcher Bereich der Halle ungenutzt war. Es gab drei ausfahrbare Wandteiler, die entsprechend Teilungen schufen, damit Klassen parallel ihre Stunde haben konnten. Wie vermutet war jener Bereich, in dem Direktor Markus Eberhardt gestorben war, unbenutzt. Laut Paula war der Tatortreiniger bereits zugange gewesen, alle Spuren waren vollständig gesichert. Sie durfte also jetzt wirklich putzen und sollte es auch noch einmal tun.

Tilly betrat den Raum und fühlte sich sofort an den Vortag erinnert. Unweigerlich glaubte sie, Honig-Minze zu riechen. Die Wandfächer waren alle geöffnet, Kreidestriche und Fotomarkierungen bereits wieder entfernt.

Viel zu tun gab es hier nicht, der Tatortreiniger hatte ganze Arbeit geleistet. Sie betrachtete noch einmal alles genau. Im hinteren Bereich gab es in der Wand verbaute Sprossen, Taue konnten von der Decke herabgelassen werden. Gegenüber der Eingangstür gab es einen Notausgang. Tilly ging zur Tür und untersuchte diese eingehend. Tatsächlich waren Reste von Fingerabdruckpulver zu erkennen.

Das Ergebnis spielte allerdings keine Rolle. Hier war in letzter Zeit sicherlich nicht so reinlich geputzt worden, dass die Abdrücke zwingend vom Tatzeitpunkt stammen mussten. Außerdem hatte der Täter zweifellos alles gut vorbereitet und würde kaum ohne Handschuhe eine Türklinke benutzen.

Fenster gab es lediglich an der Decke. Diese konnten elektronisch in die Schräge gefahren werden – sie kannte dieses Modell noch aus ihrer Schulzeit –, aber über die war es fast unmöglich, in die Halle zu gelangen. Außerdem war das Gebäude kleiner als das in Sichtweite gelegene Hauptgebäude. Wer von oben kam, lief also Gefahr, gesehen zu werden.

»Verdammt noch mal, welchen Weg hast du benutzt?«, murmelte Tilly.

Plötzlich kam ihr ein Gedanke. Was, wenn der Mörder

bereits hier gewesen war? Er hatte den Streit von Direktor Eberhardt und dem Sportlehrer mit angehört und auf seine Chance gewartet. Aber dann hätte er trotzdem noch unbemerkt die Sporthalle verlassen müssen. Doch nach dem Mord war der Bereich vor dem Eingang voller Menschen gewesen.

»Schüler«, murmelte Tilly.

Da wäre einer mehr oder weniger nicht aufgefallen. Konnte das tatsächlich sein? Es hatte bereits Schüler gegeben, die handgreiflich gegenüber ihren Lehrern geworden waren. Sie durften es nicht ausschließen.

In dem Fall mussten sie die Alibisuche sogar noch erweitern. Auf die Schule gingen weit über hundert Schüler, und vermutlich gab es einige, die kein Alibi hatten. Von Freistunde bis Toilettengang war alles möglich. Eine Herausforderung von ganz anderen Ausmaßen.

Tilly warf einen Blick auf die Uhr und verließ den Bereich. In den übrigen beiden würde das Putzen nicht so simpel verlaufen, das war klar. Sie lauschte auf die Schülerstimmen und öffnete dort die Tür, wo es am lautesten war.

Leons Klasse bekam eindeutig keine Zeit, über die Ereignisse nachzudenken. Schwitzend rannten die Schüler im Kreis. Der Sportlehrer diskutierte gerade eifrig mit einer Frau im Blaumann. Dazwischen pfiff er mit seiner Trillerpfeife, woraufhin die Kids mit Liegestützen anfingen. Erst beim zweiten Pfeifen durften sie aufhören und wieder rennen. Einige waren bereits bedrohlich rot im Gesicht.

Tilly näherte sich dem Sportlehrer und der jungen

Frau – von der sie annahm, dass es die Hausmeisterin war – unauffällig. Soweit man eben unauffällig sein konnte, so auf offener Fläche. Den Wagen ließ sie am Eingang stehen.

»Ist mir egal, ich werde auf keinen Fall länger bleiben«, stellte der Sportlehrer soeben klar.

Die junge Frau schien sichtlich darum bemüht, ihn nicht anzubrüllen. »Ich habe auch keine Zeit dafür.«

»Sie sind die Hausmeisterin!«

»Facility-Managerin«, korrigierte sie ihn. »Als solche muss ich mich eigentlich gerade um zwei kaputte Lampen im Chemielabor kümmern, zusätzlich um ein Ventilationsproblem im Keller und eine verstopfte Toilette bei den Jungs.«

»Ein vielseitiger Job, Glückwunsch.«

Tilly räusperte sich. »Die verstopfte Toilette kann ich übernehmen.«

Ein Satz, den sie gehofft hatte, nie wieder aussprechen zu müssen. Aber sie benötigte Aufmerksamkeit und Vertrauen, und beides kam nun mal leichter von Menschen, die dankbar waren.

»Frau Blich.« Die Hausmeisterin strahlte. »Es freut mich so, dass Sie wieder da sind. Danke, dass Sie das machen.«

»Dann kann sie doch gleich auch die Sportgeräte verstauen, die der Tatortreiniger hat stehen lassen.« Herr Kurmann deutete mit dem Daumen auf den Bereich nebenan, den Tilly soeben verlassen hatte.

»Das ist ja wohl das Letzte«, patzte die Facility-Managerin. »Frau Blich ist eine Reinigungsfachkraft und keine Sportlehrerin.« Sie wandte ihr kurz den Kopf zu. »Ich bin Vanessa Hoffmann, aber nennen Sie mich einfach Vanni.« Als sie sich ruckartig wieder dem Sportlehrer zuwandte, hüpfte das zu einem Pferdeschwanz gebundene Haar energisch von einer Seite zur anderen. »Die Geräte sind Ihr Job!« Vanni war eindeutig jünger als Sportlehrer Kurmann, doch ihr Blick hatte eine tödliche Intensität angenommen.

»Dann lösen wir das auf die gute altmodische Art.« Er pustete in seine Trillerpfeife, dieses Mal jedoch zweimal.

Die Schüler wirkten dem Tode näher als dem Leben. Ein Mädchen stützte sich an der Wand ab, ein Junge sah aus, als wäre ihm schlecht.

»Alle nach nebenan, wir räumen die Sportgeräte weg. Danach seid ihr entlassen!« Schon stapfte der Sportlehrer davon.

»So ein Mistkerl«, schimpfte Vanni. »Die Konrektorin hat klargemacht, dass keiner der Schüler in den Bereich geht, bis ein Sozialpädagoge nachgefühlt hat, ob jeder mit den Ereignissen zurechtkommt. Und jetzt sollen sie die Geräte verstauen. Bestimmt rennen am Ende zwei Mädchen mit Tränen in den Augen herum, und irgendein Junge starrt schweigend die Wand an. Wenn sie nur alle den Mund aufmachen würden, dann wüsste man, wem es schlecht geht.«

»Ich habe als Teenager auch mit keinem Erwachsenen gesprochen. Schon gar nicht mit meinen Lehrern oder meinen Eltern.«

»Wem sagst du das.«

»Bist du schon lange hier als Facility-Managerin angestellt?«, fragte Tilly.

Vanni winkte ab. »Sag ruhig Hausmeisterin, das ist einfacher. Ich wollte vor diesem Macho nur klarstellen, dass er nicht auf mich herabzusehen hat. Er weist gerne mal Aufgaben zu und stolziert pünktlich um dreizehn Uhr hier raus. So ein ›Dienst nach Vorschrift‹-Typ. Als ob ich nicht genug zu tun hätte.« Sie rieb sich müde die Augen. »Tut mir leid. Aber momentan sind wir alle etwas angespannt.«

»Kann ich verstehen.«

»Du hast den Direktor ja gefunden, wie geht es dir denn?«

Verblüfft erwiderte Tilly den Blick der anderen Frau. Bisher hatte sie das noch niemand gefragt. »Es war ein Schock. Aber ich kannte ihn glücklicherweise nicht persönlich. Und er war nicht die erste Leiche, die ich gesehen habe.«

Vanni nickte wissend. »Ganz Untertannberg hat mitbekommen, wie du den letzten Mordfall aufgeklärt hast. War ein echter Schocker. Und jetzt geht es direkt weiter.« Sie sah sich um. »Wo ist denn dein Hund?«

Selbst Muffin hatte es also mittlerweile zu gewissem Ruhm gebracht.

»Der wird gerade von meiner Sekretärin gehegt und gepflegt.«

Vanni lächelte. »Damit er hier nicht direkt alles dreckig macht. Guter Plan.«

»Wie geht es dir mit der Sache?«

Vanni zuckte mit den Schultern. »Sagen wir so: Ich hatte mit Direktor Eberhardt eine gute Arbeitsbeziehung. Nicht mehr, aber auch nicht weniger. Er war immer respektvoll. Ganz anders als die übrigen Lehrer und externen Mitarbeiter. Letzte Woche kam doch glatt der Müllmensch nicht. Und was verlangt da der Alois Koblinski von mir?«

»Dass du die Mülltonen leeren sollst?«

Verdutzt starrte Vanni sie an. »Woher weißt du das?«

»Hat irgendwer erzählt.« Tilly wedelte mit der Hand.

»Stell dir das mal vor. Ich repariere Klimaanlagen, Lampen und Elektronik. Ich bin verdammt noch mal dafür qualifiziert und dann schickt er mich zum Mülltonnenleeren. Ich werde den Müllsack nie vergessen, denn als ich den weggebracht habe, hab ich vom Mord erfahren. Das einzige Glück dabei ist, dass mich Hunderte von Kindern aus dem Fenster der Mensa gesehen haben.«

»Also gibt jetzt die Konrektorin den Ton an?«

Für eine Sekunde wurde Vannis Blick vollkommen ausdruckslos. »Sie ist ein anderes Kaliber.«

»Das hat schon mal jemand zu mir gesagt. Was genau meinst du damit?«

»Da machst du dir am besten selbst ein Bild. Aber ich muss los. Die Jungentoilette im zweiten Stock ist die verstopfte. Viel Erfolg beim Freimachen der Klos, in unser aller Interesse.« Sie eilte davon.

»Das nenne ich mal Flucht.« Tilly blickte ihr sinnierend hinterher.

Bis ein mürrisch dreinblickender Leon neben ihr zum Stehen kam. »Mein Geist ist hier, aber mein Körper im Prinzip tot.«

»Dein Sportlehrer scheint ein ganz Netter zu sein.«

»Ich hoffe, er ist der Mörder.«

»Leon!«

»Ist doch wahr, dann sind wir ihn los. Ich weiß nicht, ob ich noch putzen kann. Mein Kreuz und überhaupt alles.«

Tilly blickte ihn nur schweigend an.

»Jaaaa, ist ja gut.« Er trottete zum Putzwagen, um sich auszurüsten.

»Du weißt noch nicht einmal, wo es danach hingeht«, sagte Tilly leise. »Auf dich wartet der zweite Stock.«

Leon würde nicht begeistert sein.

# 9. KAPITEL

»Weißt du, normalerweise überraschen Freunde mich mit positiven Dingen.« Leon saß mit verschränkten Armen auf dem Beifahrersitz des Flower-Power-Busses.

Er hatte die Jungentoilette unter größtem Protest geputzt und war noch mürrischer zurückgekehrt. In der Zwischenzeit hatte Tilly den Anruf von Gerdy erhalten, der dafür sorgte, dass sie mitsamt der Putzutensilien an den Rand von Untertannberg unterwegs waren.

»Ich war wirklich überrascht«, erklärte Tilly. »Erst dachte ich, Gerdy macht einen Scherz. Dass wir von dieser Firma je wieder etwas hören, hätte ich niemals erwartet. Da Dieter Lenz jetzt im Gefängnis sitzt, ist wohl sein Sohn Florian zuständig für die Geschäftsführung. Aber dass ausgerechnet der will, dass wir bei ihnen putzen … seltsam.«

Sie stiegen nacheinander aus.

Die Baufirma von Dieter Lenz war auch groß im Geschäft mit Tresoren tätig, trotzdem hatte das dem Firmenchef nicht gereicht. Er hatte sich zusätzlich bereichern wollen. Ein paar komplizierte Verstrickungen später saß er im Gefängnis.

»Immerhin haben wir seinem Vater am Ende das Leben

gerettet«, sagte Leon mit gerunzelter Stirn. »Dennoch hätte ich ehrlich gesagt auch vermutet, dass er uns hasst.«

Sie gingen den gepflasterten Weg entlang bis zur zweiflügeligen Eingangstür der Firma. Der Eingangsbereich hatte sich deutlich verändert. Alles wirkte heller und freundlicher, Blumenkübel standen an einer Wand, und Glasvitrinen waren aufgestellt worden.

»Hätte ich dem Florian gar nicht zugetraut«, sagte Leon. »Sieht ganz gut aus. Er hat ein Händchen dafür.«

Tilly trat an die Theke des Empfangsbereichs, hinter der neue Monitore standen, an der Wand hingen Bilder von Urlaubszielen. Genauer: Fotos. Auf einigen davon waren Bullis zu sehen.

»Die Aufnahmen sehen aber alt aus«, sagte Tilly. »Haben eher einen 68er-Touch.«

»Frau Blich.« Durch die Tür hinter dem Empfang trat Rosetta Taff. »Und der Leon. So schön, euch beide zu sehen.«

Sie kam auf sie zugeeilt und herzte sie.

Rosetta Taff hatte bis vor Kurzem eine Bürgerinitiative angeführt, die gegen das neue Rathaus gewesen war. Wie es nun damit weiterging, hing von der kommenden Bürgermeisterwahl ab.

»Was machen Sie denn hier?«, fragte Tilly.

»Der Dieter hat mir die Führung der Firma übertragen«, erwiderte Rosetta. »Damit frischer Wind reinkommt. Und wir sind hier doch unter uns, da sagen wir Du. Schließlich habt ihr beide mein Leben gerettet, und das von Dieter.«

»Was ihn ins Gefängnis gebracht hat«, merkte Leon an.

»In ein paar Monaten ist er wieder raus«, erklärte Rosetta. »Der Doktor Muffel vertritt ihn. Das ist einer, der kennt jeden Paragrafen. Kein Wunder, dass seine Kanzlei so floriert.«

»Jetzt sollen wir hier putzen?«, fragte sie.

»Richtig. Quasi als kleines Dankeschön«, sagte Rosetta.

Tilly warf Leon einen scharfen Blick zu, der gerade etwas sagen wollte. Er entschied sich glücklicherweise doch dafür, den Mund zu halten. Obgleich Tilly vermutlich gerade das Gleiche durch den Kopf ging. Es war also ein Dankeschön, dass sie hier putzen durfte? »Das ist so nett.«

»Ihr habt mein Leben gerettet, da ist das das Mindeste«, sagte Rosetta.

Wieder setzte Leon dazu an, etwas zu sagen.

»Wie geht es denn dem Florian?«, fragte Tilly daher flink.

»Der Junge ist noch in der Phase der inneren Selbstfindung«, erklärte Rosetta. »Ich habe ihm angeboten, zusammen einen Joint zu rauchen und zu meditieren, aber das wollte er nicht. Er ist da eher verstockt. Kommt ganz nach dem Vater.« Rosetta wandte sich dem eigentlichen Thema zu und gab genaue Anweisungen, was in welcher Reihenfolge zu reinigen war. Angefangen mit den Glasvitrinen.

Die Eingangshalle, das musste Tilly zugeben, lud zum Verweilen ein. Die Sessel sahen bequem aus, die Vitrinen beherbergten diverse alte Tresorschlösser und Schlüssel im Wandel der Zeit, und an der Wand hingen historische Aufnahmen der jeweiligen Firmenbesitzer. In den meisten Fällen zeigten die Bilder ihn stolz neben einer weiteren Person und entweder vor einem wohl gerade errichteten Gebäude oder einem eingebauten Safe.

Da Muffin nicht mit dabei war, musste Tilly sich keine Sorgen machen, dass es hier zu einem Scherbenhaufen aus Glassplittern kommen würde.

»Wenn ihr fertig seid, könnt ihr mir gerne auf einen Kombucha-Drink Gesellschaft leisten«, sagte Rosetta und verschwand hinaus.

»Die hat bestimmt schon einen Joint geraucht«, merkte Leon grinsend an.

»Ich rieche nichts. Aber ein frischer Kombucha würde mir jetzt auch guttun.« Tilly schnappte sich den Wischmopp und füllte Wasser in das Reservoir am Griff.

Leon zog den Staubwedel hervor. »Ich mache die Glasvitrinen.«

Gemeinsam gingen sie ans Werk.

»Wie läuft es mit Emil?«, fragte Tilly.

»Jo, läuft.« Leons Wangen nahmen die Farbe reifer Erdbeeren an. »Wie steht es mit Sascha?«

»Wir haben uns kürzlich wieder getroffen.«

»Habe ich mitbekommen. Auf TikTok.« Prompt wirkte er verärgert. »Das war echt mies.«

»Ach na ja, passiert.« Tilly musste zugeben, dass ihr Leons Empörung guttat.

Er nahm sorgfältig zwei Schlüsselmodelle aus den Vitrinen, besprühte die Glasflächen und wischte sie ab. Er hatte mittlerweile einiges über Putzmittel und deren korrekte Anwendung gelernt. Noch vor wenigen Wochen hätte er den Backofenreiniger auf das Glas gesprüht. Nachdem er fertig war, blieben jetzt nicht einmal Streifen zurück.

»Ich muss deiner Mutter mal einen Tipp geben, dass du ab sofort auch zu Hause eingesetzt werden kannst.«

Leon zuckte nur mit den Schultern. »Ich putze daheim eh.«

»Was?« Verdutzt stoppte Tilly mitten in der Wischmopp-Bewegung.

»Meine Eltern haben viel zu tun. Und Mom wollte zwar schon immer 'ne Hilfskraft, aber dann ist eine gegangen, und sie hatte keine Zeit, Ersatz zu besorgen. Also habe ich das übernommen. Kein Ding.«

Wieder verteilte sich der Sprühnebel über die Glasflächen.

Jedes Mal, wenn Tilly glaubte, Leon endlich einschätzen zu können, kam er mit so einer Bemerkung um die Ecke und tat ihr prompt leid. Er verrichtete so viele Dinge, ohne darüber zu sprechen. Mal nahm er die Schuld eines Freundes auf sich, mal putzte er daheim alles.

»Dafür hattest du beim letzten Mal aber keine besonders gute Routine«, merkte Tilly neckend an.

»Ist halt schon was anderes, ob man Wäsche wäscht, Geschirr aus- und einräumt und den Müll runterbringt, mal das Haus durchwischt oder voll der Putzprofi ist wie du.«

»Das hast du jetzt aber nett gesagt.«

»Jo.«

Innerlich stöhnte Tilly auf. Sie hasste dieses Wort, aber es gehörte scheinbar zu achtzig Prozent des Wortschatzes der jugendlichen Kerle und blieb in jeder Generation verhaftet. »Komm mir nicht mit Jo.«

Leon grinste in sich hinein. Er wusste genau, was sie davon hielt.

»Ihr beiden habt hier nichts zu suchen!«, brüllte plötzlich jemand.

Tilly fuhr herum, den Wischmopp abwehrend vor sich gestreckt. Leon kam aus der Hocke in die Höhe und hielt noch die Sprühflasche mit dem Glasreiniger in der Hand, bereit, sie bei Bedarf gegen mögliche Angreifer einzusetzen.

In der Tür stand Florian Lenz. Er trug Chino, Polohemd und einen Mörderblick. »Rosetta! Ich habe dir gesagt, die kommen nicht in *meine* Firma!«

Rosetta schwebte von der anderen Seite herein, der Blick glasig und das Gesicht ein Ausdruck purer Seligkeit. »Jetzt könnt ihr euch versöhnen.«

»Sie haben meinen Vater ins Gefängnis gebracht!«

»Ihm das Leben gerettet«, korrigierte sie. »Da unsere Liebe wieder erblüht und ich hier Prokura habe, ist es *unsere* Firma, Florian.«

Der Sohn von Dieter Lenz wusste eindeutig nicht, wohin mit seiner Wut. Tilly erkannte viel zu spät, es würde nicht bei einem bösen Blick bleiben. Der junge Mann donnerte auf Leon zu wie ein Preisboxer im Ring. Er war auf Ärger aus, stach mit dem Zeigefinger nach ihm. Leon wich zurück, hatte aber die Glasvitrine im Rücken. Reflexartig hob er den Glasreiniger, und als Florian ihm erneut den Finger in die Brust stechen wollte, betätigte er den Hebel der Flasche. Ein Sprühstoß wirbelte Lenz Junior ins Gesicht. Dieser schrie auf und stieß Leon von sich.

»Waaaah.« Mit rudernden Armen krachte Leon rücklings in die Glasvitrine.

Die Böden lösten sich, schepperten herab und explodierten in einer Scherbenfontäne.

»Meine Augen«, brüllte Florian.

»Begegnet euch mit Liebe«, rief Rosetta.

Leons Stirn machte Bekanntschaft mit der Seitenwand der Vitrine, die prompt zur Seite kippte und mit einem enormen Knall auf den Boden aufschlug. Der Druck löste die Verankerungen, und alle noch verbliebenen Scheiben zerbarsten. Splitter flogen umher. Im Reflex sah Tilly sich um, wollte auf Nummer sicher gehen, dass Muffin nichts abbekam. Aber der war zum Glück gar nicht da.

Leons Lider waren geschlossen. Er hatte eine Platzwunde an der Stirn, aus der Blut tropfte. Einige der Splitter hatten leichte Kratzer überall in seinem Gesicht hinterlassen. »Leon!«

Sie eilte zu ihm.

»Die Wut hat seinen Geist umfangen«, flötete Rosetta.

»Wohl eher die Glasvitrine.«

Florian rieb sich die geröteten Augen, blinzelte und sah sich um. In seinem Blick erkannte Tilly den Schock einer Person, deren Wut verraucht war und die mit den Konsequenzen ihrer Tat konfrontiert wurde.

»D… Das wollte ich nicht.«

Tilly ging neben Leon in die Hocke. »Hey.«

Er blinzelte.

»Geht es dir gut?«

Er starrte sie an. »Ich glaube … Jo.«

Tilly stöhnte genervt auf. »Hauptsache, du kannst noch Witze machen.«

Sie half ihm auf. Natürlich gab ihr kleiner Teenager sich taff, doch sein Gesicht war bleich und er zitterte.

»Ich kann mich um die Wunde kümmern«, sagte Rosetta. »Ich habe hier noch antibakterielle Kräuter und Verbandszeug. Möglicherweise kann ich sie nähen, das habe ich schon mal gemacht … in den Sechzigern.«

Jetzt wurde Leon richtig bleich. »Tilly.«

»Nein, nein, wir bringen dich zu einem Arzt. Das sieht mir zu heikel aus.«

»Oder Gerdy?«

»Ein Arzt«, stellte sie klar. »So was werdet ihr hier in Untertannberg doch bestimmt haben.«

»Wir haben sogar einen Schamanen«, erklärte Rosetta.

»Doktor Jamado«, sagte Florian. »Er ist unser Hausarzt, hat in seiner Heimat aber als Chirurg gearbeitet, der ist wirklich gut.«

»Bei dem bin ich auch«, ergänzte Leon.

»Das klingt doch wunderbar.« Tilly packte das Putzzeug zusammen. »Um die Scherben kümmerst du dich.« Nun war es ihr Zeigefinger, der sich auf Florians Brust richtete.

»Natürlich«, erwiderte dieser kleinlaut.

»Danach werden Florian und ich meditieren«, sagte Rosetta. »Damit Wut und Schuld gleichermaßen abfließen können.«

Tilly wollte Mitleid mit dem Jungen haben, dessen Leben sich aktuell anfühlen musste wie der Schleudergang einer Waschmaschine. Andererseits war Gewalt niemals akzeptabel, und der arme Leon hatte nichts getan, um das zu provozieren.

»Moment.« Leon nahm sein Smartphone hervor, aktivierte die Kamerafunktion und ließ die Kamera einmal durch den Raum wandern. »Falls es mit der Versicherung Probleme gibt.« Zum Schluss machte er noch ein Selfie von sich und Einzelaufnahmen.

Das Ergebnis war vermutlich eine sehr verwackelte Sache, doch der Gedanke war gut. Nicht, dass Tilly gleich das nächste Problem bekam.

»Ihr müsst euch keine Sorgen machen«, sagte Florian. »War ja meine Schuld.«

»Das stimmt.« Tilly nickte nachdrücklich. »Vielleicht solltest du auch ein langes und intensives Gespräch mit deinem Vater führen.«

Damit rollte sie den Putzwagen hinaus, stets darauf achtend, dass Leon neben ihr war. Falls er stürzte, wollte sie ihn auffangen können. Doch sie erreichten den Flower-Power-Bus ohne weitere Zwischenfälle.

Tilly verstaute zuerst Leon, dann die Utensilien und schließlich fuhren sie vom Parkplatz.

Wie immer blickten auf dem Weg in die Stadt alle auf den Wagen. »Dieser Bus ist ein ganz schlechtes Fahrzeug, um inkognito zu bleiben.«

»Schon klar, einen zweiten Flower-Power-Bus gibt es wohl in ganz Untertannberg nicht, aber bisher kam ich eben nicht zum umlackieren.« Was auch eine Frage des Geldes war.

Leon schaute nach draußen. Gerade als Tilly dachte, er habe vielleicht eine Gehirnerschütterung, sagte er: »Flower-Power-Bus. FPB. Fipbs. Oder besser Fips, das ›B‹ braucht niemand. So nenne ich ihn jetzt.«

»Das ist viel zu niedlich für diese Schrottkarre. Dich hat es wohl doch härter erwischt als gedacht.«

»Mir geht es gut.« Mittlerweile drückte Leon sich ein Tuch gegen die Wunde. »Den Umständen entsprechend.«

»Sorgen wir erst einmal dafür, dass Doktor Jamado auch noch den Rest übernimmt.«

»Er wird nähen müssen.« Leon wirkte bedrückt. »Das gibt bestimmt eine Narbe.«

»Heutzutage wird da nicht mehr mit Nadel und Faden gearbeitet.«

Leon schwieg.

Mit der Hilfe der Maps-App ließ Tilly sich zu der Praxis von Doktor Jamado lotsen, der Erdgeschossräume in der

Innenstadt von Untertannberg angemietet hatte. Glücklicherweise mit Parkplätzen.

Im Inneren erwarteten sie mit hellem Holz getäfelter Boden, hohe Altbaudecken und stuckverzierte Wände. Dazwischen eine moderne Büroausstattung. Landschaftsaufnahmen aus aller Welt zierten die Raufaser.

»Ach herrje.« Die Dame hinter der Theke trug einen weißen Kittel mit einem Namensschild daran, das sie als Lara Hitzelsdinger auswies. Auf ihrer Nase saß eine Brille, das dunkle Haar fiel offen auf ihre Schulter. »Was ist denn mit dir passiert, Leon?«

»Er hat Bekanntschaft mit einer Glasvitrine gemacht«, erwiderte Tilly an seiner statt.

Frau Hitzelsdinger warf einen Blick auf ihren Monitor. »Raum 3.« Sie sprang auf und wies sie beide an, ihr zu folgen.

Leon wurde auf die Liege gesetzt, weigerte sich aber, sich hinzulegen.

»Doktor Jamado, hier ist ein Notfall«, brüllte Frau Hitzelsdinger durch die Praxis. »Der Leon ist wohl beim Putzen in eine Glasvitrine gekracht. Platzwunde und Schrammen. Da müssen Sie ran.«

Kurz darauf schlich eine ältere Dame betont unauffällig an der Tür vorbei, warf einen Blick herein und ging weiter zur Toilette. Womit zweifellos sichergestellt wäre, dass ganz Untertannberg am kommenden Morgen über Leons schwere Verletzung informiert sein würde.

Dieser saß auf der Seite der Liege, ließ seine Beine baumeln und wartete geduldig. Frau Hitzelsdinger hatte bereits ein Tablett gerichtet, auf dem eine Metallschale und diverse Utensilien lagen.

»Hallo, Leon.« Doktor Jamado betrat den Raum. Er war hochgewachsen, besaß einen schwungvollen Gang und einen professionellen Blick. Seine Stimme war weich und warm. »Arbeitsunfall?«

»Stimmt.«

»Keine Sorge, ich habe da noch eine Schale Affenbrotbaumwürmer, die kippe ich einfach drüber und sie fressen alle Giftstoffe, die sich in der Wunde abgelagert haben.«

Leon wurde bleich.

»Sie haben ja einen netten Humor«, sagte Tilly.

Doktor Jamado grinste breit. »Sie wären überrascht, wie viele es glauben. Als Arzt, der ursprünglich aus Kenia stammt, wird mir immer wieder einiges unterstellt. Sie sind also die berühmte Tilly Blich.«

»Die bin ich wohl, und mir wird auch immer einiges unterstellt.« Sie schüttelte ihm die Hand. »Freut mich. Trotz der Umstände.«

Doktor Jamado zog sich einen Stuhl auf Rollen heran und besah sich die Platzwunde genauer. »Ein glatter Schnitt. Da muss ich nicht nähen, das lässt sich verkleben.« Er schürzte die Lippen. »Wenn der breiter wäre, hätte ich die Wundheilung mit Adrenalin beschleunigt, aber ich denke, das müsste auch so gehen. Die Schrammen im Gesicht verheilen sowieso von alleine. Keine Angst, da bleibt nichts zurück.«

Leon atmete sichtlich erleichtert auf. »Danke, Doc.«

»Ha, warte damit noch. Am Anfang reinigen wir das nämlich gründlich. Das wird allerdings brennen.« Er griff nach dem Tablett und begann mit der Behandlung.

Leon biss immer wieder die Zähne zusammen, hielt sich darüber hinaus aber tapfer.

Tilly war durchaus bewusst, dass der Unfall weitaus schlimmer hätte ausgehen können. Wenn eine der Scherben eine Arterie verletzt hätte … nicht auszudenken. Sie würde auf jeden Fall noch einmal mit Rosetta und Florian sprechen.

Einstweilen hatte sie allerdings genug für heute.

Als Doktor Jamado fertig war, bedankte sich Leon erneut. Der Arzt nahm Tilly das Versprechen ab, dass sie auch bald einmal vorbeischaute, damit er eine Routineuntersuchung vornehmen und eine Akte anlegen konnte. Er wollte nicht warten, bis ein akuter Notfall eintrat.

Sie versprach es und verließ mit Leon die Praxis.

Minuten später erreichten sie mit Fips den Hof von *Plitz & Blank*.

# 10. KAPITEL

Tilly betrachtete Leon, der mit Muffin knuddelte und die Nähe des Tieres genoss. Gleichzeitig schnappte Gerdy sich die leeren Teller und brachte direkt Kuchennachschub.

Nach einiger Zeit und etlichem Getippe auf seinem Smartphone verabschiedete Leon sich, um bei Emil vorbeizuschauen. Es beruhigte Tilly, dass ihr junger Freund den Abend nicht allein verbrachte.

»Unser Leon.« Gerdy schüttelte den Kopf. »Immer mitten im Chaos.« Sie sah ihm besorgt hinterher.

»Für heute ist es jetzt wirklich gut.« Tilly sah sich um. »Wo ist denn der Herr Höffler?«

»Wollte etwas früher gehen, nachdem er sich mit einer unlesbaren Rechnung herumgeschlagen hatte. Ich fürchte, da kommt noch einiges auf uns zu.«

»Für heute will ich nichts mehr von Rechnungen, Steuern oder sonstigen Problemen wissen. Komm, Muffin.« Der Basset, der sich gerade an das letzte Stück Kuchen herangeschlichen hatte, ließ zögerlich davon ab, kam aber dann euphorisch näher.

Tilly gab ihm ein paar Streicheleinheiten, verabschiedete sich von Gerdy und machte sich auf den Weg in ihr

Friseurladenzuhause. Mittlerweile wurde es früh dunkel, und der kühle Wind tat sein Übriges; sie fröstelte.

»Nächsten Sommer ist eindeutig Urlaub angesagt«, erklärte sie Muffin, der gerade ausgiebig einen Laternenpfahl beschnüffelte. »Notfalls putze ich dafür im Ferienhaus von irgendwelchen Menschen, die mehr Geld haben als ich.«

Was so ziemlich jeder war.

Auf dem Weg sah sie im *Eintöpfle* vorbei, plauderte ein wenig mit Traude und aß Semmelknödel mit Gulasch. Muffin bekam einen Napf mit Wasser hingestellt. Nach einiger Zeit gelang es ihm, in die Küche zu flüchten, wo freudige Ausrufe zu hören waren. Vermutlich wurde er dort ordentlich durchgefüttert, denn als Tilly durch die Tür trat, kaute er eifrig. Gegen neun Uhr spazierten sie vom *Eintöpfle* über den Dorfplatz zurück in die Fußgängerzone. Gerade als Tilly die Tür des Friseurladens aufschloss, donnerte es in der Ferne, ein Blitz erhellte das Firmament.

»Heute wollen wir nicht mehr raus, was?«

Ihre Frage richtete sich an Muffin, doch der war bereits durch den Türspalt geflitzt, schnappte sich sein herumliegendes Stofftier und verkroch sich in seinem Körbchen. Regen war für ihn okay, aber Blitz und Donner gingen gar nicht.

Tilly legte ihren Schlüssel in die Schale, reckte sich und gähnte. Immer wieder sah sie Leon vor sich, der in die Vitrine krachte. Das hätte so böse ausgehen können. Sie schüttelte den Kopf, um nicht länger daran zu denken.

Gerade setzte sie dazu an, die Treppen hinauf zur Fernsehgalerie zu steigen, da klingelte es. Tilly stoppte verblüfft in der Bewegung. Hatte überhaupt schon einmal jemand bei ihr geklingelt? Es war kein angenehmer Ton, eher schrill. Wie ein uralter Wecker. Sie ging zur Tür und öffnete. »Tony?!«

Vor ihr stand Antonia, nass wie ein begossener Pudel. Und so wirkte sie auch. »Lieblings-Blich.« Sie zitterte.

Tilly zog sie in die Wohnung und schloss die Tür hinter ihr. »Was ist passiert?«

Antonia schien unter Schock zu stehen. Mit zittrigen Bewegungen ging sie zum nächstbesten Stuhl und plumpste darauf. »Ich wurde entlassen.«

»Bitte was?«

»Das Dermabrasionsdebakel hatte wohl ein Nachspiel«, erklärte Tony, den Blick ins Nirgendwo gerichtet. »Meine Kundin ist zum Arzt, hat sich ein Attest über ihre Verletzung geben lassen und einen Anwalt eingeschaltet.«

»Das ist aber sehr amerikanisch«, warf Tilly ein.

»Hab ich auch gesagt. Die Kundin meiner Chefin war allerdings ebenfalls nicht begeistert, sie hat darauf bestanden, dass sie die Behandlung kostenlos bekommt. Daraufhin hat die gesagt, ich muss mich entscheiden: entweder das Studium oder meine Anstellung bei ihr.«

»Darf sie das?«

»Keine Ahnung, Arbeitsrecht kommt erst noch.« Tony zuckte hilflos mit den Schultern. »Aber sie hat schon recht. Das Studium ist hart und läuft momentan nebenbei. Es ist mein Traum, und ich bin bereit, alles dafür zu geben, nur was jetzt? Von irgendwas muss Frau ja leben.«

»Ich würde dir sofort eine Stelle als Reinigungsfachkraft anbieten, aber …«

»Bist du irre?« Antonia kam langsam wieder zu sich. »Entschuldige, Blichy, doch ich würde dir säurehaltigen Reiniger auf das Parkett sprühen.«

Sie winkte ab. »Hat Leon alles schon gemacht. Ich habe eine Liste mit Anfängerfehlern, die ich dir geben könnte. Leider fehlt mir aber ohnehin das Geld für eine weitere Anstellung.«

»Freundschaft und Business verträgt sich nicht«, sagte Antonia. »Denk nur an meinen Bruder.«

Wie hätte Tilly es vergessen können? Tonys Bruder war ein Computernerd. Als Teenager hatte er mit seinem »best Bro« ein Unternehmen aufgezogen, das Computer reparierte. Das funktionierte, bis besagter Bro das weibliche Geschlecht für sich entdeckte. Dank diesem geänderten Fokus musste sich Tonys Bruder alleine um die meisten Computer kümmern, das Geld war aber weiterhin geteilt worden. Das Ergebnis war ein heftiger Streit und das Ende einer Jungsfreundschaft. Der »best Bro« wurde zum »ex Bro«.

Im aktuellen Fall wäre es obendrein noch ein Hierarchieverhältnis, bei dem Tilly die Chefin von Tony wäre. »Du hast recht, vergiss es. Aber was machst du denn jetzt?«

Ihre Freundin räusperte sich. »Da meine Chefin mir das 1-Zimmer-Appartement vermietet hat, fällt das auch weg. Das bekommt meine Nachfolgerin.«

»Das ist jetzt aber wirklich dreist.«

»Bis zum Ende des Monats habe ich noch«, erklärte Tony.

»Definitiv nicht legal.«

»Ich habe kein Geld für einen Anwalt und ehrlich gesagt auch keine Kraft. Die steckt in meinem Studium. Aber es ist praktischerweise ein *Fern*studium. Da dachte ich mir, ich könnte mich quasi um Muffin kümmern … und so.«

Tilly blinzelte. »Du willst hier wohnen?«

»Tut mir leid. Falls es nicht geht …«

»Natürlich geht das!« Tilly strahlte über das ganze Gesicht. »Das ist sogar richtig toll! Nimm dir alle Zeit der Welt. Wir fahren nächste Woche deine Sachen holen, und dann bleibst du hier. Auf der Galerie können wir es dir wohnlich einrichten, und hier unten am Tisch kannst du dein ganzes Gesetzeszeug aufbauen.«

»Damit bin ich keine Obdachlose. Danke Blichy.«

»Nicht dafür. Aber das löst das Geldproblem nicht.«

Muffin flitzte nicht länger um Antonia herum oder hoffte auf eine Streicheleinheit, er begann stattdessen die Pfütze aufzulecken, die sich um ihre Schuhe gebildet hatte.

Tilly rannte ins Bad, holte ein Handtuch und Tony rubbelte sich die Haare trocken.

»Ich mache uns einen heißen Tee, und du verschwindest unter der Dusche«, befahl sie.

Sie legte Ersatzkleidung bereit, eine Jogginghose und ein Shirt. Der Tee dampfte, und ein Teller mit Keksen fand seinen Weg auf den Tisch. Vor der Wohnungstür hatten sich die Schleusen des Himmels geöffnet, und Regen prasselte herab. Tony ließ sich Zeit.

Als sie in den Wohnbereich zurückkehrte, stand alles bereit. Sie nahmen am Tisch Platz, ein Handtuch um die Haare gewickelt.

»Ich wüsste nicht, was ich ohne dich täte.«

Tilly schob ihr eine Tasse hin, und sie stießen an. »Dito, Tony-Teufel.«

Muffin lag in drei Schritten Entfernung auf dem Bauch und beobachtete sie. Sobald Tilly zu ihm blickte, wedelte sein Schwanz. »Hast du noch Rücklagen?«

»Ohne Miete reicht es für zwei Monate. Danach wird es eng. Keine Chance ohne Nebenjob. Ich habe schon die Fernuni angeschrieben, ob sie da etwas vermitteln.«

»BAföG?«

»Wohl kaum. Du weißt doch, meine Eltern haben ein prall gefülltes Konto, sie wollen nur nicht, dass ihre Kinder verzogen werden.«

Eine bittere Sache. Als Kind hatte Tilly ihre beste Freundin stets beneidet, weil diese in einem großen Haus wohnte, mit Eltern, die beide in ihrem jeweiligen Berufsfeld – Medizin und Ingenieurswesen – ordentlich Geld verdienten. Leider hatten sie dafür zahlreiche Opfer bringen müssen. »Man bekommt im Leben nichts geschenkt«, hatte Tony oft gehört. Das Ergebnis war, dass sie und ihre beiden Brüder sich alles selbst verdienen mussten. Das galt bis heute. Ihre Eltern hatten Respekt vor Tonys Entscheidung, Anwältin zu werden und neben dem Beruf zu studieren. Dass sie allerdings nach ihrem Abi nicht direkt studiert hatte, war – O-Ton – ihrer Faulheit zuzuschreiben.

»Hey«, sagte Tilly sanft. »Wir finden eine Lösung. Ich habe mir am Ende auch meine Firma kaufen können.« Sie räusperte sich. »Mag diese auch ein wenig anders aussehen, als ich es mir vorgestellt habe.« Wer konnte schon sagen, ob sie diese überhaupt noch lange besaß.

Sie tranken in kleinen Schlucken Tee, und Tilly genoss die Wärme, die durch Tonys Anwesenheit den Raum erfüllte. Gerade wenn es draußen düster und regnerisch war, fühlte sie sich allein nie wohl.

Im Schrank kramte Tilly das Ersatzbettzeug hervor, und die Couch vor dem Fernseher auf der Galerie klappte sie aus.

»Die Straßenlaternen stören dich hoffentlich nicht«, sagte Tilly.

Ihre Wohnung war nun einmal ein umgebauter Friseurladen. Die Galerie ging zur Straße hin und zog sich die gesamte Länge die Schaufensterscheibe entlang. Von der Couch aus konnte man in die Fußgängerzone blicken, selbst mit herabgelassenen Rollos fiel das Licht der Straßenlaternen herein.

»Ehrlich gesagt mag ich es sogar«, gestand Tony. »Man kann hinausblicken und sich vorstellen, wie die Menschen am Tag wieder hier durchlaufen werden.«

»Klar, voll die Massen«, kommentierte Tilly. »In der Weltstadt Untertannberg.«

Prompt bekam sie einen Ellenbogenstoß. »Du bist so unromantisch.«

»Pragmatisch nennt man das.« Tilly gähnte. »Ich werde morgen nämlich eine der Personen sein, die viel zu früh in Richtung ihrer Arbeitsstelle hasten muss. Leon macht hoffentlich frei nach seinem Unfall.«

»Unfall?!« Tony setzte sich kerzengerade auf. »Wovon sprichst du?«

Erst jetzt erinnerte sich Tilly daran, dass sie ihre beste Freundin noch nicht eingeweiht hatte. Diese wiederum riss prompt ihr Smartphone in die Höhe und prüfte den Chat.

»Er hat nicht geschrieben! Normalerweise hat er immer bereits ein paar Nachrichten hinterlassen, wenn ich draufschaue. Er liebt sein Smartphone. Das hätte mir auffallen müssen. Jetzt red schon, Blichy!«

»Ganz ruhig. Du hyperventilierst.«

»War es ein Mordanschlag? Wie bei mir vor einigen Wochen?«

Sie berichtete vom Putzauftrag bei der Firma Lenz und von den Ereignissen, die zu Leons Sturz in die Glasvitrine geführt hatten.

»Diesen Florian knöpfe ich mir vor.« Blitze flammten in Antonias Blick. »Und Leon auch, weil er mir nichts davon geschrieben hat.«

»Er ist bei Emil.«

»Na gut, ihn lass ich davonkommen. Aber dieser Florian …«

»Den auch«, stellte Tilly klar. »Dem geht es nämlich ebenfalls nicht gut. Das mit der Vitrine war nicht in Ordnung, aber keine Absicht. Er hat Leon geschubst, der stand leider falsch. Rosetta wird das übernehmen. In ein paar Tagen gehe ich wieder hin, putze und führe noch mal ein Gespräch mit ihm.«

»Ein ernstes?«

»Ein sehr ernstes«, versprach sie.

»Na gut. Aber ich muss dir sagen, dass hier in Untertannberg in der kurzen Zeit, die du da bist, schon mehr schlimme Dinge gelaufen sind als daheim in Köln. Und das will was heißen.«

»Reden wir vom selben Köln?« Tilly schickte ihr einen bedeutungsvollen Blick. »Du verklärst das eindeutig im Rückblick. Ich habe eine Menge Toiletten im Hinterkopf. Und einen gewissen Hans-Werner Paulutke, der niemandes Chef sein sollte.«

»Aber wir waren gemeinsam dort.«

»Und sind es jetzt wieder. Also, in Untertannberg.«

Ein Scheppern unterbrach ihr Gespräch.

Tilly blickte von der Galerie in den Hauptraum und sah gerade noch, dass der Teller mit den Keksen jetzt an anderer Stelle stand. Natürlich gab es keine Kekse mehr, nicht einen Krümel. Muffin lag in seinem Körbchen, eingerollt und völlig unschuldig.

»Verdammt noch mal, ich vergesse es immer wieder. Dieser Halunke schafft es, sich unsichtbar zu machen, und dann schwups, ist das Essen weg.«

»Schimpf nicht mit ihm«, bat Tony. »Ich brauche heute positive Energie.«

Es wurde also ein sehr kuscheliger Abend. Tilly blieb noch eine Weile bei Tony, bis diese sich in alle Decken wickelte und langsam wegdämmerte. Erst danach verschwand sie im Bad, und von dort ging es ins Bett. Muffin lag zwar weiter eingerollt in seinem Körbchen, doch Tilly ging jede Wette ein, dass morgen früh ein Hund neben ihr liegen würde.

Gegen manche Dinge konnte man einfach nichts machen.

Sie gähnte, lauschte dem Regen und dämmerte langsam weg.

# 11. KAPITEL

Der folgende Tag begann grau. Da Tilly keinen unmittelbaren Termin hatte, betrat sie *Plitz & Blank*, ließ die Maschine Kaffee brühen und vertilgte ein Stück von Gerdys Kuchen.

Ihr Gegenüber saß Herr Höffler, der unbeirrt weiter Rechnungen prüfte und mit jedem Tag verzweifelter aussah.

Immerhin lächelte er beim Anblick von Muffin, kraulte diesen kurz und setzte dann die Arbeit fort. Ob sie ihn mit zu Saschas Welpenschule nehmen sollte? Am besten verkuppelte sie ihn direkt mit Annegret Schabrinski.

»Heute gar nichts?«, fragte Tilly.

Gerdy schüttelte den Kopf. »Du kannst durchatmen.«

»Teures Durchatmen.«

Das bereits zwanzig Minuten später von einem energischen Klopfen an der Hintertür unterbrochen wurde. Sicherheitshalber zog Gerdy Mutzi – ihren Elektroschocker – aus der Tasche. Herr Höffler bekam große Augen.

»Keine Sorge.« Gerdy winkte lächelnd ab. »Ist nur für besondere Notfälle. Ihnen passiert nichts.«

Tilly riss die Tür auf.

Dahinter stand Kriminalkommissarin Kraft aka Sarah.

Deren Blick fiel umgehend auf den Elektroschocker. »Das habe ich jetzt mal nicht gesehen, pack das weg.« Sie sah sich vorsichtig um.

»Suchst du was?«, fragte Tilly. »Wieso klopfst du an der Hintertür?«

»Mein Chef nimmt diese Sache sehr ernst.«

»Und mit ›diese Sache‹ meinst du …«

»Den Mordfall, das weißt du genau«, erklärte Sarah. »Ihr seid quasi das gegnerische Team. Was für ein Kindergarten. Können wir irgendwo ungestört reden?«

Tilly führte sie zum Mörderboard, darauf vertrauend, dass Sarah nicht direkt alles an Stubsi weitergab. Gerdy kam mit einem Kuchenstück herbeigeeilt, das Sarah dankbar entgegennahm, nachdem sie Muffin ausgiebig begrüßt hatte.

»Ihr habt das Ergebnis der Obduktion?«, vermutete Tilly.

Sarah schob sich mit der Gabel ein großes Stück in den Mund, schloss genießerisch die Augen und nickte. »Alles ein wenig seltsamer als gedacht. Direktor Eberhardt hatte einen Ausschlag im Achselbereich und an mehreren weiteren Körperstellen. Dieser scheint von einer Minze-Honig-Lotion auf seiner Haut zu stammen. Die Kollegen von der SpuSi konnten die in seiner Wohnung jedoch nicht finden. Da sie nicht vollständig eingetrocknet war, könnte sie unmittelbar vor dem Mord aufgetragen worden sein. Wir haben mit den Lehrern gesprochen, aber die haben den Geruch zu keinem Zeitpunkt wahrgenommen. Der Sportlehrer«, Sarah deutete auf das Bild am Mörderboard, »Herr Kurmann, hatte kurz zuvor einen Streit mit dem Direktor, und dabei hat er definitiv nichts gerochen.«

»Er starb durch eine Creme?« Gerdy hatte sich auf den Rand des Tisches gesetzt und hielt die Arme verschränkt.

»Tat er nicht. Das ist das Seltsame. Er wurde mit dem Band dieser gravierten Trillerpfeife erdrosselt, allerdings hat jemand zuvor die Creme aufgetragen. Was entweder bedeutet, das geschah mit vorgehaltener Waffe oder Direktor Eberhardt hatte keine Ahnung, in welch gefährlicher Situation er sich befand.«

»Gibt es einen Beziehungspartner?«

»Keine Frau und kein Mann, soweit wir ermitteln konnten existiert jedoch eine Ex-Freundin, mit der er einige Jahre liiert war. Die wohnt allerdings mittlerweile am Jadebusen, und die Kollegen haben ihr Alibi bestätigt. Wie steht es denn bei euch?« Sarah aß weiter, offenbar für den Moment fertig mit reden.

Tilly fasste ihre Ansätze zusammen. »Bis jetzt kann ich nur sagen, dass der alte Studienkollege - Herr Pichler - nicht so aussah, als würde er seinen Kumpel von damals dazu bringen, sich mit Creme einzureiben und ihn kurz darauf erwürgen. Aber überprüfen solltet ihr das Ganze auf jeden Fall. Er sagt zwar, dass er im Computerraum stand und einen Kurs vorbereitet hat, das könnte jedoch gelogen sein. Die Hausmeisterin hat zu dem Zeitpunkt Mülltonnen gelehrt.«

»Das ist Vanessa Hoffmann, richtig. Die hat Stubs kurz befragt, doch ich prüfe morgen noch ihr Alibi und spreche selbst mit ihr. Herr Pichler ist aber safe, da haben wir bereits mit dem Schüler gesprochen, der in den Raum kam und von dem Mord berichtete.«

»Wann genau ist es denn passiert?«, fragte Gerdy.

»Circa eine, maximal zwei Stunden, bevor du dort aufgetaucht bist, Tilly. Durch den Streit können wird das gut eingrenzen.«

»Apropos«, nahm Gerdy den Faden auf. »Habt ihr mehr Details darüber?«

Sarah verdrehte die Augen. »Budget. Der Sportlehrer wollte ein paar neue Geräte, was abgelehnt wurde. Die Schule hat über das Land vor Kurzem neue Tablets und PCs angeschafft, das wurde gefördert. Fand Herr Kurmann jetzt nicht so toll, dass er leer ausgehen sollte. Hatte bereits Kontakt zu einer Eleonore von Lampenstell aufgenommen, um über die Eltern Druck auszuüben. Ein reizender Mensch.«

»Ich durfte ihn kennenlernen«, sagte Tilly. »Die betreffende Mutter ebenfalls. Mal ehrlich, wer wird heutzutage freiwillig Direktor?«

»Idealisten«, erwiderte Sarah. »Die eine Hälfte wird Lehrer, die andere Polizistin.«

»Vergiss uns Selbstständige nicht«, verlangte Tilly. »Wir rackern uns ab und bekommen nur Formulare, Steuern und«, sie senkte die Stimme zu einem Flüstern, »Steuerprüfungen.«

»Wenn wir das also zusammenfassen, hat keiner von uns eine heiße Spur, sehe ich das richtig?«, fragte Gerdy.

Prompt ließ Sarah die Schultern hängen. »Das stimmt wohl. Und wir befinden uns dank dir, Tilly, nicht nur in einem Wettstreit. Nein, auch Frau von Lampenstell überbringt uns jetzt jeden Morgen Material, wobei sie über den Fortschritt der Ermittlungen auf dem Laufenden gehalten werden will. Stubs hat diebisch gelächelt und mich der guten Dame zugeteilt.«

»Oh, verdammt. Das tut mir leid.«

»Bedenke bitte stets, dass deine Schüsse das ganze Polizeirevier treffen.«

Gerdy tätschelte Sarahs Arm. »Ich mach dir noch einen Kaffee.«

Sarah reichte ihr den Teller. »Und ein Stück Kuchen?«

Tilly nahm die Tasse und stellte sie unter die Maschine. »Geh nur, ich übernehme das Knöpfedrücken.«

Damit eilte Gerdy zurück in den Hauptraum, um Sarah zu versorgen. Der Kaffeevollautomat summte, Bohnen wurden gemahlen, und der typische Duft durchzog die Luft.

»Ehrlich, wenn Stubs so weitermacht, lasse ich mich versetzen. Egal wohin. Von mir aus auch in die tiefste Provinz.«

»Fällt Untertannberg nicht darunter?«

»Da gibt es tiefere. Man braucht gerade mal eine Stunde bis Stuttgart. Solange wir nicht die Bahn nehmen, passt das doch.«

»Fahr mal ins Ruhrgebiet. Da bist du mit der Bahn schneller am Ziel, weil ständig überall Stau ist. Und die hat dann eher drei Stunden Verspätung. Ihr hier im Süden seid reich. Vierspurige Autobahnen, freie Fahrt, ha! Luxus.«

Sarah setzte sich auf die Kante des Tisches. »Aber dafür haben wir hier einen Stubs.«

»Du darfst dich nicht versetzen lassen. Nach der Lösung des Falls Krumm nimmt dich doch jede Wache mit Kusshand, sobald eine Stelle frei wird. Aber dann muss ich mich allein mit deinem Chef herumschlagen. Mit dir zusammen macht es mehr Spaß.«

Sarah lächelte geschmeichelt. »Ich gebe zu, mit dir, Gerdy und Leon ist es auch ganz nett.«

»Nicht zu vergessen Antonia.«

»Was?«

Tilly weihte Sarah in die Ereignisse ein, die zu Tonys Kündigung und ihrer Reise nach Untertannberg geführt hatten.

Instinktiv rieb sie ihre Schuhsohle über den Boden. »Blutiges Wasser im Beautysalon. Klingt wie ein Buchtitel. War bestimmt schmerzhaft.«

»Wenn du Antonia triffst, solltest du lieber an *ihrem* Schmerz Anteil nehmen. Sie muss jetzt schnell ein paar Lösungen finden. Aus eigener Erfahrung weiß ich, dass das nicht so einfach wird.«

»Euch fällt schon was ein. Aber wenn mir etwas zu Ohren kommt, lasse ich es sie gerne wissen. Wir haben hier halt leider keinen Kosmetiksalon mehr. Sonst hätte ich ihr vorgeschlagen, dass sie sich dort bewirbt. Ob ich ihr allerdings ein Dermabrasionsgerät in die Hand geben würde, sei mal dahingestellt.« Sie wiegte den Kopf von links nach rechts.

Gerdy kehrte mit dem Kuchen zurück, und das Gespräch wandte sich wieder dem Fall zu. Sarah hatte Stubs vorgeschlagen, dass sie alle Schüler befragten, um auf diese Art einen lückenlosen Plan zu erstellen, wer wann wo gewesen war. Dieser hatte jedoch nur abgewunken und erklärt, dass man diesen Teenagern sowieso nicht trauen konnte, weil sie sich über Erwachsene lustig machten und heutzutage keinen Respekt mehr vor Autoritätspersonen hatten.

»Im Falle von Stubs hat niemand Respekt, aber sei's drum. Immerhin konnten besagte Teenager uns dabei helfen, einige Dinge aufzudecken oder zu bestätigen«, sagte Tilly. »Zum einen das Alibi von Herrn Pichler, zum anderen das von Vanni. Also, Frau Hoffmann.«

»Eine der wenigen Personen, die keines hat, ist ausgerechnet Paula«, sagte Sarah. »Die hat zudem Zugang zu allen Schlüsseln, kennt die Schule, die Stundenpläne und die Aufgaben aller.«

»Ich kann mir das einfach nicht vorstellen.« Tilly schürzte ihre Lippen.

»Das konnten wir bei anderen Personen auch nicht. Keiner von uns.«

Tilly verspürte den vertrauten Stich. Es tat nie gut, verraten zu werden, und beinahe umgebracht. Sie vertrieb die Erinnerung.

»Was habt ihr jetzt weiter vor?«, fragte Sarah.

»Heute gar nichts«, erwiderte Tilly. »Ich mache mir mit Antonia einen feucht-fröhlichen Abend. Zum Abbau von Stress. Leon ist vermutlich mit Emil unterwegs. Gerdy … was machst du eigentlich?«

»Ich werde mir heute Abend eine neue Folge von *Mord und Blitzlichtgewitter* ansehen«, erklärte sie mit glänzenden Augen.

Sarah räusperte sich. »Ich bin sicher, sie kommt heute mit ihrem Pferdezüchter zusammen.«

»Ihr dürft nicht spoilern«, sagte Tilly. »Tony und ich holen die Folge morgen nach. Wobei ich zurückhaltender mit dem Alkohol sein muss. Beim letzten gemeinsamen TV-Abend in Köln hatte sie die Idee, dass wir uns gegenseitig schminken. Bedauerlicherweise lagen ein paar Eddings herum. Die Konsequenten am kommenden Morgen waren ziemlich gruselig. Antonias Schrei hat mich geweckt, und als ich sie gesehen habe, musste ich auch schreien. Sie bei meinem Anblick direkt noch mal.«

»Dass ihr mir bloß bei dir bleibt.« Sarahs Mundwinkel zuckten, doch sie blieb ernst und hob den Zeigefinger. »Stubs lauert nur darauf, dich wegen irgendwas in eine Zelle zu sperren. Keine Autofahrt unter Alkoholeinfluss oder so.«

»Niemals käme ich auf eine solche Idee, versprochen. Und wo sollten wir auch hinfahren?«

Sarah bedachte sie noch mit einem prüfenden Blick, verabschiedete sich, und Tilly hielt lediglich noch drei Stunden durch, in der sie Rechnungen schrieb. Auf dem

Rückweg machte sie einen Umweg über den Supermarkt, um dort Limetten und die ungesunden Zutaten für den Abend zu besorgen.

Muffin voraus erreichte sie die Wohnung, und als die Dämmerung einsetzte, waren die Drinks bereits fertig gemixt. Sie stießen an auf Neubeginne und beste Freundinnen. Innerhalb kürzester Zeit wurden ihre Bemerkungen ziemlich lustig.

Dann kam Tony eine Idee.

»Zeigst du mir die Schule? Bitte, bitte, Blichy. Ich möchte auch mal einen Tatort sehen.«

»Die Sporthalle wars«, erwiderte Tilly und kicherte. »Von mir aus. Aber nur ganz kurz. Und leise.« Sie legte den Finger an die Lippen.

Prompt brachen sie in Kichern aus.

Muffin nahmen sie natürlich mit, allerdings ohne Leine. Er war ja schon ein großer Welpe.

Da Auto fahren absolut nicht infrage kam – das hatte Tilly sich selbst in den Geist gebrannt –, mussten sie einen anderen Weg finden. Kurzerhand wurde Gerdy angeklingelt. Da *Mord und Blitzlichtgewitter* vorbei war, erklärte die sich bereit, sie mit Fips zur Schule zu fahren und dabei auf sie aufzupassen.

»Du bist ein Engel, liebste Gerdy«, säuselte Tony in den Hörer.

»Was sie sagt«, ergänzte Tilly und legte auf.

Gemeinsam taumelten, liefen sie zur Firma, stiegen in diesen wundervollen, niedlichen rosa Sprinter und Gerdy fuhr los. Sie war wohl bereits länger nicht mehr gefahren, weshalb sie einige Male den Motor abwürgte. Ruckelnd ging es zur Schule, was Tillys Erinnerungen ankurbelte. »Weißt du noch, als wir gemeinsam Achterbahn gefahren sind?«

Tony kicherte drauflos und kam kaum noch zur Ruhe. »Dabei habe ich den Flakon mit diesem Parfüm verloren.«

Der beim Sturz zerbrochen war und seinen Inhalt über einen griesgrämigen Herrn verteilt hatte. Der roch von da an dank Veilchenaroma und Maximalintensität wie ein Puff auf zwei Beinen.

Tony kramte in ihrer Handtasche und zog einen Flakon hervor. »Schau mal.«

»Wehe«, sagte Gerdy. »Wenn ihr dieses Auto in einen fahrenden Puff verwandelt, werfe ich euch raus und lass euch dann nach der Ausnüchterung putzen.«

Was Tony dazu veranlasste, den Flakon flink wieder zu verstauen.

Am Ziel sprang Tilly aus dem Wagen und musste erst einmal wieder zu sich finden. Ein wenig übel war ihr nun doch.

»Ohhhh«, sagte Tony. »Das ist ja hübsch.«

Irritiert blickte Tilly zu dem grauen Bau. »Wie viel hast du getrunken?«

Die Antwort war ein Kichern. »Ich meinte das Licht.«

Tilly runzelte die Stirn. »Was ist das?«

»Da hat jemand eine Lampe aufgestellt«, sagte Gerdy. »Und die Tür zur Aula ist offen. Um diese Zeit?«

Sie gingen auf das Gebäude zu. Als sie die Sporthalle passierten, deutete Tilly dorthin. »Tatort.«

»Wow«, hauchte Antonia. »So nah war ich noch nie. Also, nicht bewusst jedenfalls.«

Die Tür der Aula stand tatsächlich offen. Im Inneren war ein Scheinwerfer aufgebaut, der eine Stelle am Boden beleuchtete.

»Ohhhh, ihr seid so süß.« Tony eilte voran, gefolgt von einem bellenden Muffin. »Ihr habt für mich den Tatort nachgebaut. Das sieht total echt aus.« Sie ging neben einer Gestalt in die Hocke, die am Boden lag. »Sie spielen das gut, ich müsste die ganze Zeit lachen.« Tony kicherte.

Tilly dagegen stand stocksteif da und starrte auf den Mann am Boden. Der Schock ließ sie abrupt ausnüchtern. »Tony.«

Muffin schnüffelte eifrig und zog seine Schlappohren durch die Blutlache.

»Hm?« Tony sah auf.

»Das haben wir nicht nachgestellt.«

»Was?« Verwirrt blinzelte sie und sah zwischen ihnen und der Leiche hin und her.

»Das ist Herr Pichler«, sagte Tilly.

Gerdy ging näher heran und beugte sich vor. »Atmet nicht mehr. Der ist tot.«

Antonia schrie auf, sprang zurück, rutschte dabei aber in der Blutlache aus und schlug der Länge nach hin.

»Wir müssen … müssen …« Tilly fiel es schwer, einen klaren Gedanken zu fassen. »Jemanden anrufen.«

»Sarah«, warf Gerdy ein.

»Genau. Die rufen wir sofort an.«

In diesem Augenblick erklangen Schritte von der Treppe aus dem oberen Stockwerk. Tony war wieder auf den Beinen und sprang zu Tilly. Auch Gerdy zog sich vorsichtig zurück.

»Hast du deinen Dings dabei, den Blitzdings?« Tilly fuchtelte mit der Hand.

»Mutzi ist daheim«, sagte Gerdy. »Ich wusste ja nicht, dass ich ihn brauchen würde.«

Wieso waren Elektroschocker nie da, wenn man sie benötigte?

Erst mit ein wenig Verzögerung bemerkte Tilly, dass es mehrere Personen waren, die sich näherten. Sie redeten und lachten.

Dann tauchte Leon auf, gemeinsam mit Emil und einem Mädchen.

Die nächsten Sekunden wurden durch erschrockene Schreie dominiert, offensichtlich weil die drei die Frauen entdeckt hatten, und Leon erreichte eine erstaunlich hohe Tonlage. Dabei ließ er einen Schlüsselbund fallen, an dem verdächtig viele Schlüssel hingen.

»Tilly! Gerdy.« Leon starrte sie an. »Tony!« Er lächelte, dann bemerkte er Herrn Pichler. »Oh nein, nicht schon wieder.«

Emil wurde grün im Gesicht und übergab sich in den einen hübschen Blumenkübel, der seitlich neben dem Aufgang in den ersten Stock stand.

Muffin bellte, sprang freudig herum und verteilte dabei noch mehr Blutschlieren auf dem Boden.

Wäre sie Kriminalhauptkommissar Stubs, das musste Tilly sich eingestehen, hätte sie alle hier auf der Stelle verhaftet. Mitsamt des Hundes.

Sie blickte zu Antonia.

Immerhin, sie hatte recht behalten: So nah wie heute war sie definitiv noch keinem Tatort gekommen.

# 12. KAPITEL

»Was macht ihr denn hier?!« Tilly ließ ihren Blick über die Kids wandern, allerdings schön langsam, damit der Raum nicht schwankte. Im Unterbewusstsein nahm sie den Geruch von Honig-Minze wahr.

Gerdy wählte bereits die Nummer von Sarah, um diese zu alarmieren. Es stand außer Frage, dass die Polizei hier mit der Spurensicherung und einem Krankenwagen auftauchen würde.

Muffin schnüffelte in der Zwischenzeit eifrig in einem größeren Umkreis um den Toten herum.

»Wieso bist du am Tatort?«, fragte Tilly, dieses Mal mit – wie sie hoffte – mehr Autorität in der Stimme.

»Als wir ankamen, war es noch keiner«, sagte Leon. »Wir kommen manchmal abends hierher, um auf dem Dach zu sitzen und zu plaudern.«

»Manchmal?«, echote Tilly und betrachtete Herrn Pichler eingehend. »Wie seid ihr hier reingekommen?«

Leon wurde rot und schob den Schlüsselbund in seine Tasche. »Möglicherweise habe ich ein paar Nachschlüssel gemacht. Über die Jahre.«

Emil richtete sich wieder auf. »Das ist schrecklich. Ich habe noch nie einen Toten gesehen.«

Das Mädchen neben den beiden wirkte sympathisch, und im Gegensatz zu den Jungs war sie bereits dabei, die Person am Boden eingehend zu analysieren.

»Elif«, stellte sie sich vor.

»Tilly.«

»Ich weiß, Leon ist ein ziemlicher Fan von Ihnen.«

»Hey!«, rief dieser protestierend.

»Bis gestern hätte ich das erwidert, aber da wusste ich noch nichts von den Nachschlüsseln. Verdammt noch mal, Stubs wird dich in der Luft zerreißen.«

»Die Tür war offen«, sagte Elif. »Von dem Schlüssel muss Leon also gar nichts sagen. Allerdings war die Aula leer, als wir hereinkamen. Herr Pichler muss sich also irgendwo im Gebäude befunden haben.«

»Genau wie der Mörder.« Tilly erwiderte Elifs Blick, wobei sie sich an der Wand abstützen musste. »Habt ihr jemanden gesehen?«

Das Mädchen schüttelte den Kopf.

Tilly versuchte, Ordnung in ihren Geist zu bringen, was gar nicht so einfach war. Sie verfluchte die Idee des feuchtfröhlichen Abends. Die drei Kids hatten eindeutig ebenfalls mindestens ein Bier getrunken, mehr konnte sie auf die Schnelle nicht feststellen.

In Antonia kam endlich wieder Leben. Sie zog ihr Smartphone hervor und begann damit, Bilder zu schießen. »Wir müssen ja mitteln.«

»Du meinst *er*mitteln.«

»Sag ich doch.« Tonys Hände waren voller Blut.

Blaulicht erhellte die Aula, erschuf ein Spiel aus zuckenden Schatten. Von diesem Moment an ging alles verdammt schnell. Sarah traf fünf Minuten vor Stubs ein und blickte entsetzt auf die versammelte Menge. Antonia, Gerdy und die drei Kids hatten sich an die Seite auf eine der Sitzbänke gesetzt, die um die Deckensäulen herum angeordnet waren. Bedauerlicherweise ließen sich die verschmierten Blutspuren nicht verdecken. Gerade Sarah war mittlerweile gut darin, Bassetspuren zu erkennen.

»Was um Himmels willen …« Sie starrte einfach nur.

»Er ist tot«, sagte Tilly.

»Das dachte ich mir. Aber was tust du hier?« Sie schnupperte. »Hast du getrunken?«

»Daheim. Es wirkt nur halt noch nach.«

»Du hast gesagt, ihr seid brav.« Sarah deutete auf Herrn Pichler, das Blut und die Schlieren. »Wir verstehen darunter definitiv unterschiedliche Dinge.«

Bedauerlicherweise suchte Antonia sich diesen Augenblick aus, um loszukichern.

»Tony, kannst du damit aufhören?«

»Hier ist nichts lustig.« Sarah schlug sich die Hand vors Gesicht und schüttelte den Kopf. »Wenn Stubs das sieht, muss ich ihn von emotionalen Reaktionen abhalten.«

»Doch, es ist lustig.« Wieder kicherte Tony. »Muffin.«

Tilly sah sich um. »Was ist mit ihm?«

»Na, er ist weg.«

Stille.

Noch mehr Blaulicht in der Ferne. Dazu die Sirene eines Krankenwagens.

»Wenn dieser Hund nicht innerhalb der nächsten Minute wieder bei dir ist, landet er in einer Zelle«, zischte Sarah.

»Muffin!«, brüllte Tilly.

»Das ist nicht mehr lustig«, sagte Tony traurig. »Der arme Muffin kann doch nicht in eine Zelle.«

Leon nahm Antonias Hand und streichelte sie. »Du hast voll die zarte Haut.«

»Ja, oder? Das ist Thaflo. Ne, Maflo. Ach egal, diese Algen-Bodylotion.«

Sie lächelten sich an.

Tilly bog in einen dunklen Nebengang in Richtung Sekretariat ein, wo die Bassetohren blutige Schleifspuren hinterlassen hatten.

Hinter sich hörte sie gerade noch, wie Sarah sagte: »Und was genau habt ihr drei hier gemacht?«

Worauf Leon plärrte: »Die Tür war offen.«

Tilly seufzte und schüttelte den Kopf. Keine gute Idee, denn prompt wurde ihr schwindelig. Sie bildete sich sogar ein, eine Stimme zu hören. Aus dem Sekretariat. Auch hier stand die Tür offen.

Als sie eintrat, sah sie Paula, die sich über Muffin beugte. »Geh zurück zu Frauchen, bitte.«

»Paula.«

Die Sekretärin zuckte in die Höhe. Ihre weiße Bluse war blutgetränkt. »Ich war es nicht. Als ich hier ankam, lag der

Pichler auf dem Boden, überall war Blut. Da wollte ich die Wunde zudrücken.«

»Oh, Paula.«

»Nimm Muffin mit, ich verstecke mich hier.«

»Vergiss das mal ganz schnell wieder. Stubs steht in den nächsten Minuten hier, und das Gebäude wird von oben bis unten durchkämmt. Es tut mir leid.«

Schritte erklangen. »Das sollte es auch!«, brüllte Stubs. »Wie kann es sein, dass Sie an diesem Tatort ebenfalls auftauchen? Das ist Hausfriedensbruch! Oder wollen Sie mir jetzt weismachen, dass Sie zum Putzen hier waren? Aber das hat Ihr Monstertier bereits erledigt. Ihre Freundin lag wohl auch schon halb auf der Leiche. Hervorragend für die DNA.«

Stubs kam herbeigestapft, und seine Augen versprühten dämonisches Feuer. »Heute werden Sie mir Rede und Antwort stehen, Frau Blich, und falls mir nicht gefällt, was Sie sagen, dann schwöre ich, nehme ich Sie in U-Haft.« Er stoppte und blickte in das Büro. Erst jetzt nahm er Paula wahr. Sein Blick huschte über deren Bluse. »Ist das Blut?«

Die Frage war so überflüssig, dass Tilly sie selbst nicht gestellt hatte.

Bedauerlicherweise zitterte Paula noch immer, sie stand eindeutig unter Schock. »Ich wollte ihn nicht töten. Ich meine … das *habe* ich nicht. Also, ich wollte ihn retten.« Tränen liefen über ihre Wangen.

Stubs nickte, einen zufriedenen Ausdruck um die

Augen. Geradezu liebenswürdig sagte er: »Natürlich. Kommen Sie bitte mit, Frau Lotz.«

»Herr Stubs.« Tilly funkelte ihn an.

»Frau Blich«, sagte er gefährlich freundlich. »Sollte ich in den nächsten Minuten noch ein Wort von Ihnen hören, interpretiere ich Ihre Anwesenheit in diesem Raum mit einer Frau, deren Bluse blutbefleckt ist, wie es mir beliebt. Wir verstehen uns doch sicher. Tun Sie ein einziges Mal das Richtige: Schweigen Sie!«

Damit wandte er sich ab und führte Paula davon. Tilly musste Muffin festhalten, der ihr natürlich folgen wollte. Sie nahm ihn kurzerhand auf den Arm und stellte fest, dass das in einigen Wochen nicht mehr möglich sein würde. Prompt schmiegte der Welpe sich an sie, leckte zufrieden über ihren Hals.

»Richtig, ich habe mir ja vorhin Wodka auf den Hals gekippt. Das riechst du Schlingel, was?«

Dieser Abend war eine Abfolge aus dummen Ideen und schrecklichen Ereignissen.

Zurück in der Aula war das Chaos sogar noch größer geworden. Sarah hatte nämlich pflichtschuldig die Eltern von Leon, Elif und Emil angerufen. Während Leon bereits volljährig war, fielen die anderen noch knapp unter minderjährig. Keine der elterlichen Parteien sah glücklich aus, während sie ihren Nachwuchs abführten.

Genau das tat auch Stubs. Noch während Paula auf Wunden untersucht und ihre Kleidung eingetütet wurde und sie Ersatz erhielt, verhaftete er sie.

Gerade wollte Tilly etwas sagen, da schüttelte Sarah nachdrücklich den Kopf. Mit zwei Schritten war diese bei Tilly und sagte leise: »Sie wurde voller Blut am Tatort gefunden. Ihre DNA befindet sich laut eigener Aussage auf dem Toten. Ich würde sie ebenfalls mitnehmen. Aber keine Angst, ich sitze in jedem Verhör und passe auf.«

»Danke«, flüsterte sie.

Immerhin war Stubs damit auf Paula fokussiert und überließ es Sarah, Gerdy, Tony und Tilly zu befragen. Die brachte das nacheinander recht zügig über die Bühne. Ihre Worte würden protokolliert werden, und sie mussten am kommenden Tag ihre Aussagen unterschreiben.

Irgendwie fühlte sich die Situation komplett surreal für Tilly an, als zöge das alles einfach an ihr vorbei. Der zufriedene Blick von Stubs, die Kids, die mit hängenden Köpfen weggeführt wurden. Sarahs müde Augen und das bleiche Gesicht von Antonia.

Es war Gerdy zu verdanken, dass sie wohlbehalten zu Hause ankamen. Sie stellte Fips auf dem Parkplatz von *Plitz & Blank* ab und brachte sie trotz des strömenden Regens noch in die Wohnung. Irgendwie fand Tilly den Weg ins Bett, eine heiße Tasse mit Tee neben sich auf dem Nachttisch.

Muffin schüttelte sein nasses Fell aus und vergrub sich in den Kissen neben ihr. Anstatt ihn rauszuwerfen, streichelte sie ihn versonnen. Hatte sie all das nur geträumt? Bestimmt.

Die Wärme und das ständige Prasseln der Regentropfen, verbunden mit dem Promillegehalt in ihrem Blut, sorgten dafür, dass Tilly langsam einschlief. Der kommende Tag war ein Samstag. Als ihr Discokugel-Wecker losplärrte, warf sie im Halbdelirium ein Kissen in die Höhe. Das fiel leider herunter und landete auf Muffin, der es für ein Spiel hielt und bellend zur Tür sprang. Irgendwann konnte Tilly ihn nicht mehr ignorieren, ebenso wenig wie das Hämmern an der Eingangstür der Wohnung.

Sie schlurfte aus dem Schlafzimmer und blieb verdattert stehen. Der Tisch war gedeckt, frischer Kaffeeduft lag in der Luft und Brötchen standen bereit. An ihrem Platz wartete ein Wasserglas mit einer Aspirin auf sie.

In diesem Moment öffnete Gerdy von innen die Tür.

Leon kam tropfnass hereingestürmt.

Untertannberg war im Herbst eindeutig eher von der regnerischen Sorte.

»Morgen!«, brüllte er.

»Aua, nicht so laut.« Tilly schlurfte zu ihrem Aspirin.

»Er hat ganz normal gesprochen«, verteidigte ihn Gerdy.

»Aua«, erklang es von der Galerie.

Zwischen den Begrenzungsstreben hing ein Arm herab, der eindeutig zu Antonia gehörte. Schlagartig kehrte Tillys Erinnerung zurück. Sie sank auf einen Stuhl. »Ist das wirklich passiert?«

»Herr Pichler ist tot«, bestätigte Leon. »Paula wurde verhaftet. Es steht noch nicht in der Zeitung, aber das Internet ist voll davon. Nach dem Motto: Mörderische Sekretärin findet ihr zweites Opfer. Stubs will am Montag eine Pressekonferenz einberufen.«

»Woher weißt du das alles?«, fragte Gerdy.

»Internet. Und von meinen Eltern. Die sind auch im Chat von Frau von Lampenstell, die sagt ständig, dass der Kriminalhauptkommissar Stubs ja von Anfang an Bescheid wusste. Also, dass es Paula war.« Leon hängte seine Jacke auf den Ständer, kickte seine Sneaker beiseite und sank in Hoodie und Jeans auf den Stuhl. »Kann ich eines haben?« Er deutete auf die Brötchen.

»Du kannst auch mehr haben«, sagte Gerdy. »Ich habe die für uns alle geholt.«

Muffin befand sich längst unterm Tisch, in der Hoffnung, dass etwas herunterfiel.

»Du bist ein Engel, Gerdy.« Tilly schluckte ihr Aspirin und wartete auf die Wirkung. »Ich versuche, das Ganze zu ordnen, aber mein Kopf macht nicht mit.«

Von oben erklang ein schmerzerfülltes Stöhnen, dann kam Antonia heruntergetapst. Sie trug eine Jogginghose und ein Schlabbershirt. »Nie wieder Alkohol.«

»Warum müsst ihr es auch so übertreiben?«, fragte Leon mit einem Grinsen, wobei er in sein Marmeladenbrötchen biss.

»Nicht frech werden, sonst nehmen wir dir das Essen weg.«

Leon zog den Teller zu sich heran. »Nicht das Essen.«

»Du bist ein Muffin auf zwei Beinen«, sagte Tony. »Oh, da steht ein Glas Wasser mit Aspirin. Wie nett von dir, Gerdy.«

Nachdem Tilly ihre erste Tasse Kaffee getrunken hatte,

ein Brötchen mit Nougatcreme vor ihr lag und das Aspirin seine Wirkung entfaltete, warf sie einen Blick in die Runde. »Also schön, reden wir über das, was gestern passiert ist. Leon, du fängst an. Erzähl uns alles.«

Leon begann zu berichten.

# 13. KAPITEL

»Und das macht ihr jede Woche?«, unterbrach ihn Tilly.

»Immer freitags«, bestätigte Leon. »Über die Jahre hat es sich ergeben, dass wir an die Schlüssel kamen. Zum Computerraum, zum Hausmeisterraum, zur Sporthalle …«

»Das ist so eine geniale Idee«, sinnierte Tony, den Blick in ihr leeres Wasserglas gerichtet. »Wieso haben wir nie welche nachgemacht?«

»Weil man das natürlich nicht macht«, stellte Tilly klar.

Leon grinste sie an. »Jedenfalls setzen wir uns freitags immer aufs Dach, betrachten von dort den Wald und Untertannberg und trinken was. Es ist nicht immer Alkohol. Letzte Woche hat Elif Matcha mitgebracht, der war zwar etwas bitter, hatte aber was. Gestern sind wir wieder hin. Die Tür der Aula war offen, deshalb dachten wir, die Hausmeisterin werkelt noch an irgendwas. Ihr Auto war aber nicht da. Dann haben wir ein Rumoren aus Richtung Lehrerzimmer gehört und sind schnell nach oben.«

»Wann war das?« Gerdy hatte einen Notizblock gezückt und notierte fleißig.

»Meine Eltern haben gerade Fernsehen geschaut. Gegen zwanzig Uhr fünfzehn. Wir haben uns zwei E-Roller genommen und sind hierher gefahren.«

Gerdy schrieb sorgfältig mit. »Euer Anruf kam gegen halb zehn, Tilly. Kurz vor zehn waren wir hier.«

»Ich dachte echt, ihr habt das alles für mich inszeniert, damit ich auch mal eine Leiche finde«, erzählte Tony dem Wasserglas.

»Hast du doch jetzt.« Tilly tätschelte Tonys Hand.

»Aber ich wollte nicht auf sie drauffallen.« Das Gesicht ihrer besten Freundin wurde noch bleicher, mit einem leichten Grünstich.

»Du, das ist in der Erinnerung schlimmer, als es tatsächlich war.«

»Wirklich?« Leon mampfte mit regem Appetit das dritte Brötchen. »Weil das sah ganz schön ...« Er realisierte Tillys Blick. »... unschlimm aus.«

Tilly verdrehte die Augen. »Keine Theater-AG für dich. Im Improvisieren bist du furchtbar. Das Wort gibt es gar nicht.«

»Jetzt schon.«

Gerdy legte den Kugelschreiber beiseite. »Wir haben ein Muster. In beiden Fällen wurden Lehrer an der gleichen Schule – und im identischen Alter – getötet. Möglicherweise können wir jetzt durch Alibiprüfungen weitere Verdächtige ausschließen.«

»Moment, Moment, Moment«, stoppte Tony. »Was ist mit Paula? Ich traue mich kaum, es auszusprechen, aber sie war dort. Mit Blut an der Bluse. Vielleicht hat Stubs dieses eine Mal recht, und es war die Sekretärin.«

»Auf keinen Fall«, kam es sofort von Leon. »Die Paula

ist cool. Als Hartmut-Eloi diesen allergischen Schock hatte, war sie es, die ihm geholfen hat. Sie war zufällig auch gerade beim Mittagessen in der Mensa-Cafeteria und hat in ihrer Tasche gekramt. Darin war so ein Stift.«

»Epi-Pen«, warf Gerdy ein. »Haben die meisten Allergiker dabei, bei denen das heftig werden kann.«

Tilly musste – zumindest in diesem Fall – bei Eleonore von Lampenstell Abbitte leisten. Wenn der Allergieschock so schlimm gewesen war, achtete sie jetzt natürlich besonders sorgfältig darauf, dass sich etwas Derartiges nicht wiederholte.

Tilly aß ihren letzten Bissen des Nougatbrötchens und genoss, dass ihr Körper dank Koffein, Zucker und Aspirin sich nicht mehr zwanzig Jahre älter anfühlte. »Ich habe Paula im Sekretariat gefunden. Sie war vollkommen aufgelöst. Ganz ehrlich, wenn ich jemanden vor mir am Boden liegend finde, der noch lebt, dann versuche ich auch alles, um ihn zu retten. Stellt euch das doch mal vor: Sie ist im Sekretariat, hört etwas und geht raus. In der Aula findet sie Herrn Pichler, versucht, ihn zu reanimieren. Ihr Handy liegt noch im Büro. Plötzlich hört sie Stimmen – das sind wir, die auftauchen – und bemerkt, in welcher Situation sie sich befindet.«

»Außerdem hatten wir sie für den Mord am Direktor bereits fast ausgeschlossen«, warf Leon ein.

»Fast«, spielte Tony weiter den Advocatus Diaboli. »Ich bin noch nicht so weit. Dem letzten Mörder habe ich auch geglaubt, bevor er mich beinahe umgebracht hat.«

Wieder tätschelte Tilly Antonias Hand. »Umgekehrt befindet Paula sich in der gleichen Situation wie ich, als ich hier ankam. Sie gibt das perfekte Opfer ab. Dass Stubs sie verdächtigt, hat sich bereits herumgesprochen, warum sie nicht also gleich beim zweiten Mord so richtig drankriegen?«

»Wissen wir denn, was sie um diese späte Zeit noch im Büro gemacht hat?«, fragte Gerdy.

Ratlose Blicke wurden ausgetauscht.

»Das wäre doch spannend zu wissen. Aber ich bin da bei dir, Tilly, als Arbeitshypothese sollten wir davon ausgehen, dass sie es nicht war. Und in dem Fall sehe ich aktuell nur *ein* Muster. Die beiden sind Lehrer, die gemeinsam auf diese Schule gingen, als sie noch jünger waren. Falls es also keine aktuelle Verbindung gibt, dann muss es eine alte sein.«

Leon schnipste mit dem Finger, was Antonia prompt zusammenzucken ließ. »Dann könnten wir doch ehemalige Klassenkameraden der beiden befragen. Davon treiben sich bestimmt noch immer welche hier herum.«

»Manche schaffen den Absprung nie«, sagte Tony.

Muffin war vom abrupten Gefühlsausbruch Leons angezogen worden, saß jetzt neben ihm und wedelte mit dem Schwanz. Leon zog den Welpen auf seinen Schoß und kraulte ihn am Kinn. Das hatte zur Folge, dass Muffin langsam sein Köpfchen nach hinten auf den Tisch gleiten ließ. Die Wurst lag direkt vor ihm.

Gerdy griff danach und zog sie außer Reichweite. Ein

trauriger Blick war die Antwort. »Sie sind so schlau, diese Winzlinge.«

Tilly lächelte verschmitzt. Immerhin war dieses Mal nicht sie die Böse. »Weißt du denn, wer im Jahrgang mit den beiden Toten war, Gerdy?«

»Also, ich weiß ja viel, aber ich kenne keine Klassenpläne auswendig, die über dreißig Jahre alt sind.«

»Jedes Jahr kommt ein Fotograf an die Schule«, meldete sich Leon zu Wort. »Die Bilder bekommen wir dann. Ein Abzug landet im Jahrbuch. So was hat jede Klasse, und am Ende wird es im Archiv aufbewahrt.« Er tippte eifrig auf seinem Smartphone herum.

»Womit wir ein Problem haben, denn die einzige Person, die uns Zugang zu besagtem Archiv gewähren könnte, wäre Paula«, fasste Tilly zusammen.

»Der neuen Rektorin fehlen jetzt zwei Lehrkräfte und eine Sekretärin«, sagte Tony. »Vielleicht sollte ich mich bewerben.«

»So was funktioniert nur in Filmen«, erklärte Gerdy. »Du hast gar keinen passenden Abschluss. Und Frau Richter ist auch eher vom harten Schlag, das willst du nicht.«

Leon sah von seinem Lieblingsgerät auf. »Ihr habt doch mich. Den Schlüssel zum Archiv besitze ich ebenfalls, da können wir in Ruhe vorbeischauen.«

Tilly war sich nicht sicher, ob das eine gute Idee war. Auch Tony wirkte besorgt.

»Was, wenn wir dort noch eine Leiche finden?«, fragte sie mit kratziger Stimme.

»Jetzt mach aber mal einen Punkt«, sagte Tilly. »Das ist halt dumm gelaufen, aber so was passiert nicht jeden Tag.«

»Manchen sogar nie«, merkte Leon an und grinste frech.

»Wie hat Emil es denn verkraftet?«, fragte Tony zuckersüß.

»Ähm. Hm. Also, gut. Irgendwie. Er will jetzt mehr kuscheln als vorher, was ich ganz nice finde. Nachdem seine Eltern ihn nach Hause gebracht haben, ist er durchs Fenster wieder raus und zu mir gekommen. Dafür heute Morgen dann echt früh zurück.«

Was erklärte, warum Leon an einem Samstagmorgen so früh unterwegs war.

»Was ist mit Elif?«, fragte Tony. »Sie kam mir gefasster vor als dein Freund.«

Leons Wangen nahmen einen dezenten Rotton an. »Ihr geht es gut. Sie ist taff.«

»Ha!«, rief Antonia und hielt sich prompt den Kopf. »Ach verdammt. Ich trinke nie wieder etwas, nicht mal Wasser. Du und Emil …«

»Ja, schon.« Die Röte auf Leons Wangen wurde von dezentem Sonnenaufgang zu reifer Tomate. »Wir sind zusammen.«

»Wie süß«, entfuhr es Gerdy.

»Boah, lasst das! Wir sind keine Babys! Nur, damit ihr es wisst«, er schwenkte sein Smartphone, »ich habe eine Klassenkameradin von Pichler und Eberhardt gefunden.«

»Bitte was?« Tilly starrte auf das Gerät. »Wer? Wie?«

»Tjaha, es gibt im Internet Plattformen, wo man ehemalige Klassenkameraden finden kann. Genau dort hatte sich Pichler angemeldet. Ratet mal, wer noch?«

Stille.

Noch mehr Stille.

»Boah, jetzt sag halt«, entfuhr es Antonia.

»Ich wusste, dass du es als Erste nicht mehr aushältst«, ärgerte Leon sie. »Ich gebe dir einen Tipp: Sie ist eine ganz zarte.«

»Nein!«, entfuhr es Tilly.

»Kann mich mal jemand aufklären?« Ratlos blickte Antonia umher.

»M. Oberzart«, sagte Tilly. »Die Dame arbeitet im Bürgerbüro. Lass mich dir sagen, dass das Schicksal manche Namen konträr zur jeweiligen Person festgelegt hat. Die Frau wirkt wie ein lebender Amboss. Ich vermute, sie lächelt nur, wenn eine neue Verwaltungsordnung erlassen wird.«

»Putzt du nicht im Bürgerbüro?«, fragte Tony.

»Ich habe die Ehre. Glücklicherweise gibt es fast nichts zu tun, weil die ihre Räumlichkeiten immer recht sauber halten. Sie ist verstockt, aktuell vermutlich noch mehr als sonst, immerhin steht in Kürze die Wahl an.«

Man konnte die unterschwellige Spannung in Untertannberg zunehmend spüren. Mit dem Tod des alten Bürgermeisters wurde eine Neuwahl fällig. Mittlerweile war rechtlich alles überprüft, und die Wahlzettel befanden sich im Druck. Bedauerlicherweise bedeutete das auch, dass die antretenden Kandidaten ständig unterwegs waren, Interviews gaben, Menschen ansprachen und zu *jedem* Thema eine Meinung besaßen – die sie natürlich in die Welt hinausposaunten. Interessanterweise spielte die Politik im Rest von Deutschland hier keine Rolle. Es ging einzig um Untertannberger Themen.

»Ich hätte nicht gedacht, dass die Ilse es durchzieht«, merkte Gerdy an.

Die Ehefrau des verstorbenen Bürgermeisters hatte nach dem Tod ihres Mannes verkündet, sein Erbe fortführen zu wollen, und Ilse Blechle gab Gas, sie war omnipräsent.

Ihr stärkster Konkurrent war Alfons Meierle, ein kleiner Kerl, der zuvor Vizebürgermeister gewesen war. Wenn Tilly ihn sah, wollte sie immer in seine Bäckchen kneifen. Natürlich stürzte er sich auch auf die neue Chance.

Da sowohl Ilse als auch Alfons das politische Geschäft Untertannbergs verstanden und hervorragend genetzwerkt hatten, konnte niemand vorhersagen, wer das Rennen machen würde.

Als Angestellte der Stadt saß M. Oberzart tagein tagaus im Rathaus und kümmerte sich um die Anliegen der Bürger. Der Tod des alten Bürgermeisters hatte sie sehr mitgenommen, doch mittlerweile hatte sie sich gefangen.

»Du könntest dich ihr vorsichtig mit dem Wischmopp nähern, neben ihr putzen und dann ein paar Fragen stellen«, schlug Tony vor.

»Wie kreativ.«

»Mensch, Lieblings-Blich, mein Kopf arbeitet heute eben langsamer als normal.«

»Ich werde das schon hinbekommen. Wenn meine Gewerbeanmeldung und die Ummeldung hierher nicht bereits durch wären, hätte ich sie als ›Kundin‹ besucht. Aber vielleicht ist es auf diese Art auch besser, da habe ich mehr Zeit.«

In Gedanken ging Tilly den Raum durch und überlegte, welche Bereiche sie besonders langsam putzen konnte, ohne aufzufallen.

»Ich könnte dir dort helfen«, bot Leon an.

»Auf keinen Fall«, sagte Tilly. »Du bist zu gut in Ablenkungsmanövern. Frau Blechle hast du beinahe einen Herzinfarkt beschert, und am Ende hat sie sich selbst beim Finanzamt angezeigt.«

»Sie sollte mir dafür danken, so kann jetzt im Wahlkampf niemand dunkle Geheimnisse ausgraben.« Leon aß sein fünftes Brötchen.

Tilly fragte sich, wo er all die Kalorien hinsteckte. Teenager müsste man sein. Zugegeben, Leon war auch sportlich, besonders viel mit dem Rad unterwegs und ging ab und an ins Fitnessstudio, das man heute allerdings nur noch Gym nannte. Davon abgesehen saß er an der Spielekonsole. Ob das Kalorien verbrannte?

In der Ferne blitzte es erneut, Donner folgte.

»Was wir in Bezug auf M. Oberzart unternehmen wollen, können wir uns noch in Ruhe überlegen«, sagte Antonia. »Ich für meinen Teil will wieder auf die Couch. Wofür steht das M. eigentlich?«

Eine Frage, die nicht einmal Gerdy beantworten konnte.

Offenbar ließ sich M. Oberzart stets mit Frau Oberzart ansprechen.

»Jetzt, wo ihr es sagt.« Gerdy runzelte die Stirn. »Sie macht ein ziemliches Geheimnis um ihren Vornamen.«

Sie räumten gemeinsam ab und begaben sich nach oben zur Fernsehcouch. Gerdy saß links, neben ihr Tilly. Es folgten Antonia und schließlich Leon. Muffin sprang auf dessen Schoß, rollte sich auf den Rücken und streckte sich. Dabei machte er sich lang genug, dass er über drei Beinpaaren lag und sein Bauch für jeden potenziellen Krauler gut erreichbar war.

»Dieser Hund«, sagte Antonia, während sie ihn streichelte.

»Er weiß halt, wie.« Leon schloss sich an.

Tilly hielt ein paar Minuten durch, bevor sie im Reflex ebenfalls zu streicheln begann. Sie schaltete den Fernseher ein, und am Ende landeten sie bei einem Krimi.

Während in Untertannberg der Herbstregen tobte und Blitz und Donner über den Himmel zuckten, kuschelten sie gemeinsam auf der Couch, streichelten Muffin und vertilgten Kekse.

# 14. KAPITEL

Später am Abend verabschiedete sich Leon, da Emil heute bei ihm übernachtete und er zuvor sein Zimmer aufräumen wollte. Tilly und Antonia warfen sich tiefe Blicke zu, schwiegen jedoch. Gerdy wollte zu Hause noch Kuchen backen, weil am Sonntag ihre Enkelin aus Karlsruhe zu Besuch kam.

Ein Spaziergang mit dem Hund war Pflicht und fand trotz des Regens statt. Am Ende hätte Tilly gerne, wie Muffin, ihr Fell ausgeschüttelt, hätte sie doch nur eines gehabt. Der Abend zog vorüber, und mal dämmerte Tony weg, mal sie. Der Alkohol des Vortags hielt sich pro Jahrzehnt Lebenszeit eine Stunde länger im Blut, so schien es Tilly.

Der Sonntagmorgen begrüßte sie sonnig, was Muffin zum Anlass nahm, sich fiepend vor die Wohnungstür zu setzen. Das schrie nach einem Spaziergang im Grünen. Tilly packte eine Picknickbox, und sie fuhren in den angrenzenden Wald.

Wenigstens für den heutigen Tag wollte sie nicht über die Mordfälle nachdenken, mochten ihre Gedanken auch immer mal wieder zu Paula wandern, die aktuell laut der Website des Untertannberger Morgens in Untersuchungshaft festgehalten wurde. Abgesehen von ihrem

Anwalt, durfte sie keinen Besuch empfangen. Auf einem Foto war besagter Anwalt zu sehen gewesen. Niemand anderes als Doktor Wilhelm Muffel blickte – wie immer völlig charmefrei – in das Aufnahmeobjektiv der Kamera. Er hatte auch Sascha betreut, als dieser sein Erbe antrat. Möglicherweise ließ sich früher oder später noch etwas herausbekommen, Gerdy hatte bereits versprochen, die Fühler auszustrecken.

Sie schlenderten den von Bäumen gesäumten Weg entlang, Fahrräder rauschten vorbei, der Geruch von feuchtem Erdreich lag in der Luft. Die Sonne lugte immer wieder zwischen den Wipfeln hindurch, der Boden war von einem Spiel aus Licht und Schatten bedeckt.

»Ich mag den Wald nach dem Regen«, sagte Antonia versonnen. »Das haben wir bei uns leider nicht so oft.«

»Hast du dir denn überlegt, wie es für dich weitergeht?«, fragte Tilly.

»Es ist Sonntag!«

»Tony.«

»Ja, habe ich.« Das folgende Grinsen war irgendwo zwischen ›ich sage dir gleich was ganz Tolles‹ und ›du wirst mich für verrückt halten‹ angesiedelt. »Es war irgendwie plötzlich da, als ich in der Aula saß und die Leiche abtransportiert wurde.«

Das machte Tilly doch misstrauisch. »Das wird jetzt aber nichts Makaberes, oder?«

»Was? Nein! Ich dachte nur, weil der Mörder zum zweiten Mal zugeschlagen hat. Das war beim letzten Mal auch so. Schuster, bleib bei deinen Leisten. Ich mache genau so weiter wie bisher.«

»Ich verstehe kein Wort.«

»Um mein Studium zu finanzieren ... mache ich ein fahrendes Nagel- und Fußpflegestudio auf. Hier, in Untertannberg.«

Tilly starrte ihre beste Freundin an und war eher bei ›du bist verrückt‹ als bei ›tolle Idee‹. »Tony.«

»Lieblings-Blich?«

»Hast du aus meinem Fehler nichts gelernt?«

»Ich finde, du machst dich als Selbstständige ganz gut. Du bist quasi mein Vorbild.«

Tilly schüttelte den Kopf. »Ich meinte den Ort. Untertannberg wäre jetzt nicht meine erste Wahl.«

Der Weg fiel ab, nur um in Sichtweite wieder anzusteigen. Sie gingen gemächlich, denn Muffin beschnupperte jeden zweiten Grashalm, jede dritte Blume.

»Untertannberg ist perfekt. Denk doch nur, wie viele Kerle im Ort noch nie davon gehört haben, dass man Hornhaut auch entfernen kann.«

»Igitt.« Tilly schüttelte sich. »Das ist ja wohl nicht nur hier so.«

»Du wärst überrascht, wie unterschiedlich das so zwischen den Generationen und Altersklassen ist. Die Jungen achten sehr sorgfältig auf sich, die Älteren ebenfalls. Die Mittleren sind problematisch. Aber vergiss diese Statistik! Das ist Untertannberg, hier hat noch nie jemand von einem Dermabrasionsgerät gehört. Die armen Mädels müssen bestimmt immer nach Stuttgart oder so fahren, das geht doch nicht.« Antonia quiekte freudig. »Ich könnte Rabatt für Schülerinnen und Schüler anbieten. Das kommt sicher gut an. So ein Bus lässt sich auch gut in der Nähe des Schultores parken.«

Tilly musste zugeben, dass die Idee durchaus etwas hatte. Sie sah eher das Problem, dass der Andrang innerhalb kürzester Zeit so groß werden würde, dass Tony das nicht mehr alleine stemmen konnte. »Du könntest sogar Preisabstufungen für Speedbehandlungen anbieten.«

»Ich wusste doch, du verstehst das.« Tony umarmte Tilly überschwänglich.

Praktischerweise hatte sie Muffins Leine an ihrem Gürtel befestigt. Er zog ständig, und auf diese Art bot sie mehr Widerstand.

»Ich bewundere deinen Kampfgeist, das weißt du. Falls du Hilfe brauchst, stehe ich dir jederzeit bei. Allerdings nur außerhalb meiner Öffnungszeiten.«

»Boah, das hat Leon auch gesagt.«

Tilly schob Antonia von sich. »Bitte was?«

»Na ja, du hast gerade geschlafen, als mir die Idee kam. Ich musste ja erst den Kater verdauen, und als es so weit war, lagst du friedlich auf der Couch mit Muffin auf dem Bauch. Also habe ich Leon geschrieben. Er hatte Besuch von Emil, der wohl auch neben ihm eingeschlafen war, deshalb konnte er sofort antworten.«

»Und er fand …«

»… die Idee ebenfalls toll. Er würde sich von mir sofort

die Füße abschleifen lassen – das war sein O-Ton –, und wenn ich nichts daraufklebe, darf ich auch an die Fingernägel. Wobei er jetzt nicht so die Zielgruppe ist, aber das war nett. Er würde mir helfen, falls er zwischendrin Zeit hat. Allerdings nicht bei den Füßen, nur den Fingernägeln.«

»Bis eben fand ich die Geschäftsidee noch gut.« In ihrem Geist sah sie Leon, der eine Nagelfeile betrachtete und dann zu Werke ging. Das Ergebnis wäre vermutlich ähnlich wie bei dem Dermabrasionszwischenfall von Antonia. »Vielleicht suchst du dir bei Bedarf andere Hilfe.«

»Ich werde selbstständig.« Tony reckte jubelnd die Hände gen Himmel.

»Jetzt freust du dich noch. Warte nur ab, bis du mit dem ersten Papierkram konfrontiert wirst und den rechtlichen Anforderungen. Na gut, da wirst du es wohl leichter haben. Vergiss bei dem Ganzen aber nicht dein Studium, sonst hast du am Ende einen stressigen Nagelpflege-Hauptjob, und der eigentliche Grund für alles geht verloren.«

»Keine Sorge.« Tony nickte mit Nachdruck, ihr Entschluss stand eindeutig fest. »Ab jetzt ist Marschler-Time.« Sie runzelte die Stirn. »Äh, Tilly.«

»Keine Angst, da finden wir noch was Besseres.«

»Wovon sprichst du?«

»Deinen Slogan. Wieso, was meintest du?«

Antonia deutete mit ihrem Zeigefinger auf Tillys Hüfte. »Ist dir nicht aufgefallen, dass Gewicht fehlt?«

Sie zuckte zusammen. »Muffin!« Die Leine schleifte hinter Tilly her.

Da Muffin als Basset im Welpenrang noch richtig viel herabhängende Haut und Fell besaß, gelang es ihr nicht immer, das Halsband ausreichend zu befestigen. Das Ergebnis war ein gewiefter Schlingel, der sich bei Bedarf auch mal herauswand. Meist, wenn sich Essen in der Nähe befand. Oder andere Hunde. Oder ein besonders hübscher Grashalm.

Tilly sah sich hektisch um. »Ich werde diesem Winzling ein Geschirr anlegen, das schwöre ich. Selbst wenn es eine Sonderanfertigung werden muss, weil ihm sonst keines passt.«

Sie eilten den Weg zurück und blickten sich suchend um. Das Gebüsch zwischen den Bäumen war an einigen Stellen dichter, es war kaum etwas zu sehen.

»Er könnte längst über alle Berge sein«, mutmaßte Antonia.

»Er ist ein Welpe, kein Rennpferd.«

»Die kleinsten sind meistens die schnellsten, warte es nur ab. Ha, ich glaube, dort vorne hab ich was gehört.« Tony deutete an jene Stelle, an der das Dickicht besonders umfangreich war.

Fluchend schob Tilly Geäst beiseite. Ein Ast wippte zurück und traf sie an der Stirn, woraufhin sie strauchelte und stolperte – die Arme voraus in ein Beet aus Brennnesseln. Aufschreiend kam sie in die Höhe. Ihre Hände brannten, glücklicherweise war der Rest bei diesem Wetter von Kleidung bedeckt. »Verdammt! Muffin!!!«

»Das sieht böse aus.« Tony besah sich die Hände. »Da

wirst du gleich Pusteln bekommen, und es wird noch eine Weile jucken.«

»Ach, meinst du?« Tilly stand kurz davor, mit dem Fuß aufzustampfen vor Wut, auch wenn sie dafür längst zu alt war. »Wo ist dieser gemeine kleine Wischmopp?«

In Tillys Tasche vibrierte ihr Smartphone. Sie zog es heraus. »Das ist Sascha.« Sie nahm den Anruf an. »Hallo.«

»Hey. Na, hast du einen schönen Sonntag?«

Tilly schluckte. »Also … lustig, dass du es ansprichst. Wie kann man am besten einen entlaufenen Basset finden?«

»Indem du ihn bei mir abholst«, kam es trocken wieder zurück.

»Bitte?«

»Ich nehme mal an, du befindest dich irgendwo in der Nähe, denn allzu weit kann so ein Winzling nicht rennen. Er ist vor einigen Minuten vor dem Tor aufgetaucht, hat sich hingesetzt und gewartet. Er spielt jetzt mit den anderen.«

Tilly seufzte mit einer Mischung aus Beruhigung und Ärgernis auf. »Wir kommen.«

»Wir?«, hörte Tilly noch.

Dann hatte sie aufgelegt. Sie berichtete Tony alles, und gemeinsam eilten sie den Weg zurück zum Wagen. Erst hier realisierte Tilly, dass sie tatsächlich instinktiv den Weg in Richtung Saschas Hunderanch genommen hatte. Innerlich ärgerte sie sich darüber, andererseits war es ein Glück, dass Muffin nicht irgendwo anders entlaufen war.

»Du solltest ihm ein Halsband mit einem kleinen

Tracker anlegen«, schlug Antonia vor. »Falls er mal wirklich wegläuft, findest du ihn auf diese Art direkt wieder.«

»Wenn er sich nicht einfach aus Spaß aus dem Halsband herausschält«, gab Tilly zurück. »Das ist auch etwas, worüber ich unbedingt mit Sascha sprechen muss.«

Bei dem Gedanken, dass ihr kleiner Muffin irgendwo im Wald verloren gegangen war und zwischen Regen und Schlamm umherirrte, wurde ihr ganz elend zumute.

Sie erreichten das Tor zur Ranch bereits nach zehn Minuten Fahrt über hügelige Straßen. Es öffnete sich, als sie näherkamen. Tilly spürte eine gewisse Aufregung, ein Kribbeln in den Händen. Nach dem bedauerlichen Vorfall, der zu blutiger Nase und herumpurzelnden Hundebesitzern geführt hatte, war es still geworden zwischen Sascha und ihr.

»Ach du Sch…« Tony starrte in Richtung Haus.

Tilly folgte ihrem Blick.

Soeben kam Sascha heraus. Er trug eine enge Jeans und Boots, das Gesicht war von einem gepflegten Dreitagebart bedeckt, ein Lächeln lag auf seinen Lippen.

Hinter ihm folgte Sybilla. In diesem Augenblick *war* sie eine Sybilla. Im Herbstlicht leuchtete ihr Haar seidig, die geschmeidigen Bewegungen wurden von einer engen Jeans und einem ärmellosen Top betont. Sie trug Halsketten und Armbänder, aus ihrer Hosentasche lugte ihr Standard-Arbeitswerkzeug, das Smartphone.

»Hast du auch das Gefühl, die beiden bewegen sich in Zeitlupe?«, hauchte Antonia.

Sybilla warf ihr Haar zurück, der Wind wirbelte es auf.

»Du hast echt ein Problem, Blichy. Eines, das ebenso gut hätte Modell werden können. Wenn ich sie so ansehe, überlege ich ernsthaft, wieder mit der Selleriediät anzufangen.«

»Wir holen uns nachher aus Protest zwei Stücke Rhabarberkuchen bei Gerdy«, beschloss Tilly. »Ich bin mit meiner Figur vollauf zufrieden.« Etwas leiser ergänzte sie: »Leider hat sie auch ein hübsches Gesicht, tolle Haare und Modegeschmack.«

»Wir haben ihn«, trällerte Sybilla, als Sascha gerade den Mund aufmachte. »Ihren verlorenen Welpen, Tilly. Er ist allein hier aufgetaucht, er wollte wohl wieder nach Hause.«

»Und was macht er dann hier?« Sie lächelte zuckersüß. »Darf ich vorstellen, Antonia Marschler, Annegret Schabrinski und Sascha Neumann.«

Bei der Nennung ihres richtigen Namens entgleiste die Miene ihres Gegenübers kurz. »Nennen Sie mich Sybilla.«

»Krieg ich hin.« Tony nickte und schüttelte Saschas angebotene Hand.

Letzterer strahlte Antonia regelrecht an.

»Wo ist denn der kleine Racker?«, fragte Tilly.

Sascha führte sie zum Außengehege, wo Muffin gerade mit einem Dackel kuschelte, der quer über ihn ausgestreckt war.

»Auf Kommandos hört er wohl noch nicht, was?« Annegret blickte mit klimpernden Augen zu Tilly.

Diese beschloss, ihre Nemesis ab jetzt das Schabrinski zu nennen. Das tat einfach gut. »Die braucht er gar nicht.«

Muffin hatte Tilly entdeckt und kam schwanzwedelnd zum Tor geeilt. Bevor die anderen den Weg zurückgelegt hatten, öffnete Sascha das Tor, schnappte sich den Kleinen und schloss es wieder. »Hier hast du dein Baby zurück.«

Tilly nahm Muffin entgegen und streichelte sein Fell. Er stupste sie mit der Schnauze an und leckte ihr über den Hals. »Hihi, jetzt ist aber gut.« Sie ließ ihn zu Boden. »Hier war alles abgezäunt, es konnte nichts passieren.«

»Sie arbeiten sogar sonntags?«, fragte Antonia an Schabrinski gewandt.

»Das ist mein Arbeitsethos. Wenn ein Kunde mich braucht, stehe ich stets bereit.«

»Kein Zweifel«, sagte Tilly.

Wieder ein Riss in der Miene.

»Wir bereiten eine groß angelegte Werbekampagne vor«, führte Schabrinski weiter aus. »Da ist es wichtig, dass alle Fotos und Videos aus einem Guss sind. Nachträgliche Aufnahmen lassen sich in so einem Fall nicht ausschließen. Während andere also ihre Freizeit genießen, krempeln Sascha und ich die Ärmel hoch.« Sie fuhr mit der Hand spielerisch über Saschas Bizeps.

Dieser trat einen Schritt zur Seite. »Heute sind wir gut vorangekommen. Jetzt müsste alles abgeschlossen sein.«

»Marketing ist niemals zu Ende«, säuselte das Schabrinski.

In diesem Augenblick hätte Tilly ihre Nemesis gerne genommen und über das Gatter zu den Welpen geworfen.

Glücklicherweise kam Muffin dazwischen. Er tapste zu Schabrinski, hob sein Beinchen und markierte sein Revier.

»Wah!« Sie sprang zurück. »Meine neuen Schuhe.« Flux rannte sie in Richtung Haus, vermutlich ins Bad.

»Das tut mir jetzt leid«, rief Tilly trocken. »Böser Muffin. So böse.« Dabei tätschelte sie seinen Kopf.

»Dir ist schon klar, dass du ihn auf diese Art ermunterst«, sagte Sascha.

»Allgemein gesprochen oder bezogen auf eine bestimmte Person?«

Er lachte leise. »Verstehe. Und Sie besuchen also Tilly hier in Untertannberg. Deshalb vorhin auch das ›wir‹. Ich habe mich schon gefragt, mit wem du unterwegs bist, Tilly.«

»Tony wird länger bleiben«, entgegnete sie.

»Wir können uns doch ruhig duzen.«

»Sascha«, wiederholte dieser grinsend seinen Namen, nur um sich Tilly zuzuwenden. »Weißt du, Tilly, was hältst du denn von Einzelunterricht?«

»Grundsätzlich?«

»Für Muffin und dich.« Sascha räusperte sich, und seine Wangen wirkten eine Spur dunkler als zuvor. »Beim letzten Mal sah es so aus, als würdest du dich nicht wohl fühlen.«

»Ich?« Tilly blinzelte. »Die andere Frau hatte die blutige Nase. Aber rein seelisch hast du recht.«

»Also?«

Antonia verpasste Tilly einen Stubs in die Seite. »Sie freut sich total, richtig?«

»Das tue ich wirklich. Aber ich möchte dir nicht zur Last fallen. Diese Stunden zahle ich natürlich.«

»Auf keinen Fall machst du das«, stellte Sascha klar. »Weder fällst du mir zur Last noch zahlst du.«

Tilly wollte rundheraus klarstellen, dass sie keinesfalls ein Sozialfall war. Doch als sie ansetzte, kam ein erneuter Stoß von Antonia. Dieses Mal deutlich fester. »Sie wird pünktlich sein und ist total dankbar.«

Tilly keuchte auf und konnte nur noch nicken.

Womit alles geklärt war. Einige Minuten später fuhren sie wieder vom Hof. Antonia winkte Schabrinski bei der Abfahrt zu und formte stumm mit den Lippen »Einzelstunden«, worauf diese erbleichte.

»Unterm Strich war es doch ein schöner Sonntag«, sagte Antonia zufrieden.

Tilly war sich da nicht so sicher. Aber irgendwas in ihrem Magenbereich fühlte sich gut an.

# 15. KAPITEL

Tilly hatte die Bremse des Putzwagens heruntergedrückt, Muffin sorgfältig angeleint und war nun dabei, mit dem Wischmopp den Boden zu reinigen.

Da das Bürgerbüro freitags früher schloss, sie zu diesem Zeitpunkt aber nicht konnte, hatten sie sich darauf geeinigt, dass Tilly montagmorgens hier reinigte. Bedauerlicherweise bedeutete das, zu einer schrecklichen Unzeit in die Woche starten zu müssen. Selbst mit drei Kaffee intus kämpfte sie noch immer mit dem Bedürfnis, nach ihrem weichen Kissen zu greifen. Mittlerweile hatte sie sich sogar an das ständige Schwappen des Wasserbettes gewöhnt.

M. Oberzart saß an ihrem Tisch, fuhr den Rechner hoch und schnippte ein Staubkorn von ihrer Schulter. Auf den ersten Blick wirkte sie wie immer. Das ergraute Haar war zu einem Dutt gebunden, die Bluse im Format »kugelsichere Weste« gestärkt. Bei genauerer Betrachtung sah Tilly jedoch die Ränder unter ihren Augen.

Kurzerhand wischte sie zu Ende, schnappte sich den Staubwedel und begann, Schrank und Regale abzustauben. »Geht es Ihnen nicht gut?«

Oberzart blickte verwirrt auf. »Bitte?«

»Sie wirken heute ein wenig, nun ja, traurig.«

Die Augen der Beamtin weiteten sich vor Schreck. »Sieht man mir das an?!«

»Nur, wenn man Sie gut kennt. Ich putze jetzt ja schon zum vierten Mal hier.« Die Zahl war geschätzt, musste aber ungefähr hinkommen.

»Ach.« Frau Oberzarts Schultern sackten herab. »Das hat hier natürlich nichts zu suchen. Die Bürger von Untertannberg verlassen sich auf mich, ich verrichte wichtige Arbeit.« Sie zog ein Taschentuch aus der Verpackung und schnäuzte sich dezent. Es war eher ein Schnäuzeln. »Sie haben ihn gefunden, ja?«

Tilly wusste sofort, wen Frau Oberzart meinte, gab sich aber unwissend. »Wie bitte?«

»Den Markus. Ich meinte natürlich, Direktor Eberhardt.«

»Das ist richtig. Kannten Sie ihn?« Tilly ließ den Staubwedel sinken, behielt jedoch ihre Position bei.

Zu viel Vertraulichkeit war bei Frau Oberzart nicht angebracht, sonst würde sie ihre gestärkte Bluse wieder glatt streichen und die Miene hinter einem Ausdruck beständiger Emotionslosigkeit verstecken.

»Wir sind gemeinsam zur Schule gegangen«, erwiderte Frau Oberzart. »Ist jetzt natürlich bereits ein paar Jährchen her. In der Stadt sind wir uns immer mal wieder über den Weg gelaufen, aber persönliche Treffen gab es keine.« Den letzten Satz sprach sie fast schon pikiert aus, als wolle Tilly ihr etwas unterstellen.

»Sein Tod hat sie dennoch getroffen«, stellte sie fest.

»Er war eben doch ein Schulkamerad.« Frau Oberzart klickte mit der Maus auf dem Monitor in das Passwort-Feld und blickte auffordernd zu Tilly.

Diese drehte sich weg, um zu verdeutlichen, dass sie kein Interesse daran hatte, digitale Formulare aus dem Speicher zu stehlen, die sowieso zuerst ausgedruckt und danach ausgefüllt werden mussten.

»Es sind schon einige aus meiner ehemaligen Klasse gestorben, das ist jedes Mal traurig.« Der Anmeldevorgang war beendet, und Frau Oberzart wandte sich wieder Tilly zu. »Es macht einem die eigene Sterblichkeit noch mal ganz anders bewusst.«

»Das verstehe ich. Geht mir auch immer so, wenn ich jemanden finde, der Opfer eines Gewaltverbrechens wurde.«

Frau Oberzart nickte schwer. »Das ist Ihnen hier in Untertannberg ja schon oft passiert. In Köln war das bestimmt noch schlimmer.« Ein fragender Blick folgte.

Tilly realisierte, dass sie nur weitere Informationen erhielt, wenn sie auch bereit war, welche zu geben. »Nun, die ›Kölner Abenteuer‹ waren durchaus nicht ohne. Mein Chef hat mich am ersten Tag einen Puff putzen lassen.«

Frau Oberzart zuckte zusammen. Eindeutig die falsche Richtung.

»Das war natürlich nicht gefährlich, aber ohne Vorwarnung … Sie verstehen. Einmal gerieten die Ludmilla und ich in einer italienischen Gaststätte in eine Schießerei, doch die führte lediglich zu Verletzten und Verhaftungen. Und als ich beim Schlüsselking putzte, fand ich den Seniorchef tot auf der Toilette. Das war wirklich unangenehm.«

»Da lobe ich mir doch meinen geerdeten Beruf«, hauchte Frau Oberzart. »Obwohl ich natürlich immer mal überlege, was geschieht, sollte hier jemand mit einer Waffe hereinkommen.«

Tilly ging nicht davon aus, dass das Bürgerbüro von Untertannberg in naher Zukunft überfallen wurde. Alles, was es hier zu erbeuten gab, waren Formulare. Sie nickte jedoch verstehend.

»Ich habe immer Reizgas zur Hand.« Frau Oberzart öffnete die Schublade und zeigte auf die schwarze Spraydose. »Ich verteidige hier alles.«

»Bis zum letzten Formular«, rutschte es Tilly heraus.

»Richtig.«

»Haben Sie denn mit anderen Klassenkameraden von früher gesprochen?«, fragte sie. »Das hilft ja manchmal. Schließlich sind Sie nicht die Einzige, die emotional betroffen ist.«

»Das wäre mir unangenehm.« Frau Oberzart schüttelte stirnrunzelnd den Kopf. »Die denken dann doch direkt, dass der Markus und ich … nein, nein. Die meisten wohnen sowieso nicht mehr hier in Untertannberg, und die wenigen … auf gar keinen Fall.«

»Mit den wenigen hier haben Sie auch keinen Kontakt mehr?«

Die Beamtin warf einen Blick auf die Uhr und ging zur

Tür, schloss sie auf. »Das habe ich nicht. Aber hören Sie auf meine Worte: Es würde mich nicht wundern, wenn es einer der anderen von damals war und nicht diese Paula Lotz.«

Frau Oberzart wandte sich um und fand sich Auge in Auge mit Ilse Blechle, der Frau des verstorbenen Bürgermeisters und aktuellen Kandidatin bei der anstehenden Wahl.

Muffin, der bis jetzt gedöst hatte, sprang auf und rannte schwanzwedelnd zu ihr. Den Putzwagen zerrte er trotz der Bremse einfach mit, was ein schabendes Geräusch verursachte. Zukünftig benötigte Tilly eindeutig etwas anderes, um ihn festzubinden.

»Guten Morgen«, sagte Ilse Blechle. »Ja, die Frau Blich, fleißig wie immer. Wenn es ein Beispiel für das Von-unten-Hocharbeiten gibt, dann sind Sie das. In spätestens fünf Jahren putzen Sie ganz Untertannberg.«

»Was für tolle Aussichten«, murmelte Tilly in ihren nicht vorhandenen Bart. Etwas lauter ergänzte sie den Morgengruß.

»Und unsere ewig treue Seele.« Frau Blechle riss die Beamtin förmlich in eine Umarmung. »Ich leide mit Ihnen. Glauben Sie mir, eine Ilse Blechle ruht nicht, bis der wahre Schuldige gefunden wurde.«

So also sah Wahlkampf aus.

Während die Bürgermeisterkandidatin sich flüsternd mit Frau Oberzart unterhielt, sprühte Tilly Glasreiniger auf die Fenster und zog sie ab, wischte den Boden und leerte den Mülleimer. Muffin schnupperte an den Beinen der beiden Frauen. Bevor es zu einem weiteren Markierungszwischenfall kommen konnte, schnappte sie den Basset mit der rechten und schob den Wagen mit der linken Hand aus dem Raum.

Das Letzte, was sie gebrauchen konnten, war Ilse Blechle, die sich ebenfalls an Stubs hängte. Andererseits konnte das ganz lustig werden.

Viel erfahren hatte Tilly von Frau Oberzart nicht, sah man davon ab, dass einige der damaligen Mitschüler wohl noch hier wohnten. Vor allem der letzte Satz hatte sie aufhorchen lassen. Es hätte die Beamtin nicht gewundert, wenn es einer der alten Klassenkameraden gewesen wäre. Doch wies dies darauf hin, dass Markus Eberhardt unbeliebt gewesen war? Oder konnte man Rückschlüsse auf andere innerhalb der Klasse ziehen? Gab es während der Schulzeit einen größeren Konflikt? Sie musste mit jemandem von damals sprechen.

Der zweite Auftrag des Montags war das *Brezle*. Tilly kannte all die verschiedenen Namen der Gaststätte und die zugehörigen Zeiten mittlerweile auswendig. Morgens war es das *Brezle*. Mittags und abends wurde der Name geändert zu *Eintöpfle* und nachmittags zu *Küchle*. Das sollte entsprechend klare Markenabgrenzungen schaffen, was sich scheinbar sogar in der Bestell-App abzeichnete. Wer abends etwas zu essen wollte, besorgte sich das nun einmal nicht beim *Küchle* und umgekehrt.

Tilly wischte den Gastraum durch, ließ sich von Traude einen Kaffee geben und Pia zwang ihr ein Stück Kuchen auf (den Gerdy gebacken hatte). Muffin wurde mit Wasser und Streicheleinheiten verwöhnt. Natürlich war Gesprächsthema Nummer eins die Morde und die Ermittlungen.

Zwischenzeitlich bekam sie Nachrichten von Antonia, die alles für ihr fahrendes Nagelstudio vorbereitete. Leon meldete sich aus der Schule und erklärte, dass er ab vierzehn Uhr zur Verfügung stünde, und Sascha fragte an, wann sie ihre erste Einzelstunde abhalten wollten.

Besonders Letzteres sorgte in Tillys Magen für ein seltsames Gefühl. Womöglich war es auch schlicht der Kaffee. Zu viel Koffein für einen Tag. Leider sah sie in ihren Gedanken stets zusätzlich das Schabrinski vor sich, wenn sie an Sascha dachte.

Zurück im Büro aß sie ein mitgebrachtes Brot, ignorierte Muffins sehnsuchtsvolle Blicke und grübelte über das weitere Vorgehen.

Ein Türknall riss sie aus den Gedanken. Genauer, das Geräusch eines Körpers, der dagegenknallte. Fluchend ruckelte Leon die Tür auf und kam herein.

»Du solltest es doch langsam wissen«, begrüßte ihn Tilly.

»Ich war euphorisch, da vergesse ich das manchmal.«

»Weil die Schule aus ist?«, fragte sie.

»Das auch. Aber eher, weil ich ein sehr langes Gespräch mit Hartmut-Eloi hatte.«

»Ich dachte, du magst Emil.«

Leon funkelte sie an. »Emil und ich sind zusammen.

Euphorisch war ich wegen dem, was Hartmut-Eloi mir erzählt hat.«

Tilly wartete gespannt.

Doch Leon dachte gar nicht daran, weiter zu erzählen. Das war wohl die Strafe für ihren Witz. Er zog eine Brotdose aus dem Rucksack, öffnete sie und stellte sie auf dem Tisch Tilly gegenüber ab. Im Inneren befand sich in Würfel geschnittenes und angebratenes Tempeh, dazu Dinkelpasta und Soße.

»Das sieht voll lecker aus«, kommentierte sie.

»Selbst gemacht.« Leon nickte zufrieden. »Ich habe mit Hartmut-Eloi gesprochen, über seine Mutter. Weil ich wissen wollte, was sie von Stubs weiß. Frau Lotz ist noch in Untersuchungshaft, aber sie sammeln weitere Beweise. Der Richter hat die Haft wohl unter Vorbehalt angeordnet. Ich habe eingeworfen, dass sie es vielleicht gar nicht war.«

Tilly knabberte an ihrem Brot und wusste nun, wie Muffin sich fühlte, wenn er etwas essen wollte, es vor Augen hatte, aber nicht bekam. »Und?«

»Er sagte, dass seine Mutter eine Matrix angefertigt hat. Also, Spalten und Zeilen, in denen sie Gewichtungen notiert hat.«

»Eine Tabelle?«

»So kann man das auch nennen. Jedenfalls hat sie sich abends hingesetzt und alle Akten studiert.«

»Akten?« Tilly ließ das Brot sinken.

»Genau das habe ich auch gesagt. Laut Hartmut-Eloi hat Eleonore von Lampenstell über jede Lehrperson Akten angelegt. Frag mich nicht, wie, aber sie hat darin die früheren Noten vom Studium notiert, den Werdegang und sogar Aussagen von ehemaligen Studienkollegen.«

»Diese Frau macht mir langsam Angst«, sagte Tilly.

»Mir schon lange. Hartmut-Eloi vermutet, dass sie so was auch über alle Eltern und uns Schüler hat, aber dafür gibt es keine Beweise.«

Und vermutlich lohnte sich der Aufwand nicht, schließlich unterrichteten andere Eltern nicht ihren Sohn. »Hat sie die Akten Stubs gezeigt?«

»Auch das habe ich gefragt. Siehst du«, Leon deutete abwechselnd mit dem Zeigefinger auf Tilly und sich selbst, »wir sind schon total in Sync. Seine Mutter hat Angst, dass sie sich möglicherweise durch das Anfertigen der Akten strafbar gemacht hat.«

»Hat was von Staatssicherheit. Stasi. Das waren die im Osten.«

Leon verdrehte die Augen. »Das weiß ich. Stell dir vor, wir haben auch Geschichtsunterricht. Wobei es dann eher die Schusi ist. Schulsicherheit, geleitet von Eleonore von Lampenstell.«

Sie kicherten beide.

Leon ging in die Küche und holte sich dort eine Gabel. Tilly klaubte sich einen Tempeh-Würfel aus seiner Brotdose und kaute ihn genießerisch.

»Das habe ich gesehen.« Er deutete mit der Gabel auf sie. »Ich bin im Wachstum, da brauche ich mein gesamtes Essen für mich.«

»Möchtest du als Ausgleich ein Stück von meinem Brot?«

»Nein danke«, winkte er großmütig ab. »Ich verzeihe dir das eine Mal. Aber weißt du – und deshalb meine Euphorie –, wenn wir an die Schusi-Akten herankämen, gäbe es darin vielleicht einen Hinweis auf andere potenzielle Mordverdächtige. Außer Paula.«

Tilly nickte, in Gedanken bei den Folgen dieser Entdeckung. Was ihnen aktuell hauptsächlich fehlte, waren Informationen zu den beteiligten Personen. Es gab alle möglichen Alibis und Zeugen, aber wer letztlich eine Verbindung zu damals hatte oder in der Gegenwart einen Grund, den Direktor und Herrn Pichler zu ermorden, das wussten sie nicht. »Fragt sich nur, wie wir es schaffen, einen Blick hineinzuwerfen.«

Leon winkte ab. »Wir sollen einfach vorbeikommen.«

»Bitte?«

Den Mund randvoll und kauend, erwiderte er: »Hartmut-Eloi hat seine Mutter über Smartphone geschrieben, und zehn Sekunden später hat sie geantwortet. Sie freut sich sehr darüber, dass wir an ihren Ermittlungen interessiert sind und dürfen jederzeit vorbeikommen.« Er hob den Zeigefinger. »Allerdings zu folgenden Zeiten nicht, weil da Hartmut-Eloi Klavierunterricht hat oder Hochintelligentennachhilfe.« Leon kramte einen Zettel hervor und schob ihn über die Tischplatte.

»Hochintelligentennachhilfe?«, echote Tilly.

Sie warf einen Blick auf den Zettel. Der Junge war nach

der Schule ausgebucht. Neben einer genau definierten Hausaufgabenzeit gab es alle möglichen Zusatzarbeiten. Gegen Nachmittag folgten dann Dinge wie »Meditation – Auseinandersetzung mit dem inneren Selbst« und gegen Abend »Hausarbeit«.

»Jetzt tut er mir endgültig leid«, sagte Tilly.

»Mir auch«, gestand Leon. »Deshalb habe ich mit Sophie gesprochen, auf die steht er, traut sich aber nicht, sie anzusprechen. Die findet ihn ebenfalls knuffig. Morgen macht sie den ersten Schritt.«

»Das ist lieb von dir«, sagte Tilly. »Ein Grund mehr, heute bei Eleonore von Lampenstell vorbeizuschauen. Wenn ihr Hartmut-Eloi ab morgen nämlich eine Freundin hat und sie erfährt, dass du dafür verantwortlich bist, wird sie uns hassen.«

Leon deutete auf den Zettel. »Da sind doch dreißig Minuten Zeit. In denen kann Sophie vorbeikommen.« Er grinste frech.

»Mach dich nur lustig. Mal sehen, ob du das nachher auch noch so siehst, wenn wir bei den von Lampenstells sind und in die Schusi-Akten schauen. Ich werde fragen, ob es eine über dich gibt.«

Leon zog eine Schnute. »Wenn ja, werde ich sie klauen und verbrennen. Das ist total gegen den Datenschutz. Ich könnte sogar klagen.«

»Konzentrier dich lieber auf das Wesentliche.«

»Na gut, und das wäre?«

Tilly schlug sich mit der Hand gegen die Stirn. »Wir

beide beschaffen uns jetzt endlich die notwendigen Informationen über diese ganze Lehrerschaft, damit wir in dem Fall vorankommen. Das geht doch so nicht weiter.«

Frustriert schluckte sie das letzte Stück Brot herunter. Das Gefühl, auf der Stelle zu treten, war seit heute übermächtig. M. Oberzart war die einzig verbliebene Anlaufstelle gewesen. Doch das hatte lediglich zu noch mehr Rätseln geführt. Wenn Eleonore von Lampenstell also Licht ins Dunkel bringen konnte, würde Tilly auch nach diesem Strohhalm greifen. Selbst auf die Gefahr hin, dass er der Auslöser für eine Bombe war.

# 16. KAPITEL

Die von Lampenstells lebten im besseren Teil von Untertannberg. Hier lagen kleine Grundstücke dicht nebeneinander, die Rasen waren akkurat gemäht, die Hecken gestutzt. Jetzt im Spätherbst machte das zwar nicht mehr viel her, doch im Sommer musste es in allen Farben blühen. Trotzdem wollte Tilly hier nicht wohnen. Sie konnte die Enge all der unausgesprochenen Regeln spüren, die diesen Ort umgab.

Das Zuhause der von Lampenstells befand sich in einem renovierten Altbau mit stuckverzierter Fassade. Neben dem schmiedeeisernen Tor hing eine goldfarbene Klingel, deren Schild akkurat beschriftet war. Handschriftlich.

»Warum habe ich gerade das Gefühl, dass ich ein Businesskostüm tragen sollte?«, fragte sie.

Leon zuckte nur mit den Schultern. »Keine Ahnung.«

Mit seinem modischen Hemd, den Jeans und den neuen Sneakern strahlte er eine Aura aus, die sogar hierher passte. Unter dem Hemd lugte eine neue Halskette hervor, das braune Wuschelhaar war bei genauerem Hinsehen akkurat gestylt. Ihr einziger Mitarbeiter kam ebenfalls aus gut betuchtem Elternhaus und schien keinerlei Berührungsängste mit diesem Ort zu haben.

»Hallöchen«, trällerte es aus der Lautsprecheranlage.

Leon zuckte zusammen. Mit dem Ort kam er anscheinend klar, ob das aber auch auf die hier lebenden Personen zutraf, würde sich gleich zeigen.

Ein Summen erklang. Tilly drückte gegen das Tor und öffnete es. Seitlich des Gebäudes gab es ein Überdach, unter dem zwei Autos standen. Eines davon war elektrisch, wie Tilly am Nummernschild erkannte, das andere ein klassischer Benziner. Ein Weg führte in den Garten, wo sie ein Solarpanel erspähte.

»Oh, Frau Blich.« Eleonore von Lampenstell legte sich die Hand auf das Schlüsselbein. »In dieser Kleidung habe ich Sie erst gar nicht erkannt.«

»Beim nächsten Mal trage ich wieder meinen Reinigungskittel, versprochen.«

»Das ist ja nett. Aber ich gewöhne mich sicher auch daran. Kommen Sie nur herein. Der Herr Nobler natürlich ebenso.«

»Sagen Sie ruhig Leon.«

Der Blick der Hausherrin folgte ihnen bei jeder Bewegung. Die Schuhe mussten abgestreift werden, es lag ein Brett an der Seite mit einem Schild daran, auf dem »Besucher« stand. Sie kamen der unausgesprochenen Aufforderung nach und stellten die Schuhe darauf ab.

Der Boden bei den von Lampenstells war mit Parkett ausgekleidet, in der Luft lag Veilchenduft. Aus einem der Räume erklang Klaviermusik. Wie Tilly sich erinnerte, als sie sich den Plan ins Gedächtnis rief, hatte Hartmut-Eloi gerade seinen Klavierlehrer zu Gast. Sie waren zehn Minuten zu früh, was auch erklärte, weshalb Eleonore von Lampenstell ständig zur Tür linste. Als wolle sie in den Raum zurückkehren und den Lehrer überwachen.

»Das klingt ja ganz wunderbar. Chopin?« Tilly lauschte.

Beeindruckt nickte Frau von Lampenstell. »Frau Blich, ich wusste gar nicht, dass Sie sich mit klassischer Musik auskennen.«

»Ich habe mal in einer Musikschule geputzt«, erklärte sie.

Tilly lächelte bei dem Gedanken. Sie war stets eine Stunde zu früh dort aufgetaucht, um ein wenig vom Unterricht mitzubekommen. Auf diese Art hatte sie Stück für Stück Klavierspielen gelernt. Am Ende der Putzstunden hatte sie stets noch ein oder zwei Stücke gespielt. Ein eigenes Klavier konnte sie sich nicht leisten.

Nachdem sie zwei Jahre in der Musikschule gearbeitet hatte, konnte sie einem Klavier fließend klassische und moderne Musikstücke entlocken.

Antonia hatte einmal gesagt, dass Tillys Geist wie ein Schwamm war, der beständig alles aufsaugte. Sie wollte sich persönlich und beruflich weiterentwickeln, neue Dinge lernen und erleben. Auch ihre Selbstständigkeit war unterm Strich so etwas. Ein Abenteuer mit ungewissem Ausgang, dem sie sich freudig stellte. Zumindest an den meisten Tagen.

»Ja, es ist ein gängiges Stück«, merkte Eleonore von Lampenstell an, eindeutig davon überzeugt, dass Tillys

Musikexpertise unter die Rubrik »auch ein blindes Huhn findet mal ein Korn« fiel.

In der Zeit als Reinigungsfachkraft hatte Tilly gelernt, das Schubladendenken der Menschen für sich zu nutzen. Sie wurde beständig unterschätzt, was ihr zugutekam. Deshalb setzte sie einfach ein Lächeln auf und nickte leicht.

Eleonore von Lampenstell führte sie durch eine geöffnete Schiebetür in das Wohnzimmer. Die gesamte Front bestand aus deckenhohen Fenstern, die einen Blick auf das herbstliche Gelb des Gartens freigaben.

»Wir sind hier, um die Schusi-Akten …« Tilly hustete. »Die Schulakten einzusehen, also über die Lehrer. Sie wissen schon.«

»Natürlich. Ehrlich gesagt hätte ich den Inhalt gerne mit dem Kriminalhauptkommissar besprochen, aber er hat sich als beratungsresistent erwiesen.«

»Seine hervorstechendste Eigenschaft«, erwiderte Tilly schmallippig.

Leon nickte nur. Überhaupt wirkte es, als wolle er nicht allzu viel beitragen, um ja keine Angriffsfläche zu bieten.

Eleonore von Lampenstell führte die beiden zu einem Erker, der ebenfalls durch eine Schiebetür abgetrennt war. Tilly starrte schockiert auf das Mörderboard, das sie beim Eintreten direkt erkannt hatte.

Davor lagen die Akten auf einem runden Holztisch. Auf eine zweite Tafel war mit Edding eine Tabelle gezeichnet. Die einzelnen Kästchen enthielten Kreuze. Beispielsweise stand in einer Reihe »zweiter Bildungsweg«. Daneben war bei jedem Lehrer ein Kreuz zu sehen, der wohl nicht im ersten Anlauf das Abitur absolviert hatte. Es gab außerdem die Kategorien »Hippie« und »Notenschnitt«. Ganz rechts stand dann eine Zahl. Je höher, desto suspekter, wie Tilly erkannte. Gewonnen hatte wohl die Englischlehrerin, deren Zahl mit einem roten Kreis eingekringelt war. Dicht dahinter folgte der Sportlehrer.

»Wie Sie sehen, habe ich längst eine Verdächtigenmatrix erstellt.« Sie überdachte ihre Worte kurz, wandte sich dann Tilly zu und erklärte: »Das ist die Bezeichnung für eine Tabelle. Man nennt es zweidimensionale Matrix.«

An diesem Punkt überlegte Tilly, ob sie es nicht auf einen dritten Mord ankommen lassen sollte. Sie lächelte verkrampft, schließlich wollte sie die Akten, und nahm, ebenso wie Leon, am Tisch Platz.

Eleonore von Lampenstell deutete auf einen Stapel Aktenmappen. Vorne auf dem Deckel war jeweils ein Name notiert. Sie waren alle prall gefüllt. »Die von Direktor Eberhardt ist vollständig, ich habe sie quasi abgeschlossen. Bei Herrn Pichler sieht das allerdings anders aus, da bin ich noch nicht so weit vorgedrungen. Dass beide hier auf die Schule gingen, wusste ich natürlich.«

»Natürlich. Darf ich die Akte des Direktors denn mal sehen?«

»Wir«, ergänzte Leon.

»Wir«, bestätigte Tilly.

»Sicher.« Frau von Lampenstell schob sie herüber.

Leon beugte sich zu Tilly, die die Akte öffnete. Auf der

ersten Seite gab es ein Bild, das eindeutig in der Schule aufgenommen worden war. Vermutlich durch Frau von Lampenstell selbst. Darunter die wichtigsten Daten wie Geburt und das Todesdatum, beides sogar mit Uhrzeit.

»Wie haben Sie denn die Uhrzeit der Geburt herausbekommen?«, fragte Tilly.

»Ach, das war gar nicht so schwer. Mit den richtigen Kontakten sind Geburtsurkunden leicht zu bekommen. Kaffee mit einem Schuss Hafermilch für Sie?« Ihr Blick wanderte zu Leon. »Fritz Cola light?«

Beide starrten Frau von Lampenstell schockiert an.

»Das nehme ich mal als Ja.« Zufrieden ging sie hinaus.

»Sie kennt unsere Lieblingsgetränke«, flüsterte Leon und sah sich um. »Denkst du, sie hat uns verwanzt? Oder lässt uns beschatten?«

»Keine Paranoia, die Frau ist einfach aufmerksam.« Tilly schluckte und musste sich eingestehen, dass sie lediglich zu Leons Beruhigung tiefstapelte. In Wahrheit war sie sich gar nicht so sicher. Schusi-Akten traf es wohl doch recht präzise.

Sie blätterte durch die Daten, die das Leben von Markus Eberhardt wiedergaben. Es gab mehrere Bilder, einen sauber aufgeschlüsselten Werdegang. Der Fokus lag auf dem Studium und seiner Zeit als Lehrer. Frau von Lampenstell hatte seitlich Notizen gemacht.

»Gutbürgerliche Familie, bewandert in Geschichte. Leicht für Exkursionen mit entsprechendem Hintergrund zu überzeugen.«

»Wow«, entfuhr es Leon. »Sie hat sich notiert, wie sie ihn am besten manipulieren kann.«

Tilly kam sich schäbig dabei vor, das Leben des Direktors auf diese Art zu durchleuchten. Andererseits tat sie es, um seinen Mörder zu finden. Was seine persönlichen Beziehungen anging, hatte sich Markus Eberhardt auf unregelmäßige Intermezzi mit Frauen verlegt, zumindest in den letzten Jahren. Dafür war er stets nach Stuttgart gefahren, zweimal bis Karlsruhe.

Über seine Schulzeit stand nicht viel in der Akte, sah man von den miserablen Noten ab. M. Oberzart und Herr Pichler waren in der Rubrik »Klassenkameraden« aufgeführt, jedoch als Einzige.

»Mehr habe ich leider nicht gefunden«, sagte Frau von Lampenstell direkt hinter Tilly und Leon.

Was dazu führte, dass beide zusammenzuckten und aufschrien. Eine Fritz Cola light und ein Kaffee mit Hafermilch wurden auf den Tisch gestellt.

»Ehrlich gesagt ist diese Zeit sehr schwierig zu rekapitulieren. Damals waren Computer in den Schulsekretariaten kaum vorhanden, alles wurde auf Papier festgehalten und in den Archiven eingelagert.« Eleonore von Lampenstell seufzte, als trüge sie eine schwere Last auf den Schultern. »Ich hätte so gerne einen Blick auf die Klassenbucheinträge geworfen.«

»Die Klassenkameraden hätten mich interessiert«, sagte Tilly.

Leon nahm seine Fritz Cola light, betrachtete sie argwöhnisch, trank dann aber doch. Dabei wirkte er, als würde er Gift in der Flasche vermuten.

»Nachdem es nun auch den Herrn Pichler erwischt hat, würde mich das ebenfalls interessieren, aber da ist nichts zu machen. Gerade heute hatte ich ein langes Gespräch mit Persephone darüber.«

»Mit wem?«, fragte Tilly.

»Oh, natürlich, natürlich, sie lässt nicht bei jedem zu, dass sie geduzt wird. Ich spreche von der neuen Direktorin, Frau Richter.«

»Was haben die Eltern sich denn bei dem Namen gedacht?«, entfuhr es Tilly.

»Sie waren wohl begeisterte Archäologen und haben Ausgrabungen in Griechenland geleitet. Mir wäre das peinlich.«

Was Tilly bei dem Gedanken an Hartmut-Eloi nicht weiter kommentierte. »Frau Richter wollte Ihnen also die alten Klassenbucheinträge und Klassenlisten nicht zur Verfügung stellen?«

»Bedauerlicherweise ließ sie sich nicht dazu überreden. Das ganze alte Zeug, inklusive der Klassenfotos, lagert im Archiv. Dort müsste es erst herausgeholt werden. Da die Ermittlungen sich auf Frau Lotz konzentrieren, will sie alles dort unten lassen.«

Tilly deutete auf die Verdächtigenmatrix. »Sie haben da offensichtlich schon jemanden im Visier.«

»Das gesamte Leben nimmt Einfluss auf die Entscheidungen, die wir später fällen. Es gibt ein paar sehr suspekte

Dinge. Einige dieser Lehrer haben einen Notenschnitt von unter zwei.«

»Das heißt …«

»Aber Frau Blich. Wir sprechen hier von einer Bildungseinrichtung mit herausragenden Standards. Wie haben die es geschafft, hier angenommen zu werden? Wenn so etwas einreißt, erleben wir Dinge wie den Allergiezwischenfall in der Mensa der Schule. Das hätte meinen Hartmut-Eloi … nein, ich will gar nicht weiter darüber nachdenken.«

»Keiner von uns«, versicherte Tilly. »Aber ich würde einen Notenschnitt von unter zwei nicht als kriminell bezeichnen.«

»Wie sollen diese Leute denn auf dem Niveau meines Sohnes unterrichten, wenn sie selbst so schlecht waren?« Interessiert erwiderte Eleonore von Lampenstell Tillys Blick.

Die realisierte, dass die Frage ernst gemeint war. Vermutlich würde Tilly hochkant aus dem Haus fliegen, wenn sie enthüllte, dass ihr eigener Schnitt sogar schlechter als drei gewesen war. Ihrer Ansicht nach sagten Noten in diesem Alter recht wenig aus, bei manch einer Person setzte die Lust auf Wissen erst später ein.

Leon wiederum gehörte zu der Sorte, die aufgrund der Wiederholung einer Klasse nur noch Einser schrieb.

»Ich bin allerdings auch noch nicht fertig«, ergänzte Frau von Lampenstell. »Das ist lediglich die Matrix zu den Lehrern. Ergänzend werde ich eine zu den Schülern erstellen, ebenso zu den Eltern.«

Verblüfft blinzelte Tilly. »Den Eltern?«

»Aber ja. Deshalb habe ich die Ermittlergruppe im Elternchat gegründet, um zu sehen, ob jemand versucht, Informationen zurückzuhalten. Ich weiß, dass Petra Günzel eine Schwester hat, deren Sohn ebenfalls auf unser Gymnasium wollte. Er wurde abgelehnt.« Sie nickte gewichtig. »Da kann man schon mal die Beherrschung verlieren.«

»Wird das denn vom Direktor entschieden?«

»Nein, aber möglicherweise war es ein Stellvertretermord. Wenn man an die hohen Tiere in den Behörden nicht rankommt, schnappt man sich eben die Verantwortlichen vor Ort.«

Was Tilly nun doch weit hergeholt erschien. Sie wollte gerade etwas Entsprechendes sagen, als das Klavierspiel endete. Frau von Lampenstell schoss von ihrem Sitz. »Ich muss die Fortschritte erfragen, bevor Norman verschwindet.« Und schon war sie durch die Tür gerauscht.

»Smartphone«, sagte Tilly nur.

Leon verstand sofort. Er zog das Gerät aus der Hosentasche, wie sie auch. Sie teilten die Akten untereinander auf und fotografierten den gesamten Inhalt ab. Da Frau von Lampenstell sich lautstark mit dem Klavierlehrer unterhielt – sie wollte wissen, ob Hartmut-Eloi eine spezielle Begabtenförderung benötigte –, konnten sie sicher sein, nicht überrascht zu werden.

Es gelang ihnen, alle Akten abzuknipsen, sich wieder hinzusetzen und interessiert das Mörderboard zu begutachten, bevor Frau von Lampenstell zurückkehrte.

»Ich muss Hartmut-Eloi gleich durch seine Meditation führen«, erklärte sie. »Aber wir können die weiteren Schritte ja morgen besprechen.«

»Auf jeden Fall.« Tilly lächelte freundlich.

Auf keinen Fall würde sie das tun. Sie besaßen die digitale Version der Schusi-Akten, das war völlig ausreichend und vermutlich vollkommen überflüssig, denn die eigentlich wichtige Zeitperiode, die sie benötigten, war gar nicht enthalten.

Sie verließen das Haus, und Tilly atmete unweigerlich gleichzeitig mit Leon auf. »Man merkt erst, wie erdrückend es da drin ist, wenn man es wieder hinaus geschafft hat.«

»Ich glaube, Hartmut-Eloi hat ein Date mehr als verdient.« Leon warf einen vorsichtigen Blick zurück.

»Er hat es verdient, zu flüchten, der arme Junge. Kannst du uns die Fotos aufbereiten?«

Er öffnete Tilly das Tor. »Du legst mir deine Bilder in die Cloud, ich packe meine dazu, und dann bastle ich alles zu Dokumenten zusammen. Am Ende verschlagworte ich die Bilder, damit wir eine Indexsuche durchführen können.«

»Aha«, sagte Tilly. »Also, du machst, was auch immer du machen willst. Hauptsache am Ende können wir uns das alles schön geordnet und in Ruhe ansehen. Und mit ›wir‹ meine ich Gerdy und mich.«

Leon grinste breit. »Ist voll toll, Aufgaben delegieren zu können, oder?«

»Es hat was von erfolgreicher Selbstständigkeit, auch wenn ich permanent Ermittlungen in Mordfällen delegiere, das Putzen aber doch selbst erledigen muss.«

Jetzt zog Leon einen Schmollmund. »Das ist aber nicht nett. Ich helfe dir doch.«

»Jetzt, wo du weißt, dass man Backofenreiniger nicht verwendet, um Fenster zu putzen, bist du sogar hilfreich.«

»Haha, das war Absicht.« Leons Wangen färbten sich rot. »Wie auch immer, was machen wir denn jetzt?«

»Darüber habe ich bereits nachgedacht.« Bei dem Gedanken an das, was sie tun mussten, fühlte Tilly sich schuldig. »Wir brauchen die Informationen aus dem Archiv. Du hast doch diese ganzen nachgemachten Schlüssel?«

Leon klopfte auf seine Hosentasche. »Immer dabei. Das ist aber im Keller. Ziemlich feucht und modrig da unten.«

»Will ich wissen, warum du dort unten warst?«

Rote Ohren, ein gehetzter Blick. »Nein. Ich hatte halt auch meine wilde Phase.«

»Mit Betonung auf ›hatte‹, jaja. Zurück zum Thema: Wir werden heute Nacht einen Ausflug zur Schule unternehmen. Dieses Mal nüchtern.«

»Yes!«

Im Gegensatz zu Leon hatte Tilly kein gutes Gefühl dabei.

# 17. KAPITEL

Es war später Abend und die Dunkelheit längst über Untertannberg hereingebrochen. Dichte Wolken verdeckten den Himmel, der Regen besaß aber immerhin Anstand genug, lediglich in feinen Tröpfchen zu fallen.
Sie waren auf dem Weg zur Schule, was Leon in hibbelige Euphorie versetzte. Vor allem, weil sie dieses Mal ein ganz besonderes Ziel ansteuerten.

Gerdy hatte dieses Mal mit ihnen kommen wollen, sich letztlich jedoch bereit erklärt, Babysitter für Muffin zu spielen. Dieser hatte nach zwei Spaziergängen im Regen gerne weiterhin die heimelige Wärme von Tillys Wohnung genossen. Dort saß aktuell auch Gerdy.

»Ich beneide unseren Muffin«, sagte Antonia.

Sie war ganz in Schwarz gekleidet – genau wie Leon –, und beide hatten sich dunkle Schminke auf Wange und Stirn aufgetragen.

»Euch ist aber schon klar, dass wir gerade *nicht* wie Einbrecher aussehen wollen? Falls man uns erwischt, wollte ich sagen, dass ich euch alles zeige, weil ihr mir beim Putzen helft.«

»So macht es aber mehr Spaß«, kam es von Leon, der eine Taschenlampe trug.

Da es im Inneren des Gebäudes zumindest trocken war, beeilten sie sich damit, die Tür zu erreichen. Leon schloss sie mit seinem Nachschlüssel auf.

Die Tür fiel mit einem dumpfen Laut hinter ihnen ins Schloss. Prompt zuckte Tilly zusammen.

»Sind wir ein wenig ängstlich, Frau Blich?«, stichelte Tony.

Tilly wandte ihr den Blick zu, fuhr entsetzt zurück und schrie auf.

Im Ergebnis schrien Antonia und Leon ebenfalls, sprangen nach hinten und fielen einander in die Arme.

»Wow, ihr seid voll die Helden.« Zufrieden grinsend ging Tilly durch die Aula.

»Du böse, böse Blich.« Antonia machte sich räuspernd von Leon los. »Und du«, sie wandte sich Leon zu, »hättest dich auch vor mich stellen können.«

»Ich bin zu jung zum Sterben.«

»Dann hast du den falschen Job.«

Leon blinzelte. »Meinst du jetzt als Schüler oder Putzkraft?«

»Als Mitarbeiter von Tilly.«

»Der Punkt geht an dich.« Er hob die Hände, um zu signalisieren, dass er sich geschlagen gab.

»An die beiden Personen in Schwarz«, meldete sich Tilly zu Wort, »hört auf zu plaudern, das hier ist kein Kaffeekränzchen, bewegt euch! Umso schneller sind wir wieder weg.«

Vor dem Fenster konnte Tilly erkennen, dass der Regen

wieder stärker geworden war. Er prasselte jetzt gegen die Scheiben.

Leon führte sie zu einem Treppenabgang, der in einen schmalen Gang mündete. Im Licht der Taschenlampe ging es geradeaus. Die Wände waren unverputzt, es roch feucht.

»Ganz schön lang.«

»Ja, der Keller hat einen Übergang zum anderen Gebäude, das mittlerweile gesperrt ist. Meine Eltern haben mir erzählt, dass es da mal eine böse Überschwemmung gab. Dabei sind sogar Teile der Wand eingebrochen. Das Archiv war früher von beiden Seiten zugänglich.«

Ja, die Menschen unterschätzten die Gefährlichkeit von Wasser häufig. Tilly erinnerte sich noch gut an eine böse Überschwemmung in Köln, weil dort eine verstopfte Toilette für Probleme gesorgt hatte. Am folgenden Morgen war das gesamte Büro überschwemmt gewesen, im Stockwerk darunter tropfte es von der Decke. Und das war gar nichts gegen das, was die Natur anzurichten vermochte.

Leon führt sie um die Kurve und eine weitere Treppe hinunter.

»Wie lange gibt es diese Gebäude schon?«, fragte Tilly.

»Keine Ahnung. Ewig. Die sind ur-ur-uralt. Vielleicht seit den Neunzigern?« Er zuckte mit den Schultern.

»Dafür hättest du dir jetzt einen Schlag verdient«, kommentierte Tilly.

»Ich weiß.« Leon grinste verschämt. »Die Schule wurde in den Siebzigern gebaut.«

»Mit über fünfzig hat das Gebäude dann doch ein paar

Jahre auf dem Buckel. Kein Wunder, dass das andere gesperrt ist.« Antonia erreichte als Erste das untere Ende der Stufen. »Aber sollte dann nicht langsam über einen Neubau nachgedacht werden?«

Leon seufzte. »Tja, das wollten sie nach dem Rathaus beschließen. Und wie das ausging, wissen wir ja alle.«

Der Neubau stand erneut auf der Kippe. Vermutlich hing es von der Bürgermeisterwahl ab, ob es an dieser Front weiterging. Natürlich auch von der Baufirma Lenz, die jetzt von Rosetta geführt wurde. Da die immer gegen den Bau gewesen war, konnte das noch recht lustig werden.

Es ging weiter einen Gang geradeaus, der auf halber Strecke leicht abfiel. Tilly konnte die gegenüberliegende Tür aber bereits erkennen. Sie bestand aus Metall und war mit einem großen Schloss versehen.

»Wow, sieht aus wie ein Bunker«, sagte Antonia.

»War angeblich mal einer.« Leon steckte den Schlüssel ins Schloss und drehte ihn.

»Sag mal, wie kommt es eigentlich, dass dir der Schlüsseldienst einfach so alle nachgemacht hat?«

»Ich habe einen Freund, Paul. Seine Familie hat einen. Und in den Sommerferien muss er da immer aushelfen, damit er schon mal für seine Übernahme des Familienbetriebs lernt, von der Pike auf und so. Na ja, wir haben öfter zusammen gezockt. An einem Abend saßen wir herum und sprachen über das Schuldach und den Ausblick.« Leon kratzte sich am Kopf. »So richtig weiß ich gar nicht mehr, wie wir darauf gekommen sind, aber am kommenden Tag hat Paul die Hausmeisterin abgelenkt, ich habe den Schlüssel stibitzt, und wir haben ihn nachgemacht. Danach haben wir so getan, als hätten wir ihn gefunden und ihr zurückgegeben.«

Tilly konnte über so viel kriminelle Energie nur den Kopf schütteln. »Aber dieses Mal wart ihr auf dem Dach nur zu dritt.«

»Paul kommt manchmal noch vorbei, aber er studiert jetzt in Stuttgart.« Bei diesen Worten schwang eine gewisse Traurigkeit in Leons Stimme mit.

»Wie sieht das eigentlich bei dir aus?«, fragte Antonia. »Du bist im letzten Schuljahr, das heißt, für dich geht es auch bald los. Noch ein halbes Jahr, dann Sommerferien und dann …?«

»Ich habe mich bei einigen Unis beworben.« Leon zog an der Tür. Diese musste jedoch aufgeruckelt werden. »Schaut nur, das ist wie bei uns in der Firma.«

»Glaub nur nicht, dass du dem Thema entkommen kannst.« Antonia hob den Zeigefinger. Mit einem letzten, tiefen Blick in seine Richtung betrat sie das Archiv.

Tilly trat hinter ihr ein.

Es war stockdunkel.

»Hier können wir das Licht anmachen«, sagte Leon. »Wir sind so tief unter der Erde, hier sieht niemand was.«

»Schön, dass du es noch mal erwähnst«, kommentierte Antonia.

Es klackte, Licht flammte auf. Die Glühbirnen waren hinter Gittern an die Wand geschraubt. Vor ihnen zogen sich vier Reihen voller Aktenschränke in die Dunkelheit. Es roch nach kaltem Stein und Staub.

Tilly nahm sich die Zeit, die Metalltür hinter ihnen wieder zuzuschieben. Nicht, dass der Lichtschein doch irgendwie zu sehen war. Kriminalhauptkommissar Stubs würde es diebische Freude bereiten, sie in Handschellen auf die Wache zu verfrachten. Da konnte sie tausendmal behaupten, sie hatte die in ihrer Rolle als Reinigungskraft aufgesucht. Dass vor ihr zwei Pseudoschornsteinfeger umherschlichen, machte es nicht besser.

»Ich schicke jetzt einfach mal ein Stoßgebet zum Himmel, dass diese Aktenschränke sauber beschriftet sind«, sagte Tilly.

»Beschriftet sind sie«, kommentierte Leon. »Ich glaube sogar, das waren mal Jahreszahlen.«

»Woah.« Antonia starrte auf einen der Schränke. »Die Schildchen sind total vergilbt.« Sie kniff die Augen zusammen. »Das hier könnte 1983 heißen. Aber das daneben passt nicht, da steht 1994.«

Wie sich herausstellte, waren immer mal wieder uralte Unterlagen vernichtet worden, ebenso standen zwischen alten Schränken neuere. Die Akten waren also nicht in chronologischer Reihenfolge in die Schränke gelegt worden, sondern dort, wo gerade Platz war.

»Na ja, es könnte schlimmer sein«, kommentierte Antonia.

»Ach?« Tilly ließ eine Braue in die Höhe wandern.

»Stell dir vor, die Schule hätte es schon vor dem Ersten

Weltkrieg gegeben oder so. Oder es gäbe gar keine Beschriftung.«

»Der Punkt geht an Tony«, sagte Leon.

Sie begannen mit der Suche nach dem richtigen Schrank, was sich als gar nicht so leicht herausstellte. Insgesamt drei Räume schlossen aneinander an, und neben den Akten zu einzelnen Klassen waren die Schubladen prall gefüllt mit weiteren Unterlagen.

»Hier sind Zeugnisse von Lehrern!« Leon machte große Augen, als habe er einen Schatz entdeckt. »Das Zeug ist aus dem Jahr 2020. Ist gekauft.«

»Leon«, mahnte Tilly.

»Ich will nur schnell wissen, was unser Geschichtslehrer für Noten hatte. Der ist echt mies. Oha.«

Tony schüttelte den Kopf. »Du bist ja quasi wie ein kleiner Bruder für mich, und als verantwortungsvolle große Schwester muss ich … der hat aber wirklich miserable Noten.«

»Könnt ihr beiden euch jetzt mal auf unser eigentliches Ziel konzentrieren?!« Tilly stemmte die Hände in die Hüfte und kam sich plötzlich vor wie ihre eigene Mutter. Wobei diese eher bei diesem dynamischen Duo gestanden und danach Kopien angefertigt hätte.

Leons Hand zuckte in Richtung Smartphone.

»Nein«, stoppte Tilly ihn.

Aufseufzend schloss er die Akten und schob das Fach wieder zu. »Schön, suchen wir halt weiter nach den Beweisen.« Leise grummelnd ging er die Fächer entlang.

Es vergingen gut zwanzig Minuten, bis sie endlich das richtige Fach gefunden hatten. Sie hatten etliche davon öffnen müssen, weil bei den meisten lediglich erkennbar war, dass jemand eine Zahl, die mit ›198‹ begann, notiert hatte.

»Das ist es!«, rief Antonia. »1988. Da waren Pichler und Eberhardt 16 Jahre alt.«

Das war zwar nicht ihr Abschlussjahrgang, aber nahe dran. Zu dritt beugten sie sich über die Klassenakten. In der Schublade waren die entsprechenden Aktenordner eingehängt, alphabetisch sortiert nach dem Nachnamen des Schülers. Dazu ein allgemeiner Ordner, den Tilly zuerst herauszog.

Darin fanden sich Notizen des damaligen Direktors – ein Herr Schelkle –, der darin besondere Vorfälle des Jahres festgehalten hatte. Ein paar Schüler hatten in einen Blumenkübel in der Aula gepinkelt. Beim Sommerfest hatte einer der am Kuchentisch angeleinten Hunde eine Hündin erblickt und war losgeschossen, bedauerlicherweise hatte das den Tisch einstürzen lassen. Die Kuchen waren unrettbar verloren, der Dackel aber glücklich.

»Da!« Leon hatte mitgelesen und tippte auf die nächste Zeile.

Dem Sportlehrer, einem gewissen Albrecht Abel, war die Trillerpfeife gestohlen worden. Es gab einen Verweis auf ein Protokoll, das weiter hinten in der Akte zu finden war.

Auf Nachfrage, ob Anzeige erstattet werden sollte, hatte Albrecht Abel abgelehnt. Schließlich handele es sich lediglich um eine Pfeife, mochte sie auch mit Monogramm versehen sein. Er würde die Schüler hart rannehmen und darauf hoffen, dass der Schuldige sich von allein meldete. Darunter war eine Notiz mit Datum vom Ende des Schuljahres ergänzt. Der Dieb hatte sich nicht gemeldet, das gestohlene Objekt blieb verschwunden.

»Das ist sie«, sagte Leon. »Die Tatwaffe. Das Monogramm war AA.«

»Es hat also wirklich etwas mit damals zu tun.« Antonia schlang die Arme um ihren Oberkörper. »Der Dieb hat die Trillerpfeife gestohlen und damit den heutigen Direktor umgebracht. Das ist so aufregend.« Sie wippte auf und ab.

Tilly war mittlerweile auch kalt. So tief unter der Erde, umgeben von Steinmauern fröstelte es sie. Nur Leon schien davon nichts zu bemerken.

Ebenfalls zwischen den Aktendeckeln fanden sie ein verblasstes Klassenfoto aufgeklebt, auf eine Seite mit gedrucktem Rahmen. Darunter hatte jemand – leider handschriftlich – die Namen aller Schüler und abgebildeten Lehrer geschrieben.

»Vollkommen unleserlich«, kommentierte Antonia.

Leon zog sein Smartphone hervor. »Das bekommen wir hin. Ich fotografiere die Namen und jage sie durch ein Schrifterkennungsprogramm.«

Sowohl das Protokoll des Diebstahls als auch das Klassenbild wurden fotografiert. Sie blätterten die Akte weiter durch, fanden darüber hinaus jedoch keine wichtigen Unterlagen mehr.

»Wir öffnen jede Akte, und du fotografierst den Namen«, entschied Tilly. »Dann können wir später dieses Gekrakel, wenn du es leserlich gemacht hast, auch zuordnen.«

Auf diese Art gingen sie alles durch.

»Die Mode von damals war ja fast schon modern«, kommentierte Leon, da in jeder Akte ein Einzelbild beigefügt war.

»Alles kommt wieder, das ist Retrochic«, bemerkte Antonia. »Glücklicherweise sind uns die Frisuren erspart geblieben.«

»Also, ich habe so ein bisschen Naturwelle mit drin.« Leon zwirbelte sich die Haare. »Ich könnte bestimmt so richtig mit Dauerwelle und so …«

Antonia begann zu kichern. »Oh bitte, mach das mal. Das werden Bilder für die Ewigkeit.«

Endlich hatten sie alle Unterlagen gesichtet, und Tilly schloss den Schrank. »Jetzt zur Gegenwart. Wir brauchen die Akten der heutigen Lehrer.« Sie fühlte sich schuldig bei dem Gedanken, doch es ging immerhin um die Aufklärung eines Mordes.

Glücklicherweise konnten sie darauf setzen, dass die Kopien des letzten Jahres nahe bei der Tür untergebracht waren.

»So was könnte man auch mittels einer Cloud lösen«, sagte Leon kopfschüttelnd, »aber nein, alles noch auf Papier. Unfassbar.«

Sie zogen das Schubfach auf und gingen vor, wie bei der vorherigen Sichtung. Tilly verbot Leon, in die Akten zu schauen. Sie machte die Bilder der Lehrerdokumente selbst.

Antonias Hand schoss voran wie eine zupackende Schlange. Sie zog die Akte von Leon hervor und blätterte darin. »Das Bild ist ja knuffig.«

Leon wurde rot. »Meine Mom bestand darauf, dass ich mich kämme. Kämme!«

»Da stehen sogar Klassenbucheinträge. ›Nobler und Sachler raufen und gefährden damit die Rückwand‹.« Antonia ließ eine Braue in die Höhe wandern. »Muss ja heftig gewesen sein.«

Ein Schulterzucken. »Hat nur gewackelt. Lag aber eher an der Wand als an uns.«

»Okay, wir haben alles.« Tilly schob die Schublade wieder ins Fach. »Damit können wir uns die Lehrer genauer ansehen und prüfen, wer noch eine Verbindung zur Klasse von 1986 hat. Da muss es jemanden geben.«

Gemeinsam eilten sie zur Eingangstür.

Tilly rüttelte daran. »Ich habe sie nur zugeschoben, aber nicht abgeschlossen. Die klemmt deutlich heftiger als unsere.«

»Lass mich mal ran.« Leon deutete auf seinen Bizeps und zog an der Tür.

»Das ist jetzt etwas peinlich, Herr Nobler«, kommentierte Antonia. »Zieh halt fester.«

»Es ist abgeschlossen.« Leon zog den Schlüssel aus der Tasche und versuchte, ihn ins Schloss zu stecken. »Da steckt was von außen. Jemand hat uns eingesperrt!«

Tilly zog ihr Smartphone hervor. Natürlich gab es hier unten kein Netz.

»Leon, falls wir hier nicht rauskommen, wann kommt denn mal wieder jemand hier runter?«, fragte Antonia.

»Am Ende des Schuljahres.« Er erbleichte.

Tillys Blick fiel auf die zentimeterdicke Eisentür. Das Licht aus dem Inneren hätte für eine Person vor der Tür sichtbar sein müssen. Das hier war absichtlich geschehen.

Der Mörder wollte sie ausschalten.

# 18. KAPITEL

»Das ist der *zweite* Anschlag auf mein Leben«, verkündete Antonia. »Lieblings-Blich, das geht so nicht weiter.«

Leon betastete die Tür, begutachtete die Scharniere und lugte durch das Schloss. »Draußen ist alles dunkel. Das ist echt nicht gut. Wir könnten hier unten verdursten und verhungern, niemand würde uns finden.«

»Immerhin steht das Auto auf dem Parkplatz«, sagte Tilly. »Und Gerdy weiß, wohin wir wollten. Sie wird irgendwann aktiv werden.«

Was vermutlich zu einer Kette aus Problemen führte. Diese neue Direktorin würde doch unter Garantie den Kriminalhauptkommissar einschalten, wenn sie Einbrecher in der Schule vermutete. Und genau das waren sie.

»Wir müssen einen Weg hier raus finden«, sprach Leon Tillys Gedanken aus. »Sonst ist das Minimum, dass wir auf der Titelseite landen – lebendig oder tot.«

Sie begann damit, die Räume zu untersuchen. Es gab Lüftungsschächte, aber die waren so schmal, dass niemand von ihnen hindurchpasste. Der Versuch, sich an den Scharnieren zu schaffen zu machen, mussten sie ebenfalls nach dem dritten »Autsch« von Leon aufgeben.

»Hier, kommt mal her«, rief Antonia.

Leon und Tilly eilten durch einen weiteren Archivraum zu ihr.

»Das war mal eine Tür, oder?«, fragte Tony.

Die aber jemand zugemauert hatte, wie auf den ersten Blick erkennbar war. Ein weiterer Hinweis waren eine Schaufel, ein Pickel, Wackersteine und Zementpulver, das daneben lag.

»Klar!«, rief Leon. »Das war der Durchgang zum alten Schulgebäude, das wegen der Schäden der Überschwemmung abgesperrt werden musste.«

»Hätten sie da nicht ein Schild hinhängen können?«, blaffte Antonia.

»Sind mal ein paar Schüler durch, wurden erwischt und dann musste der alte Hausmeister den Durchgang blockieren. Direktor Eberhardt hat Vanni dazu verdonnert, ihn zuzumauern, weil ihm das zu riskant war. Wenn das Gebäude abgerissen wird, wollte er kein Risiko eingehen.«

Antonia verdrehte die Augen. »Diese Lauser sollte man übers Knie legen.«

»Fände ich nicht so gut«, sagte Leon. »Das waren Elif und ich.«

Tilly konnte nach dieser Enthüllung nur den Kopf schütteln. »Gibt es auch irgendeinen Unsinn, an dem du nicht beteiligt warst?«

»Elif und ich hatten kurz zuvor eine Abenteuergeschichte gelesen. Darin haben vier Freunde – Mason, Olivia, Randy und Daniel, das MORDs-Team – Abenteuer erlebt. Wir wollten auch einen Lost Place anschauen, deshalb sind wir nach der Schule hier herunter gekommen und haben es bis hierher zur Tür geschafft. Auf der anderen Seite waren wir gerade drei Schritte weit, da hat der alte Hausmeister uns erwischt. Der konnte einem vielleicht ein schlechtes Gewissen machen, sag ich euch. Damals war ich ein kleiner 5er, in dem Alter ist man noch total ängstlich.« Leon schüttelte versonnen den Kopf. »Wir Zwerge.«

Antonia kniff ihm in die Wange. »Für mich wirst du immer ein kleiner Zwerg bleiben.«

Leon streckte ihr die Zunge heraus.

Tilly schlug sich mit der flachen Hand gegen die Stirn. »Wir sind tot.«

»Du bist schon wieder so negativ, Lieblings-Blich.« Antonia deutete auf die Spitzhacke. »Lass uns zum Einbruch noch Sachbeschädigung ergänzen.«

»Oh, das ist eine gute Idee«, kam es natürlich prompt von Leon.

Tilly seufzte schwer und leistete gedanklich Abbitte in Richtung Vanni. Sobald die das hier entdeckte, würde sie die Mauer wieder hochziehen müssen. Doch einstweilen ging es um das eigene Überleben – und darum, nicht erwischt zu werden. Sie griff nach der Spitzhacke.

»Nein, nein, nein.« Leon nahm ihr das Teil aus der Hand. »Das übernehme natürlich ich.«

»Du wolltest schon immer mal eine Wand einschlagen?« Tilly ließ eine Braue in die Höhe gleiten und verschränkte die Arme.

»Korrekt.« Leon holte aus und schlug zu. »Boah, das wird länger dauern.«

Die Metallspitze krachte mit einem regelmäßigen *Klong* gegen das Gestein. Die Risse wurden tiefer, erste Brocken fielen zu Boden. Noch war das entstehende Loch nicht groß genug, damit sie alle hindurchkrabbeln konnten, aber in Kürze würde es so weit sein.

Antonia leuchtete mit ihrer Taschenlampe auf die andere Seite. »Es riecht ziemlich feucht, und ich höre es tropfen. Zu sehen ist aber lediglich Gestein.«

Es vergingen weitere fünfzehn Minuten, in denen Leon keuchend auf die Wand einschlug. Schließlich ließ er die Spitzhacke sinken. »Wir dürften jetzt dort durchpassen. Also echt, in Filmen sieht das immer viel lustiger aus. Voll anstrengend.«

Das Loch in der Mauer war etwa einen halben Meter groß und begann auf Hüfthöhe. Antonia beugte sich vor, überprüfte den Bereich dahinter und kroch hindurch. Leon folgte. Tilly sah sich ein letztes Mal im Archiv um, dann schob auch sie sich über das raue Gestein. Gut, dass sie Muffin nicht dabei hatten, nicht auszudenken, wenn er in der Dunkelheit verloren gegangen wäre.

Der Kegel der Taschenlampen entriss den Gang der Finsternis. Überall in den Klüften hatten sich Schimmelpilze gebildet, die Bodenplatten waren feucht und aufgesprungen. In Sichtweite gab es eine Tür, die schief in den Angeln hing, dahinter …

»Wah!«, schrie Antonia. »Da, Tilly, daaaaa!«

Zugegeben, selbst sie hätte beinahe aufgeschrien, als ein Clownsgesicht ihr entgegenstarrte.

»Wie jetzt, du hast Angst vor einer Kulisse?« Leon betrat den Raum.

»Wir sind in einem verdammten Keller!«, rief Antonia. »Wo kommt das Zeug her?«

»Theater-AG, würde ich sagen.« Fachmännisch beobachtete Leon die halb zerfallenen Pappaufsteller, Kleidungsstücke und übrigen Utensilien. »So was gab es mal vor langer Zeit an unserer Schule. Jetzt verstehe ich auch, wieso die wegfiel. Bei der Überschwemmung wurden die ganzen Utensilien zerstört oder unbrauchbar.«

»Das sollte trotzdem ordnungsgemäß entsorgt werden.« Tilly wollte gar nicht wissen, wie viel Lacke oder chemische Stoffe durch das Wasser tief in den Grund getragen wurden.

»Zugemauert und vergessen«, kommentierte Antonia. »Irgendwie hat das was von Köln.«

Tilly nahm sich vor, Ilse Blechle und Alfons Meierle anonym auf diesen Zustand aufmerksam zu machen. Für irgendwas musste der Wahlkampf doch gut sein.

Sie gingen vorsichtig durch den Raum, schoben sich an einer Ritterrüstung aus Plastik vorbei und stiegen über eine violette Perücke, die in der Feuchtigkeit aussah wie ein Tintenfisch.

»Was erwartet uns hier unten denn noch? War hier zufällig auch das Chemielabor untergebracht?« Antonia lugte vorsichtig auf der anderen Seite aus der Tür.

»Oh, Shit«, entfuhr es Leon.

»Das kann man wohl sagen.« Tilly starrte in den Bereich direkt vor ihnen, der von Wasser überflutet war. »Lass mich raten: Dahinter liegt die Treppe.«

Das Wasser hatte sich mit einer solchen Wucht über den Boden ergossen, dass dieser aufgebrochen war. Erde und Schlamm waren aufgewirbelt worden. Da sich durch Feuchtigkeit und Zeit auch die Deckenplatten nach unten gebogen hatten, blieb nur wenig Platz, um über das Wasser auf die andere Seite zu gelangen. In der Mitte musste man kurz tauchen, weil die Decke herabhing.

»Der Regen.« Antonia deutete in Richtung Decke. »Es regnet seit Tagen, und vorhin kam auch ordentlich was runter. Deshalb ist hier wieder alles vollgelaufen.«

»Und natürlich stecken wir mittendrin, wieso wundert mich das nicht?« Leon betrachtete das verschlammte Wasser skeptisch. »Wenn ich vorangehe …«

»Vergiss es«, stellte Antonia klar. »Wie gesagt, ich lasse meinen ›kleinen Bruder‹ doch nicht durch diese Brühe schwimmen; ich prüfe das. Tilly hat es vielleicht nicht erwähnt, aber diese Person hier«, dabei führte Tony ihre Hände ihren Körper entlang, »war einmal Gewinnerin der Schulmeisterschaft im Schwimmen.«

»Ist auch nur ein paar Jährchen her.« Tilly nickte. »Stimmt aber, sie kann besser schwimmen als jeder von uns, darauf würde ich Fips verwetten.«

»Sind wir mal ehrlich, wenn du Ersatz hättest, würdest du ihn verschenken.« Doch Leon gab sich geschlagen. »Okay, dann schwimmst du voraus, aber sei bitte vorsichtig. Der Boden hier muss richtig krass aufgebrochen sein, sonst wäre das nicht so verschlammt.«

Tony klopfte ihm beruhigend auf die Schulter. »Ihr leuchtet mir, bis ich drüben bin, dann übernehme ich. Die Lampe ist zwar wasserfest, aber ich muss sie zwischen die Zähne klemmen.«

Zu Beginn des Abends hätte Tilly niemals vermutet, dass sie gemeinsam mit Antonia und Leon mitten in der Nacht durch einen verlassenen Keller tauchen würde.

Ihre beste Freundin tastete sich langsam voran. Das Wasser reichte ihr nach drei Schritten bis zum Hals, und sie musste schwimmen. In der Mitte hieß es dann: tauchen. Für ein paar Sekunden verschwand Antonias Kopf unter Wasser – Tilly kam es allerdings viel länger vor.

»Ich bin drüben!«, rief Tony kurz darauf. »Außerdem verdammt nass. Beeilt euch!«

Tilly war die Nächste. Das Wasser war eisig kalt, der Boden unter ihren Füßen sandig. Die Kälte schickte eine Schockwelle durch ihren Körper. Bei jedem Schritt tastete sie vorsichtig den Untergrund ab, bevor sie diesen belastete. Nicht auszudenken, wenn sich durch ihr Gewicht ein Loch auftat. Mit der Taschenlampe zwischen den Zähnen schwamm sie los.

»Gut so«, feuerte Tony sie an.

»Gu leuftest mir inf Geficht«, nuschelte Tilly.

»Oh, entschuldige.« Antonia richtete den Kegel der Lampe so aus, dass er sie nicht mehr blendete.

Natürlich setzte augenblicklich Tillys Fantasie ein. Hatte

sie da gerade etwas an ihrem Fuß gespürt? Gab es hier Tiere? Würde sie gleich nach unten gezogen werden?

Tilly erreichte jene Stelle, an der die Decke so weit herabhing, dass sie kurz tauchen musste. Sie holte tief Luft und tauchte ab. Überall um sie herum war nur Nässe und Kälte, vermischte sich mit Dunkelheit. Sie zählte mit. Bei zehn durchstieß sie keuchend die Wasseroberfläche.

»Du hast es geschafft, Blichy«, rief Antonia.

Warum klang sie dabei so überrascht?

Triefend nass und vor Kälte zitternd stand sie neben Tony. »Du bist dran, Leon!«

»Alles klar«, erklang seine Stimme dumpf von der anderen Seite.

Zwischen den Lücken der herabhängenden Decke konnten sie Leon erkennen. Sie richteten die Kegel ihrer Taschenlampen so aus, dass sie durch den Spalt fielen und ihrem jungen Freund den Weg wiesen. Dieser klemmte seine Taschenlampe zwischen die Zähne und machte sich auf den Weg.

Er kam ein wenig vom Weg ab, schwamm aber schließlich in regelmäßigen Zügen bis zur Mitte. »If taufe jetzt.«

»Taufe kann man es natürlich auch nennen«, murmelte Tony.

Leon holte tief Luft und verschwand.

Lautlos zählte Tilly mit. Bei zehn reckte sie den Hals, bei fünfzehn wurde sie unruhig.

»Er braucht aber lange.« Tony knabberte an ihrer Unterlippe.

»Leon!«, rief Tilly. »Das ist nicht witzig.«

Stille, nur unterbrochen vom Geräusch tropfenden Wassers.

Zwanzig Sekunden.

Tilly machte einen Schritt zurück in das dunkle Nass. »Ich muss ihn rausholen.«

Antonia war blass. »Aber wenn sich der Boden gelöst hat, dann wirst du auch nach unten gezogen.«

Dreißig Sekunden.

»Ich werde ihn nicht allein lassen.« Tilly schluckte. »Niemals.«

Neben ihr schoss etwas aus dem Wasser. Keuchend und wasserspuckend tauchte Leon auf.

Tilly atmete auf. Bis er endlich wieder festen Boden erreicht hatte und sie seinen Arm sah. »Ist das Blut?«

»Ich bin unter Wasser hängen geblieben«, sagte Leon keuchend. »Musste mich losreißen.«

»Das sieht böse aus«, kommentierte Antonia. »Ich glaube, das muss genäht werden.«

Weil sie leider nichts Trockenes, geschweige denn Steriles besaßen, um die Wunde abzudrücken, presste Leon seine Hand darauf. Sie eilten durch das letzte Teilstück des Ganges und die Treppe hinauf. Das Nebengebäude war, wie vermutet, heruntergekommen und durchnässt. Rowdys hatten die Scheiben eingeschlagen. Es war kein Problem, das Gebäude zu verlassen.

Draußen regnete es noch immer.

Sie sprangen in Fips, und Tilly gab Gas. Heute waren

ihr sogar Blitzer egal, von denen es selbst in Untertannberg ein paar gab.

In Rekordzeit erreichten sie Tillys Wohnung. Als Gerdy die Tür öffnete, klappte ihr Unterkiefer herunter, und sogar Muffin vergaß sein Schwanzwedeln und blickte sie nur an. Drei nasse Gestalten, eine davon blutig.

»Hey.« Leon setzte ein zaghaftes Lächeln auf.

An diesem Punkt übernahm Gerdy die Regie. Alle drei wurden dazu verdonnert, sich nacheinander zu duschen und trockene Kleidung anzuziehen. Sie sprühte die halbe Desinfektionsmittelflasche auf Leons ausgewaschene Wunde, was dieser stoisch über sich ergehen ließ.

Als Tilly aus dem Bad zurückkehrte, öffnete Gerdy gerade die Tür für Doktor Jamado.

»Sie sind die Einzige, die mich so spät noch anrufen darf, Gerdy.« Die beiden umarmten einander kurz.

»Dafür bekommen Sie morgen ein Stück Kuchen in die Praxis geliefert.«

Der Arzt winkte ab. »Wo ist denn der …« Sein Blick fiel auf Leon. »Nicht dein Ernst.«

»Hallo, Doc.« Leon hob müde den Arm. »Lange nicht gesehen.«

Doktor Jamado zog einen Stuhl zu dem, auf dem Tillys Junior-Hilfskraft saß, und ließ sich daraufsinken. »Das sieht böse aus. Verunreinigte Wunde, tiefer Schnitt, aber nicht bis zum Knochen. Das muss ich nähen.«

Während er zu Werke ging, berichtete Tilly – unter Auslassung der genauen Örtlichkeit – was geschehen war.

Doktor Jamado nickte gewichtig, hielt seine Augen aber auf der Wunde. Vorsichtig führte er die Nadel, an seinen Händen trug er medizinische Einmalhandschuhe. »Ich verschreibe Antibiotika nur in äußersten Notfällen, wir züchten uns hier im Land schon genug Resistenzen heran. Aber in deinem Fall werde ich dir eines geben. Es ist nur eine Tablette, die kannst du gleich nehmen. Sollte die Wunde etwas abbekommen haben, oder du hast beim Schlucken des Wassers einen Keim eingefangen, stoppen wir das direkt. Gegen Tetanus bist du ja geimpft.«

Schweigend arbeitete der Doktor weiter.

Leons Lider flatterten. Das Adrenalin hatte sie alle verlassen, und auch Tilly bemerkte die Müdigkeit. Der Regen prasselte unvermindert stark gegen das Fenster; das Geräusch lullte sie zusätzlich ein.

Was für eine Nacht.

# 19. KAPITEL

Leon hatte seinen Eltern geschrieben, dass er bei Emil übernachten würde, und diesen entsprechend vorgewarnt. Danach hatte Tilly ihn in ihr Bett gepackt, während sie mit Antonia und Muffin auf der Couch übernachtet hatte.

Der kommende Morgen begann um fünf Uhr mit dem plärrenden Discokugel-Wecker, der »Dancing Queen« von Abba spielte. Eine überraschend sanfte Art, geweckt zu werden. Das war jedoch auch schon alles.

Muffins Tatze hing ihr im Gesicht, der Welpe hatte sich nachts zwischen Antonia und sie eingekuschelt. Nachdem Tilly ein paar Hundehaare ausgespuckt hatte, stieg sie die Treppe hinunter. Der Morgen verlief mittlerweile auf Autopilot. Tony hatte sich die Decke über den Kopf gezogen, Muffin tobte euphorisch um sie herum.

Ein Blick ins Schlafzimmer verriet: Leon schlief einfach weiter. Zumindest bis Tilly Muffin hineinschickte, der ihm das Gesicht ableckte, woraufhin Leon aufstand. Als das Morgenmuffel-Monster aus dem Bad kam, hatte Tilly den Frühstückstisch bereits gedeckt. Es klingelte, und Emil schneite herein. Beide begrüßten sich mit einem Kuss, dann bekam Leon einen Rucksack mit Kleidung gereicht.

Antonia kam ebenfalls herunter. »Bevor du zum Umziehen ins Schlafzimmer verschwindest, darf ich mir kurz noch mal die Bilder ansehen? Von gestern?«

Leon entsperrte sein Smartphone und reichte es ihr. »Ich richte uns nachher eine Gruppe ein, in der wir die Fotos speichern können. Dann hat jeder Zugriff auf alles.«

Damit verschwand er im Schlafzimmer. Der sehnsuchtsvolle Blick von Emil deutete darauf hin, dass dieser gerne mit ihm verschwunden wäre. Auf beide wartete jedoch die Schule. Leon wirkte überraschend fit, doch Tilly hatte ihm das Versprechen abgenommen, später noch einmal bei Doktor Jamado vorbeizuschauen. Mit so einer Wunde war nicht zu spaßen.

Leon kehrte zurück, und einträchtig saßen sie am Frühstückstisch. Jeder hatte ein Brot vor sich liegen, im Falle von Leon war es eine Müslischüssel.

Tony starrte mit gerunzelter Stirn auf das Smartphone. »Ihr habt mir gar nicht gesagt, dass ihr das Rätsel um den Schlüssel gelöst habt.«

»Was meinst du?« Tillys Geist war noch träge.

»Na hier, auf dem Bild. Ihr habt ihn gefunden.«

Leon stand auf und kam zu ihr herüber. »Das sind die Beweisfotos von der Baufirma Lenz. Die habe ich gemacht, nachdem Florian mich in die Vitrine gestoßen hat.«

»In dieser dort, schau mal, da sind alte Schlüssel ausgestellt. Dieser ist doch der von dem verschwundenen Tim Plitz, oder irre ich mich?«

»Verdammt! Du hast recht.«

Tilly sprang auf und kam gleichzeitig mit Emil bei den beiden an. »Das ist er! Wisst ihr, was das bedeutet?« Sie nahm Blickkontakt zu den anderen auf. »Der Schlüssel meines verschwundenen Vorgängers gehört zu einem Tresor der Firma Lenz. Vermutlich ein älterer. Kannst du näher heranzoomen?«

Leon machte mit Zeigefinger und Daumen die Vergrößerungsbewegung. »Das ist definitiv der Schlüssel, aber das wirft die Frage auf, wo der zugehörige Tresor steht.«

»Wieso habe ich daran nicht gedacht?«, murmelte Tilly. »Da reden wir wochenlang über nichts anderes als die verdammten Lenz-Tresore und denken dann nicht in diese Richtung.«

»Ich muss Florian ja fast schon dankbar sein«, kommentierte Leon. »Wenn er mich nicht geschubst hätte, hätte ich die Aufnahme nicht gemacht.«

»Also, einen Orden bekommt er dafür sicher nicht«, stellte Emil klar. »Dir hätte sonst was passieren können.« Seine Wangen färbten sich rot.

»Du bist süß.« Leon knuffte ihn in die Seite.

»Tim Plitz besaß also den Schlüssel zu einem Tresor«, fasste Antonia zusammen. »Für den Fall, dass er verschwindet – womit er gerechnet haben muss –, hat er diesen an den Tisch geklebt und dazu den Brief geschrieben.«

»Wenn wir wüssten, für wen dieser Brief war, könnten wir die Person fragen«, warf Emil ein.

Tilly fand es niedlich, dass er »wir« sagte. So schnell wurde man zu einem Teil der Gruppe. »Er könnte seine

Ex-Frau gemeint haben, aber mir schien es eher, als haben sie sich nicht einvernehmlich getrennt.«

»Die Firma gehörte ihm allein, oder?«, fragte Tilly.

Leon zuckte mit den Schultern.

»Wir fragen Gerdy.« Sie wedelte mit der Hand in Richtung Tür. »Ihr beiden geht jetzt zur Schule. Achtet darauf, ob irgendwer die eingeschlagene Wand erwähnt. Das wäre ein Hinweis auf unseren Mörder, denn normalerweise fällt das nicht so schnell auf.« Sie wandte sich Tony zu. »Wir beiden gehen zur Firma und sprechen mit Gerdy.«

Die neuen Erkenntnisse hatten Tillys Lebensgeister geweckt. Sie versorgte Muffin noch mit Futter, dann eilten sie zu dritt zu *Plitz & Blank*.

Antonia war so aufgeregt, dass sie gegen die ruckelnde Tür donnerte. »Aua.«

»Ich will Doktor Jamado nicht noch einmal rufen müssen. Schau, selbst Muffin weiß mittlerweile Bescheid, setzt sich hin und wartet.«

Tilly ruckelte die Tür auf, und sie traten ein. Nachdem sie Gerdy versichert hatten, dass es Leon gut ging und er sich aktuell in der Schule befand, berichteten sie vom vergangenen Abend.

»Da hatten Sie aber Glück«, erklang eine Stimme aus Richtung Küche.

Tilly hatte Jörg Höffler total vergessen. Er stand dort, hielt eine Kaffeetasse in der Hand und hatte gebannt gelauscht. Nun wandte er sich wieder dem Steuerunterlagen-Chaos zu.

»Ein ehemaliger Kollege von mir hat sich selbstständig gemacht und ein gut florierendes Unternehmen betreut«, erklärte Höffler. »Der Chef war ein Abenteurer und starb bei dem Versuch, den Himalaya zu besteigen.«

»Das Gymnasium von Untertannberg ist jetzt nicht mit dem Himalaya zu vergleichen«, erwiderte Tilly. »Dort unten war es eher wie in einer Höhle.«

Sie zogen sich zum Mörderboard zurück und überließen Herrn Höffler seinen Belegen. Hier weihten sie Gerdy auch in die neuen Erkenntnisse zum Fall des verschwundenen Vorgängers ein.

»Kann schon sein, dass das Kuvert einmal für den Kompagnon von Herrn Plitz gedacht war«, sagte Gerdy. »Aber der weilt nicht mehr unter uns. Er hatte sich vor einem Jahr aus dem Geschäft zurückgezogen, und vor zwei Monaten ist er gestorben. Ich kenne keine Details.«

Tilly seufzte schwer. »Womit uns nur die Möglichkeit bleibt, den Tresor selbst zu finden.« Sie rieb sich müde die Nasenflügel und wandte sich dem aktuellen Thema zu. »Immerhin wissen wir jetzt, wie der alte Sportlehrer hieß, das war der Albrecht Abel.«

Es summte, und Tilly stellte fest, dass Leon eine Gruppe in WhatsApp angelegt hatte und alle Bilder ergänzt worden waren.

»Laut Personalunterlagen ist AA heute 64 Jahre alt«, las Antonia vor, während sie angestrengt auf das Display starrte.

»Ich drucke uns die Unterlagen alle aus«, verkündete Gerdy und setzte die Brille auf. »Darf ich?«

Sie nahm Antonias Smartphone entgegen und ging die Bilder durch. Der Drucker, der drahtlos an das interne Netzwerk angebunden war – danke, Leon –, begann zu summen.

Gerdy runzelte die Stirn. »Ach nein, schaut mal. Der alte Direktor hat eine Übersicht abgelegt.« Sie gab Antonia das Smartphone zurück und zog stattdessen das entsprechende Papier aus dem Drucker. »Hier sind alle Personen aufgelistet, die in der Schule gearbeitet haben. Also nicht nur die Lehrer, auch Gärtner, Reinigungskräfte und …«, sie hielt das Papier in die Höhe, »die Dame am Kiosk.«

Tilly starrte auf den Namen. »Frau Stoffelich?!«

Die Besitzerin des zentralen Kiosks am Marktplatz von Untertannberg war eine geschäftstüchtige Person, die Tilly vorgeblich für eine Stunde zum Reinigen der Räumlichkeiten gebucht hatte. Dort sollte sie dann aber Zeitungen signieren, auf deren Titelblatt Tilly zu sehen war. Die Frau besaß – auf nette Art – einen Reibeisencharme.

»Sie hat damals den Schulkiosk geführt.« Gerdy hatte sich ihre Lesebrille wieder aufgesetzt. »Das wusste ich nicht. Ergibt aber natürlich Sinn. An manchen Schulen übernimmt das der Hausmeister, unser Gymnasium hat sich wohl jemanden von außen eingekauft.«

Tilly konnte sich durchaus vorstellen, dass heute Vanessa – Vanni – Hoffmann dafür zuständig war. Andernfalls konnte es auch eine Firma von außerhalb sein, das wollte sie ebenfalls prüfen.

»Da lohnt es sich doch mal, mit Frau Stoffelich zu sprechen.« Tilly verschränkte die Arme. »Du, Gerdy, könntest herausbekommen, wo der damalige Sportlehrer wohnt. Das kommt mir seltsam vor, dass er den Diebstahl seiner Trillerpfeife nicht angezeigt hat. Das Ding war immerhin mit seinen Initialen versehen, das muss doch einen Wert für ihn gehabt haben.«

»Kriege ich raus«, versprach Gerdy. »Du darfst heute dafür auch noch die Schule besuchen. Ganz offiziell. Persephone Richter – die neue Rektorin – hat dich zu einem Gespräch gebeten. Um vierzehn Uhr.«

Was auf der einen Seite eine wunderbare Chance darstellte, auf der anderen aber nicht zwangsläufig einen schönen Ausgang nehmen musste. Immerhin galt die Rektorin als »durchsetzungsstark«, und wer konnte schon ahnen, ob sie Tilly nicht einbestellte, um ihr zu kündigen?

»Ist hiermit notiert«, sagte Tilly. »Aber ich starte damit, dass ich mal bei Frau Stoffelich vorbeigehe. Die wirkt auf mich, als würde sie frei heraus ihre Meinung zu damals – und vor allem den Personen – sagen.«

»Da kannst du bei der Erna sicher sein.« Gerdy schürzte die Lippen. »Allerdings musst du dich dafür vermutlich hinsetzen und Zeitungen signieren.«

»Fame ist alles, Lieblings-Blich. Du bist berühmt.«

»In Untertannberg«, gab sie zurück.

Gerdy pinnte die verschiedenen Bilder an das Mörderboard. Auf einer Seite entstand so ein Mosaik aus den Gesichtern aller Lehrer und Schüler von damals. Mit einem Faden an Reißzwecken zog sie eine Linie zur Gegenwart, und die ausgedruckten Bilder der heutigen Pädagogen folgten. »Damit haben wir eine ausgezeichnete Übersicht.«

Tilly ließ ihren Blick darüber schweifen und rekapitulierte, was sie bisher wussten. Direktor Markus Eberhardt war in der Sporthalle getötet worden, mit der Trillerpfeife um den Hals und eingerieben mit dieser seltsamen Creme. Harald Pichler hatte es in der Aula erwischt, er war laut Sarah erstochen und ebenfalls damit eingerieben worden. Die Schuld hatte man Paula Lotz in die Schuhe geschoben, was Tilly aber auf Basis der Faktenlage nicht glaubte. Die beiden Toten waren damals gemeinsam in eine Klasse gegangen, in der Gegenwart gab es keine private Verbindung mehr, soweit sie wussten. Auch die Trillerpfeife mit dem Monogramm AA deutete auf etwas aus der Vergangenheit hin, hatte sie doch dem damaligen Sportlehrer gehört und war gestohlen worden.

»Ich habe übrigens mit dem Wilhelm gesprochen, also Doktor Muffel. Er vertritt Frau Lotz«, sagte Gerdy. »Er will mir nichts verraten, weil das unter die Schweigepflicht fällt. Aber seine Klientin behauptet weiterhin, dass sie es nicht war und lediglich versucht hat, Herrn Pichler zu retten.«

»Das ist irgendwie tragisch«, sagte Tony leise. »Eigentlich ist sie eine Heldin – auch wenn der Rettungsversuch nicht erfolgreich war –, stattdessen wird sie total niedergemacht.«

»Ich kenne das.« Tilly erinnerte sich noch zu gut an das

Gefühl, als sie selbst die Verdächtige Nummer eins gewesen war. »Ich werde jetzt direkt zu Frau Stoffelich rübergehen und sie ausquetschen.«

»Sehr gut, mach einen auf resolute Blich.« Tony nickte zufrieden. »Ich werde das Konzept für mein fahrendes Nagelstudio ausarbeiten, und dabei nehme ich Anrufe entgegen.«

»Sehr gut«, sagte Gerdy. »Das entlastet den Herrn Höffler, der macht das nämlich aktuell.«

»Ernsthaft?«, fragte Tilly.

»Er hat den Spruch gut drauf«, verteidigte sie sich. »Und da jetzt wieder öfter Journalisten anrufen, wird er sofort total autoritär und schmettert die ab. Vorhin hat er sich sogar einen Paragrafen ausgedacht.«

»Ich werde echte Paragrafen benutzen«, stellte Antonia klar. »Wenn ich steuerliche Fragen habe, gibt mir der Herr Höffler bestimmt den einen oder anderen Tipp. Darf er zwar eigentlich nicht, aber meinem Charme wird er nicht widerstehen können.«

Gerdy besah sich noch einmal eingehend das Mörderboard. »Ich suche uns die Adresse vom damaligen Sportlehrer heraus, Albrecht Abel. Dann gehe ich die Liste aller Schüler von damals durch und schaue nach, wo die heute leben. Vielleicht finden wir dort noch weitere Informationen.«

Tilly klatschte zufrieden in die Hände. Zum einen sorgte das dafür, dass sich Antonia und Gerdy ruckartig in Bewegung setzten. Zum anderen kam Muffin herbeigeschossen, sprang an ihrem Bein in die Höhe und erwartete Streicheleinheiten.

Tillys Gedanken wanderten zu Leon. Bei der Erinnerung an die Ereignisse im überschwemmten Bereich des alten Schulgebäudes kehrte die Angst zurück. Was, wenn ihm dort etwas passiert wäre? Er war volljährig und traf seine eigenen Entscheidungen, doch Tilly fühlte sich für ihn verantwortlich. So etwas durfte sich nicht wiederholen. Gleichzeitig war ihr klar, dass Leon sich niemals aus Ermittlungen heraushalten würde.

Tilly kam Muffins Aufforderung nach. Lächelnd blickte sie auf den kleinen Basset. So viel Zeit musste einfach immer sein.

# 20. KAPITEL

Die Klingel über dem Eingang des Kiosks bimmelte. Grundsätzlich absolut überflüssig, denn das kleine Rondell konnte nur betreten werden, wenn man klingelte und einem von innen geöffnet wurde. Auf der anderen Seite des Raumes befand sich das Fenster, durch das Frau Stoffelich ihre Kundschaft bediente.

»Ich habe mich schon gefragt, wer als Erstes hier hereinschneien wird«, wurde Tilly von der Inhaberin des Kiosks begrüßt.

Die Hände von Frau Stoffelich waren von Altersflecken übersät, das graue Haar reichte ihr bis zu den Schultern. Sie trug eine Strickjacke, Hemd und Stoffhosen.

»Auf wen haben Sie denn gewettet?« Tilly betrat den Laden und nahm sofort den Geruch von Druckerschwärze auf Papier wahr.

Überall in den Regalen standen die Magazine, Zeitungen lagen auf dem Tresen. Natürlich auch der *Untertannberger Morgen*, mit dem Tilly sich auf Kriegsfuß befand.

»Wenn ich ehrlich bin, habe ich auf Frau von Lampenstell gesetzt.« Frau Stoffelich schloss die Tür. »Die hat Pfeffer im Arsch, geht ab wie eine Rakete.«

»Guter Punkt.«

»Sie haben also herausgefunden, dass ich die beiden kannte, ja? Den Markus und den Harald.«

Tilly nickte bestätigend. Da der einzige Sitzplatz Frau Stoffelich gehörte, lehnte sie sich gegen die Wand. Die Inhaberin nahm auf ihrem Stuhl Platz, um jederzeit Kundschaft bedienen zu können.

»Was wollen Sie denn wissen?« Frau Stoffelich blickte durch das Fenster hinaus auf den Marktplatz, wo die Leute vorbeieilten.

Es regnete zwar nicht mehr, doch der Herbst hielt Untertannberg in einem Klammergriff aus Dämmerung und Wind.

»Alles, was Sie mir erzählen können«, erwiderte Tilly. »Wie waren die beiden damals denn so?«

»Ha.« Frau Stoffelich nahm von einer Kundin das Geld für eine Zeitung entgegen. »Die waren damals ein infernalisches Quartett. Zu viert haben sie sich herumgetrieben, heimlich geraucht und den Lehrern Streiche gespielt. Die anderen Schüler tyrannisiert haben sie auch. Heute würde man das Mobbing nennen, früher hieß es einfach ›typisch Jungs‹.«

Womit Tilly nun nicht gerechnet hatte. Andererseits waren es nun einmal Kinder gewesen, und hin zum Erwachsenenalter veränderte man sich doch erheblich. »Das klingt schlimm.«

»Oh, das war es. Wir sprechen hier von körperlichen Attacken wie Boxen, Pausengeld abnehmen, und angeblich haben sie einmal sogar einem anderen Jungen, der sie verpfiffen hat, eine Zigarette auf dem Arm ausgedrückt. Der war danach vollkommen verängstigt.«

»Wer waren denn die anderen zwei?«

Eine weitere Kundin tauchte auf. Frau Stoffelich reichte eine Packung Zigaretten und ein Modemagazin hinaus, nahm das Geld entgegen und gab Wechselgeld zurück. »Das waren … Moment, ich komme gleich drauf … Pfiffikus Vogel und dieser Ramsauer Junge. Gerade fällt mir der Vorname nicht ein.«

Tilly spielte mit dem Gedanken, sich das zu notieren, andererseits besaßen sie die Klassenliste. Auch wenn Frau Stoffelich nicht darauf stand, waren alle übrigen dort verewigt. »Sie wissen nicht zufällig, wo die anderen beiden wohnen?«

Ein Kopfschütteln. »Nicht mehr hier in Untertannberg. Das hätte ich mitbekommen, die Lehrer haben auch bei mir eingekauft und sich nach dem Abschluss ihrer Klassen durchaus ab und an darüber unterhalten, was aus den Minis geworden ist.«

Möglicherweise wusste Gerdy mehr, oder das Internet konnte weiterhelfen. Andererseits sah Tilly keinen Grund, warum einer der ehemaligen Mobbing-Partner plötzlich nach Untertannberg zurückkehren und zwei der anderen umbringen sollte. »Waren es diese vier, die damals die Trillerpfeife gestohlen haben?«

Frau Stoffelich pfiff durch die Zähne. »Sie sind wirklich gut. Wer die Trillerpfeife stibitzt hat, weiß niemand. Es wurde nie aufgeklärt, und das, obwohl der Sportlehrer die

Jungs recht hart rangenommen hat. Das war vorher bereits heftig, aber danach wurde es noch schlimmer. Sehen Sie, das war so ein alter Haudegen von der Bundeswehr. Der glaubte nicht daran, dass die Polizei die Sache übernahm, der wollte, dass die Jungs strammstehen, ihn respektieren und aufs Wort gehorchen.«

»Klappt nicht so bei Kids.« Tilly stellte sich den Versuch bei Leon vor und musste lächeln.

Frau Stoffelich fertigte einen weiteren Kunden ab. »Jedenfalls wurden die Sportstunden danach zur Hölle. Was die Kinder am Kiosk untereinander erzählten …« Sie winkte ab. »Ich bin dann irgendwann zum Direktor und habe da mal Tacheles geredet. Kurz darauf hat der Herr Abel es sein lassen. Aber von da an wurde er unausstehlich, auch gegenüber den anderen Lehrern.«

Tilly versuchte, aus den Bruchstücken, die ihr Frau Stoffelich erzählt hatte, ein Bild zusammenzusetzen. Vier Mobber, zahlreiche Opfer. Ein Sportlehrer, der den Dieb auf eigene Faust schnappen will. Der wurde aber niemals gefunden. Jetzt tauchte die Trillerpfeife wieder auf und wurde als Mordwerkzeug benutzt für einen der vier Mobber – der in der Gegenwart Direktor der Schule gewesen war. Die Zusammenhänge wurden deutlicher und wiesen auf einen der damaligen Klassenkameraden hin. Möglicherweise eines der Opfer?

»Ich habe ein wasserdichtes Alibi«, kam es von Frau Stoffelich.

»Sie sind auch nicht verdächtig.«

»Warum denn das? Trauen Sie mir etwa nicht zu, jemanden zu ermorden?« Ein empörter Blick traf Tilly.

»Rein von der Power, schaffen Sie das allemal«, sagte sie hastig. »Aber sie sind doch eine ganz … Nette.« Ein Wort, das sich im Zusammenhang mit der Inhaberin des Kiosks vollkommen falsch anfühlte.

Doch sie wirkte besänftigt. »Das haben Sie lieb gesagt.«

»Fällt Ihnen sonst noch etwas ein?«

Frau Stoffelich runzelte nachdenklich die Stirn. »In den höheren Klassen hatten die Jungs eher Mädchen im Blick, haben geflirtet, was das Zeug hielt. Aber da gab es nichts Erwähnenswertes. Wobei Sie da jemanden aus der damaligen Klasse befragen müssten, ich war letztlich nur eine Beobachterin von außen.«

»Da haben Sie natürlich recht, trotzdem war das sehr hilfreich. Vielen Dank.« Tilly wollte sich zur Tür aufmachen, wurde aber zurückgehalten.

»Nachdem ich Ihnen so geholfen habe, wollen Sie nichts kaufen?«

Tilly zwang sich ein Lächeln aufs Gesicht und griff sich wahllos zwei Magazine.

»Drei wären besser.«

Sie zog noch eines hervor und reichte Frau Stoffelich einen Zehner. »Stimmt so.«

»Sie sind auch eine ganz Nette«, gab die ältere Dame zurück.

»Wir haben alle unsere Momente.« Sie ging zur Tür. »Frohes Schaffen.«

»Ihnen auch.«

Gedankenverloren lief Tilly zurück zu *Plitz & Blank*. Sie ruckelte die Tür auf, trat ein und begrüßte Muffin. Die Magazine legte sie auf dem Tisch von Herrn Höffler ab, um dafür die Hände frei zu haben.

Dieser sah von seiner Arbeit auf. »Also, Frau Blich! Ist das ein Scherz?«

Sie kam vom Krauleinsatz in die Höhe und folgte dem empörten Blick des Finanzbeamten. Erst jetzt realisierte sie, was für Magazine das waren. Eines über das Stricken, eines über Autos und … nun, Leon hätte sich dafür gar nicht interessiert. Eine leicht bekleidete Frau mit praller Oberweite blickte lasziv in das Objektiv der Kamera.

»Das war ein Versehen.« Sie schnappte sich die Magazine und legte sie auf ihren Schreibtisch.

Antonia beäugte diese neugierig. »Blichy, das sind ja ganz neue Seiten.«

Sie nahm das Schmuddelmagazin und warf es in den Mülleimer. Möglicherweise interessierte sich Gerdy fürs Stricken. Und Leon für Motoren?

»Neuigkeiten?«, fragte Tony.

Tilly weihte sie in die neuesten Erkenntnisse ein. Auch Gerdy betrat den Raum und lauschte.

»Ich suche mal nach Pfiffikus Vogel und Herrn Ramsauer. Die werden schon zu finden sein. Aber du musst jetzt zur Schule. Die Direktorin erwartet dich in dreißig Minuten.«

Tilly hatte die Uhrzeit völlig vergessen. Schnell schlüpfte sie in ihre Arbeitskleidung, eilte zu Fips und fuhr vom

Parkplatz. Normalerweise hätte sie Muffin mitgenommen, doch das Antrittsgespräch musste gut laufen, und sie wusste nicht, ob Direktorin Persephone Richter eine Hundeperson war.

Nie zuvor war Fips so schnell durch Untertannberg gesaust. Als Tilly parkte, waren es noch zehn Minuten bis zu ihrem Termin. Sie sprang heraus und eilte zum Hauptgebäude. Kurz fiel ihr Blick auf den alten Bau, in dem sie gestern ihr Abenteuer erlebt hatten. Bisher hatte Leon nicht geschrieben, dass er bei Doktor Jamado gewesen war. Wehe, er ließ das ausfallen.

Um diese Uhrzeit war die Schule deutlich leerer als gewöhnlich. In der Ferne erklangen vereinzelte Stimmen. Tillys Magen knurrte. Möglicherweise war es keine schlechte Idee, die Mensa-Cafeteria mal auszutesten.

Exakt zur verabredeten Zeit klopfte sie an die Tür der Direktorin.

Stille. Dann erklangen Schritte, allerdings hinter ihr.

»Ah, Frau Blich.« Eine Frau von gerade Mal ein Meter sechzig kam mit forschem Gang auf sie zugeeilt. Das blonde Haar trug sie in einem Topfdeckelschnitt, und ein dezenter Geruch nach kaltem Rauch umgab sie. Auf ihrer Nasenspitze saß eine Brille. »Sie gehören also zu den Pünktlichen, ausgezeichnet.«

»Frau Richter?«

»Bin ich.«

Der folgende Händedruck zerquetschte Tilly beinahe die Finger. Sie betraten das Büro.

»Nehmen Sie Platz.« Die Direktorin deutete auf den Besucherstuhl.

Der Raum war schmal und mit grauem Filzteppich ausgelegt. Im Bücherregal standen diverse Werke zu moderner Pädagogik, ganz am Eck lugte ein Ratgeber hervor, mit dessen Hilfe man sich »garantiert« das Rauchen abgewöhnen konnte. Diesen hatte Frau Richter entweder nicht gelesen oder das »garantiert« war eine Lüge.

»Seit ihrem Auftauchen ist hier einiges los.« Frau Richter ließ sich in den Stuhl fallen und verschränkte die Finger auf Kinnhöhe ineinander.

»Immerhin sind Sie dadurch Direktorin geworden, so ein Mord hat auch seine guten Seiten.« Die Worte waren heraus, bevor Tilly sie aufhalten konnte, und sie bereute sie sogleich.

»Ich habe schon von Ihrem Kölner Humor gehört, Frau Blich. Für mich ist ein Mord jedoch vollkommen unlustig. Auf meinen aktuellen Posten hätte ich gerne verzichtet, wenn Herr Eberhardt dafür überlebt hätte. Wir kannten uns schon lange.«

»Sie haben recht«, erklärte Tilly kleinlaut. »Das ist meine Art, mit dem Stress umzugehen. Letztlich ist es natürlich Glück gewesen, dass ich den armen Herrn Eberhardt gefunden habe. Stellen Sie sich vor, es wäre einer der Schüler über ihn gestolpert.«

»Das ist richtig. Nennt man wohl: Glück im Unglück. Genau wie bei Herrn Pichler. Aber sei's drum, ich habe Sie nicht hierher geholt, um irgendwelche Aufklärungsarbeiten abzufragen, das überlassen wir doch am besten jenen, die dafür ausgebildet sind. Wie gefällt Ihnen der Job bei uns?«

»Ausgezeichnet.« Wie sehr einem eine Putzstelle eben gefallen konnte, aber im Falle von Persephone Richter waren wohl weniger Worte mehr.

»Wunderbar. Möchten Sie ihn behalten?«

»Ist das eine Fangfrage?« Tilly runzelte die Stirn.

»Sehen Sie, Frau Blich, ich bin aktuell personell gesehen in einer bedauerlichen Situation«, erklärte die Direktorin. »Mir fehlen nicht nur Lehrer, es geht weit darüber hinaus. Gestern habe ich mit Ihrer Mitarbeiterin telefoniert, Grete Maple.«

Im ersten Augenblick wollte Tilly erwidern, dass Frau Richter sich hier eindeutig verwählt hatte. Dann fiel der Groschen, wenn auch in Zeitlupe. »Gerdy?«

»Richtig. Mir ist zu Ohren gekommen, dass sie über jahrelange Erfahrung als Sekretärin verfügt und aufgrund ihrer Ehe mit einem amerikanischen Soldaten – daher wohl der Nachname – fließend Englisch spricht. So jemanden benötige ich hier.«

»Sie wollen Gerdy abwerben?«

»Das ist korrekt. Frau Maple wäre eine große Hilfe dabei, diese wankende Bildungseinrichtung zu stabilisieren.«

»Aber Frau Lotz arbeitet doch für Sie.«

Die Direktorin atmete schwer ein und wieder aus. Der Blick, den sie Tilly zuwarf, machte ihre Gedanken deutlich. Sie hatte ein störrisches Kind vor sich, dem sie klarmachen musste, dass es sich irrte und sie recht hatte. »Frau Blich, ich mache mir da nichts vor. Die Ermittlungen gegen Frau Lotz werden noch weitere Zeit in Anspruch nehmen, aber das Ende ist für mich klar. Sie wurde mit blutiger Bluse im Sekretariat gefunden, wie Sie wissen. Es gibt keine Aufzeichnungen über einen abgesetzten Notruf.«

Tilly konnte nicht fassen, dass Paula einfach so den Wölfen zum Fraß vorgeworfen wurde. »Sie war es nicht! Nach dem Auffinden der Leiche war sie aufgelöst, ist ins Sekretariat zurückgerannt und bekam dann Angst. Weil sie Stimmen hörte, also uns.«

»Für mich keine sehr plausible Geschichte, aber wie es auch ist, aktuell fehlt mir eine Sekretärin. Falls Frau Lotz tatsächlich wider jede Erwartung freikommt, werden die Eltern eine klare Meinung dazu haben.«

»Lassen Sie mich raten: Eleonore von Lampenstell hat bereits alles Diesbezügliche artikuliert?«

»Schriftlich. Mit den Unterschriften der versammelten Elternschaft.« Frau Richter nahm einen Füllfederhalter in die Hand und betrachtete ihn. »Für Frau Lotz gibt es an dieser Einrichtung keine Zukunft mehr. Sollte sie wegen Mangel an Beweisen freikommen – oder tatsächlich unschuldig sein –, werde ich ein paar Anrufe tätigen. Bestimmt kriege ich sie irgendwo in Stuttgart unter. Aber hier geht es um das aktuelle Problem.«

»Gerdy hat abgelehnt.«

»In der Tat. Es gefällt ihr bei ›Blitzplan‹, und Geld spielt wohl keine Rolle.«

»Es heißt Plitz & Blank«, korrigierte Tilly. »Und ich bin sehr froh über Gerdys Hilfe. Sie bleibt schön, wo sie ist.«

»Ich biete Ihnen ein Tauschgeschäft an.« Persephone Richter legte den Stift bedächtig beiseite und nahm konfrontativen Blickkontakt auf. »Sie entlassen Frau Maple, damit sie den Job hier annehmen kann. Im Gegenzug behalten Sie Ihren.«

»Meinen?«

»Job an dieser Schule.«

Tilly konnte nicht verhindern, dass sie die Direktorin entgeistert anstarrte. »Sie erpressen mich, damit ich meine Sekretärin hergebe?«

»Verzweifelte Zeiten erfordern verzweifelte Maßnahmen.« Die Direktorin schlug mit der flachen Hand auf die Tischplatte. »Wenn das so weitergeht, muss ich unsere Hausmeisterin vor die Matheklasse stellen, damit keine Stunde ausfällt. Der Herr Koblinski darf dann neben seiner Mensa-Cafeteria auch gleich das Sekretariat schmeißen. Allerdings würde ich es schlicht ›Angebot‹ nennen, nicht ›Erpressung‹.«

Worauf Tilly nicht im Traum eingehen würde. Andererseits benötigte sie den Putzjob dringend. Mit Antonia als neuer Hilfe – wenn auch nur temporär – konnte sie den Wegfall von Gerdy auf der Arbeitsebene verschmerzen, aber menschlich würde es ihr das Herz brechen. Außerdem wäre es wie ein Verrat. »Tut mir leid, aber das werde ich nicht machen. Denken Sie gar nicht darüber nach, wie Frau Maple sich dabei fühlen würde?«

»Hatte ich erwähnt, dass ich gestern selbst die Verstopfung im Mädchenklo beheben musste, weil unsere Hausmeisterin überlastet ist?« Frau Richter kräuselte die Stirn. »Ich kämpfe darum, diesen sinkenden Kahn zu retten, Empathie kann ich mir nur begrenzt leisten. Außerdem würde Frau Maple ein fürstliches Gehalt bekommen. Sie mag bereits siebenundfünfzig sein, aber Geld kann man nie genug haben. Die Rente ist schließlich, genau wie die Schule, ein sinkendes Schiff.«

»Holen Sie sich Ihre Sekretärin woanders her.«

»Ihr letztes Wort?«

Tilly nickte ruppig. »Das Allerletzte.«

»Frau Blich, es hat mich gefreut, dass Sie für die Schule gearbeitet haben. Natürlich halte ich mein Wort, Sie können noch einmal in der aktuellen Woche kommen, aber ab nächster arbeiten wir dann mit *Wisch & Weg* aus Stuttgart zusammen.«

Ohne ein weiteres Wort erhob sich Tilly und eilte zur Tür. Sowohl *Wisch & Weg* als auch *Klar & Rein* arbeiteten ständig daran, ihr Revier zu vergrößern. Allein durch die Anfahrtszeit waren sie allerdings bereits teurer. Das hier war also tatsächlich ein Statement, das direkt an sie ging.

Sie gönnte sich den Luxus, die Tür wuchtig zuzuknallen. Vermutlich war die Direktorin das leider gewöhnt und konnte nur müde lächeln.

»Na warte«, murmelte sie. »Dir werde ich's zeigen.«

Sie stapfte in Richtung Ausgang.

# 21. KAPITEL

Zurück in der Firma stapfte Tilly zu Gerdy und zog diese in eine Umarmung. »Danke.« Damit ließ sie die verdutzte Frau stehen, schnappte sich Muffin und ging zu ihrem Stromer. Kaum dass sie saß, drückte sie das Pedal durch. Da es ein Elektroauto war, summte der Motor lediglich.

Sie lenkte das Fahrzeug aus Untertannberg hinaus und auf direktem Weg zur Hunderanch. Im Augenblick benötigte sie Natur, viel flauschige Fellnasen und ein Streit mit dem Schabrinski konnte ebenfalls nicht schaden.

Die Tür öffnete sich wie immer elektronisch, und Tilly kam nicht umhin, sich zu fragen, wer den Eingang ständig bewachen musste. Sie ruckelte über den feuchten Weg bis vor das Haus. Dort stellte sie den Motor ab, öffnete die Tür und ließ Muffin hinausspringen. Aufgeregt rannte er umher, nahm unzählige Duftnoten auf.

»Sie sind im Spielhaus.« Sascha kam heraus. »Oha, du siehst so aus, als könntest du so was auch gebrauchen. Oder einen Boxring vielleicht?«

Wie immer, wenn sie Sascha sah, konnte sie den Blick nicht abwenden. Er trug heute eine Outdoorjacke zur üblichen Kleidung. Der Regen nieselte herab, Tilly nahm es kaum wahr.

»Ein Boxring klingt ziemlich gut«, sagte sie.

»Wie wäre es, wenn wir stattdessen einen Spaziergang machen? Der Nieselregen beruhigt dich vielleicht, und zu kühl ist es ja nicht.«

Tilly wollte ihn direkt ankeifen, doch sie erinnerte sich rechtzeitig an den wahren Schuldigen für ihr Dilemma. Oder genauer: die Schuldige.

Sascha deutete auf Tillys Auto. »Wir können auch gleich noch mal mit der Leine üben.«

Er zog die Haustür zu und half ihr dabei, den hektischen Puschel an die Leine zu bekommen, der auf den Namen Muffin hörte. Ihm gefiel das nach wie vor gar nicht, wurde seine Welpenfreiheit doch massiv eingeschränkt.

»Welche Laus war es?«

»Was?« Sie blinzelte verwirrt.

»Die über deine Leber gelaufen ist?«

»Der Name der Laus lautet Persephone Richter.« Tilly erzählte ihm, was im Büro der Direktorin geschehen war.

Irgendwie sprudelte plötzlich alles aus ihr heraus. Der Druck durch den Steuerprüfer, der mit seiner Entscheidung über das Wohl und Wehe ihrer beruflichen Zukunft entschied. Die Verletzung von Leon, wegen der Tilly sich bittere Vorwürfe machte.

»Ganz schön viel aktuell, hm?« Sascha schenkte ihr ein aufmunterndes Lächeln.

»War mir irgendwie gar nicht so bewusst. Bis du gefragt hast. Obendrein tut mir Paula leid, die verhaftet wurde.«

»Erinnert dich an deine Situation, was?«

Tilly realisierte zwei Dinge gleichzeitig. Zum einen war Sascha ein empathischer Mann, der seine Freunde sehr genau im Blick behielt. Zum anderen spazierte er ungewöhnlich nahe neben ihr. Sein Aftershave roch dezent nach Zitrus, darunter lag der sanftere Duft irgendeines Deo oder einer Lotion. Wie bekam er das hin, nach einem langen Arbeitstag so frisch zu riechen?

Für einige Minuten gingen sie schweigend nebeneinanderher. Nur das Geräusch des Windes war zu hören, der Regen kam dank der Bäume gar nicht bis zum Boden durch. Muffin tippelte aufgeregt hin und her, roch an Büschen, Blättern und Bäumen.

»Schau ihn dir an, so viel Unschuld, so viel Freude daran, neue Dinge zu entdecken.« Sascha bekam einen glänzenden Blick. »Als Kinder besitzen wir diesen Drang ebenfalls, machen uns keine Sorgen über die Zukunft. Aber die meisten Erwachsenen – zumindest jene, die ich kenne – verändern sich nicht mehr. Sie bleiben in ihrer Komfortzone, pflegen ihre Ängste, funktionieren nur noch.«

Tilly fragte sich unweigerlich, was Sascha getan hatte, bevor er die Hundezucht aufbaute. In seinen Worten schwang jener persönliche Hauch mit, der auf Erfahrung beruhte.

»Du bist anders«, sprach er weiter. »Du bist hierher gekommen, um deinen Traum zu verwirklichen.«

»Was sich als steinig erweist.«

»Das ist jeder Traum, oder? Frag nicht, wie es bei mir zu Beginn aussah. Aber du hast es gewagt. Und obendrein einen Mord aufgeklärt, was zwei weitere Todesfälle verhindert hat. Ist dir das eigentlich bewusst?«

Tillys Wangen erwärmten sich. »Das habe ich tatsächlich vergessen.«

Sie erreichten eine Lichtung mit einer Bank und weithin freier Sicht.

»Nimm den Kleinen mal auf den Arm«, bat Sascha.

»Ist das meine erste Lektion?« Tilly kam der Aufforderung nach.

Sofort schmiegte sich der kleine pelzige Körper an sie. Muffins Schnauze fuhr über ihre Wangen, seine Zunge leckte über ihren Hals. Er jaulte und kuschelte sich in ihre Umarmung. Dabei wedelte er mit seinem Schwanz. Ein erdiger Geruch stieg aus dem Bassetfell auf.

Tilly überkam eine tiefe Ruhe. Sie nahm den kleinen Körper wahr, aber auch das Zwitschern der Vögel, den Boden unter ihren Füßen, die frische Waldluft. Ein eigenartiges Gefühl. Die schweren Gedanken traten in den Hintergrund, das Hier und Jetzt entfaltete seine Wirkung.

Sascha grinste wissend. »Natur und Tiere, das erdet. Schlägt für mich jede Meditation. Anfangs war ich auch ständig überarbeitet, habe schlecht geschlafen und zu viel gegrübelt. Das Los der Selbstständigkeit. Aber man lernt, damit umzugehen. Zugegeben, mit den ganzen Frechlingen ringsum, die dich zu Boden knuddeln, wenn du nicht aufpasst, hält sich miese Laune nur kurz. Doch im ersten Jahr stand ich mehrfach davor, die Hunderanch zu verlieren. Die Kosten des Kaufs, des Unterhalts, der Helfer. Ursprünglich war es nur als Tierrettung gedacht, weißt du. Dann kam die Arztpraxis dazu, weil so viele verletzt waren. Das Geld reichte hinten und vorne nicht, und ich musste mir was einfallen lassen, also kam die maßvolle Zucht als drittes Standbein dazu. Das lief so gut, dass der Basset jetzt langsam aber sicher zum Maskottchen von Untertannberg wird.« Er schüttelte den Kopf. »Das wollte ich gar nicht.«

»Warum?«

»Mir ist es lieber, wenn sie einen der Hunde aus der Rettung nehmen, weißt du. Die suchen auch nach Frauchen oder Herrchen und sind total lieb. Es gibt viele Menschen, die nur einem Trend nachlaufen oder die Hunde vermenschlichen. Das ist nicht gut für ihre Haltung. Je nach Charakter muss man auf die Tiere eingehen, sie in den Mittelpunkt vor alles andere stellen, wie ein Baby. Das lässt du auch nicht mal ein paar Stunden allein – das können Bassets gar nicht gut ab, die brauchen viel Nähe.«

»Das habe ich gemerkt.« Muffin hatte es geschafft, sich in ihrem Arm auf den Rücken zu drehen, damit sie gefälligst seinen Bauch kraulte. »Aber ist bei mir kein Problem. Entweder ich nehme ihn mit oder Gerdy passt auf ihn auf. Würde Leon bestimmt auch machen.«

»Dafür, dass du erst wenige Wochen hier bist, hast du schon viele Freunde gefunden.« Sascha beugte sich zu ihr herüber. »Ich zähle mich übrigens auch dazu.«

Die Folge seines kitzelnden Atems war eine Gänsehaut, die Tillys Arm überzog. Sie musste all ihre Kontrolle aufbringen, um standhaft zu bleiben.

»Aber ich muss nicht erst erwähnen, wozu Stubs zählt«, sagte Tilly. »Und der Rest des Chaos, der sich hier ereignet hat. Versteh mich nicht falsch, ich mag Untertannberg und seine schrullige Art, doch es ist nicht leichter geworden.« Instinktiv hauchte sie einen Kuss auf Muffins Stirn. Der Kleine war eingeschlafen.

»Kein Rückschlag währt ewig, keine Hürde ist unüberwindbar.«

»Du solltest auch noch Kalender rausgeben, die entsprechenden Sprüche hast du drauf.« Tilly zwinkerte und nahm ihren Worten damit die Schärfe.

Manchmal beschlich sie das Gefühl, dass der Rest von Deutschland mit der ruppigen Art, die man in Köln und Umgebung an den Tag legte, nicht so gut umgehen konnte. Dabei waren sie einfach nur geerdet, ehrlich und herzlich. Nun ja, Letzteres nicht immer.

»Das ist Erfahrung, meine Liebe.«

»Müssten wir nicht das gleiche Alter haben?« Gefährliches Terrain.

Sascha schnappte nicht nach dem Köder. »Das Alter ist immer eine Einstellung des Geistes.«

»Sag ich doch: Du solltest Kalender drucken.«

Sie kicherten beide. Er hatte ein sehr jungenhaftes Lächeln, das einen Kontrast zu seinem maskulinen Äußeren bildete. Tillys Magen kribbelte.

»Wie steht es denn um den Steuerberater, hast du in der Sache bald Antworten?« In seinen Augen spiegelten sich die Baumwipfel.

Eine weitere, unausgesprochene Frage klang aus Saschas Worten mit.

»In Kürze dürfte das erledigt sein, dann habe ich wieder freie Sicht auf die Zukunft – und kann Entscheidungen treffen.« Sie ließ die eigentliche Antwort ebenfalls als Subtext dahingleiten.

»Weißt du …« Sascha zögerte. Sein Blick suchte den ihren, und er rückte etwas näher.

In diesem Augenblick spürte Tilly, dass sie verloren war. Sie konnte ihn nicht erneut zurückstoßen, zu sehr sehnte sie sich nach Berührung, einer zweiten starken Person in ihrem Leben, Nähe.

Muffin pinkelte.

Das Geräusch ließ Tilly und Sascha gleichermaßen verdutzt nach unten blicken, wo ein Strahl direkt auf Saschas Jacke prasselte. Genau auf jene Stelle, an der er den Reißverschluss nach unten gezogen hatte. Reflexartig sprang er zurück, wirkte aber kein bisschen wütend.

»So was passiert«, sagte er schnell, bevor Tilly schimpfen konnte.

Muffin schlief noch immer. Sie setzte den Basset auf dem Boden ab. Er erwachte, gähnte und schüttelte sich.

»Gehen wir zurück«, sagte Sascha. »Aber ich würde mich freuen, wenn wir das hier bald wiederholen. Regelmäßige Spaziergänge tun Muffin gut und uns auch. Außerdem wird es wirklich Zeit für deine Erziehungstermine.« Sascha wurde rot. »Also, für den Hund.«

»Das habe ich mir schon gedacht.«

Sie kehrten zurück zur Hunderanch. Das Schabrinski hatte unter einem Baldachin ein ausgeleuchtetes Set aufgebaut, um die Hunde entsprechend in Szene zu setzen und zu fotografieren. Leider wollten die nicht so richtig, was man ihr mittlerweile ansah.

»Sascha!«, flötete sie.

»Hat sie gerade mit dem Fuß aufgestampft?« Tilly verkniff sich ein Lachen.

»Sei nett zu ihr, sie gibt ihr Bestes. Es ist nicht leicht, jemand richtig Guten im Marketing zu finden, der gleichzeitig auch etwas von Tieren versteht.«

»Tut sie das?«

»Tilly.«

»Schon gut, schon gut.« Sie streckte ihre Hände beschwichtigend in die Höhe. »Sie ist deine Baustelle, da mische ich mich nicht ein. Das mit der blutigen Nase der Kursteilnehmerin und der fallenden Bibliothekarin als TikTok-Video war aber nicht so nett.«

Sascha nickte gewichtig. »Habe ich ihr gesagt, und das Video findet sich online nicht mehr. Trotzdem solltest du dir überlegen, deine Bücher in Zukunft besser im Buchladen zu holen. Die Bibliothek ist derzeit ein gefährliches Pflaster.«

Wovon Tilly bereits ausgegangen war.

Sie verabschiedete sich von Sascha und stieg in ihr Auto. Gerade, als sie die Ranch verlassen hatte, klingelte das Handy. Sie stellte auf Lautsprecher. »Hallo, Leon. Warst du beim Arzt?«

»Natürlich war ich das«, sagte er.

»Ich habe ihn dorthin geschleift, er wollte nicht«, erklang die Stimme von Elif.

»Das ist Elif«, ergänzte Leon. »Emil ist auch hier. Nach dem Arzt war ich bei Lenz.«

»In der Baufirma?« Tilly runzelte die Stirn, überholte einen Traktor und prüfte, ob Muffin auf dem Nebensitz im Fußraum auch brav war.

»Weißt du, ich wollte mich entschuldigen«, kam es von Leon. »Dabei habe ich versehentlich einen USB-Stick in den Rechner der Firma gesteckt. Wir haben jetzt Zugriff darauf.«

»Bitte was?«

»Beruhige dich, das ist eine gute Sache. Die haben auf ihrer Festplatte Excel-Dokumente mit allen Modellen ihrer Tresore. Elif hat die in eine Datenbank geladen, und jetzt lassen wir auf Basis unseres Schlüssels einen Suchalgorithmus darüberlaufen. Größe und Beschaffenheit der Schlüssel stehen auch dabei. Auf diese Art können wir herausfinden, zu welcher Art von Tresor der Schlüssel passt. In den Auftragsbüchern steht, bei wem sie diese Modelle eingebaut haben.«

»Die Auftragsbücher können wir auch einsehen?«

»Irgendwie schon.« Leon räusperte sich. »Es war Elifs Idee, aber ich finde sie gut.«

»Eigentlich war es seine Idee«, merkte Elif an. »Aber ich habe sie umgesetzt und das Programm für den USB-Stick geschrieben.«

Tilly verstand natürlich nur die Hälfte, doch das Ergebnis war klar: Sollte Stubs herausfinden, was sie getan hatten, bekamen sie ernste Probleme. »Wie wollt ihr verhindern, dass der Stick irgendwann entdeckt wird?«

»Weißt du, was an deinem Rechner so in den USB-Slots steckt?«

Die Antwort war natürlich klar: Tilly hatte keine Ahnung. Vermutlich konnte so ein Uraltding aber gar nicht mehr gehackt werden, denn alles darauf lief in Zeitlupe ab.

»Siehst du«, deutete Leon ihr Schweigen korrekt. »Aber sobald wir das nächste Mal bei Lenz sind, werde ich den Stick wieder abziehen und alles ist gut. Hey, immerhin musste ich dafür bei Florian so tun, als würde ich mich entschuldigen. So richtig weiß ich nicht mal, wofür.«

»Ich bin sehr stolz auf dich. Glaub ich.«

»Danke.«

Im Hintergrund kicherte Elif. »Sein Ego braucht öfter mal solche Streicheleinheiten.«

»He, was soll das denn heißen?!«, ereiferte sich Leon.

»Für die Streicheleinheiten bin ab jetzt ich zuständig«, mischte sich Emil ein.

Die beiden waren einfach Zucker. »Ich lasse euch mal wieder allein mit eurer illegalen Datenbankabfrage. Halte mich auf dem Laufenden. Auch wenn ich dadurch zur Mitwisserin werde.«

Tilly legte auf und musste grinsen. Die drei waren eine tolle Truppe. Manchmal sehnte sie ihre Jugendzeit wieder herbei, die eine Ewigkeit zurückzuliegen schien.

Doch immerhin kamen sie der Spur zu dem geheimnisvollen Tresor jetzt endlich näher. In welches Schloss der Schlüssel ihres Vorgängers auch passen mochte, in Kürze würden sie es wissen.

# 22. KAPITEL

Als Tilly die Firma wieder betrat, kam Gerdy aufgeregt auf sie zu. »Heute muss ich mich selbst loben.«

»Das kann ich auch gerne übernehmen«, erwiderte sie. »Wofür denn?«

Muffin sauste schnuppernd über den Boden, als sei dies eine völlig neue Umgebung, die er nie zuvor erkundet hatte.

»Ich habe herausgefunden, dass der Sportlehrer von damals mittlerweile in einem Pflegeheim in Stuttgart untergebracht ist, die Adresse habe ich. Aber das ist gar nicht das Wichtigste. Pass auf. Der Pfiffikus Vogel ist ausgewandert, lebt in einer Kommune in Indien – kein Witz. Doch Alois Ramsauer, der lebt noch hier in Untertannberg. Hat geheiratet. Seine Frau kam wohl aus gutem Hause, deshalb hat er entgegen der damals üblichen Verfahrensweise ihren Namen angenommen. Aus Ramsauer wurde … Koblinski.«

»Alois Koblinski«, echote Tilly. »Moment, der Name kommt mir doch bekannt vor.« Ihre Augen weiteten sich. »Die Mensa?«

»Er führt sie.«

Was zwei Dinge bedeuten konnte: Er mochte der Täter

sein oder auf der Liste des Opfers stehen. Natürlich gab es da noch die dritte Option, dass er nichts mit alldem zu tun hatte. In dem Fall konnte er ihnen trotzdem mehr über die damaligen Probleme berichten und wusste vielleicht auch, wer die Trillerpfeife des Sportlehrers gestohlen hatte.

»Ich muss mit ihm reden.«

Gerdy hob einen Zettel in die Höhe. »Das ist die Adresse. Aber die brauchst du gar nicht, ich habe mich nämlich bereits erkundigt. Er ist noch in der Mensa und bereitet alles für morgen vor. Er arbeitet dort immer allein, du kannst also direkt hinfahren.«

Durch die geschlossene Tür vernahm Tilly die Toilettenspülung, dann kam Antonia herbeigeeilt. »Ich komme mit.«

»Hast du Blut geleckt?« Tilly schluckte. »Entschuldige, das war ein blödes Wortspiel.«

»Meinen Businessplan habe ich fertig.«

»Und er ist sehr gut«, warf Herr Höffler ein, wobei seine Finger weiterhin unablässig über die Tastatur huschten.

Tony lächelte in seine Richtung, wandte sich dann aber Tilly zu. »Ich muss hier raus, Blichy. Mal wieder was Nettes sehen.«

»Die Mensa?«

»Von mir aus auch die. Da können wir uns gleich was zu essen holen, ich habe Kohldampf. Außerdem will ich hören, was mit Sascha war.«

Gerdy übernahm die Rolle der Ersatzmama bei Muffin, Herr Höffler war mittlerweile ganz gut darin, Anrufe entgegenzunehmen, und schien sich mit der neuen Aufgabe arrangiert zu haben.

Kurz darauf zog Tilly mit Antonia ab.

Auf der Fahrt zur Schule berichtete sie ihrer Freundin, was bei Sascha losgewesen war. Unterm Strich eine gute Entwicklung, sah man von dem Pinkel-Zwischenfall ab, über den Tony minutenlang lachte.

Sie erreichten die Mensa-Cafeteria, die in einem Nebengebäude in Sichtweite der Schule untergebracht war, und Tilly stellte den Wagen auf dem Parkplatz ab. Von dort spazierten sie zum Eingang. Die Tür war unverschlossen, im Inneren brannte Licht. Die offiziellen Öffnungszeiten waren bereits vorüber, es dämmerte über Untertannberg.

Das Gebäude war ein hässlicher Flachbau, wie die Schule, aus den Siebzigern, was Tilly ein wenig gruselte. Das Innere hatte man aufgehübscht, es besaß aber noch immer den Charme eines Ortes, an dem sie nicht essen wollte. Mehrere Tische standen an der einen Seite im Raum, auf der anderen zog sich die Bedientheke entlang.

»Herr Koblinski!«, rief Tilly.

Nicht auszudenken, dass sie in der Hundeschule direkt neben ihm gestanden hatte, ohne zu wissen, dass er mit den Ermordeten in Verbindung stand.

»Schau mal«, Tony deutete auf einen Automaten. »Da kannst du Brezeln ziehen.«

Tilly hatte nie zuvor einen Brezelautomaten gesehen. Was bei genauerem Hinsehen daran lag, dass es eine Eigenkonstruktion sein musste. Von Alois Koblinski?

Dieser antwortete jedoch nicht.

Tony sah sich um. »Die Tür ist offen, er muss hier sein. Aber dieses Mal gehst du vor.«

Bedachte man, dass Antonia beim letzten Mal direkt in einen Toten gerannt war, konnte Tilly den Wunsch nachvollziehen. Es hätte sie keinen Augenblick gewundert, wenn Leon plötzlich aus der Küche spaziert wäre, grinsend einen Nachschlüssel schwenkend.

Sie bewegten sich durch den Raum, waren beide auf der Hut. Tony hielt sich hinter Tilly und lugte mit gerunzelter Stirn in jede Ecke.

Sie erreichten die Öffnung, die hinter die Ausgabetheke führte. Tilly lugte auf die andere Seite.

»Herr Koblinski!«

Er lag auf dem Boden. Auf den ersten Blick erkannte sie keine sichtbaren Verletzungen, allerdings röchelte er und war rot angelaufen. Sie ging neben ihm in die Hocke.

»Das habe ich schon mal gesehen«, sagte Antonia.

»Ich auch. Putzauftrag bei einer Imkerei, Bienenstich. Das ist ein anaphylaktischer Schock. Aber wie hat er sich den hier geholt?«

»Sind Sie Allergiker?«, fragte Tony. »Haben Sie irgendwo ein Medikament?«

Tilly wählte bereits die Notrufnummer.

Mit zitternden Fingern deutete Alois Koblinski zu einer Schublade in Sichtweite. Tilly sprang auf und riss sie auf. Während sie hastig ins Smartphone sprach, zog sie das Etui heraus. Mit wenigen Schritten war sie zurück bei Koblinski, der Notarzt war informiert und auf dem Weg.

»Ein Epi-Pen wird ihn stabilisieren.« Tilly öffnete den Reißverschluss des Etuis.

Es war leer.

»Da ist kein Epi-Pen drin«, sprach Tony das Offensichtliche aus. »Was zur Hölle …«

»Wir müssen einen Luftröhrenschnitt machen.« Tilly starrte auf Alois Koblinski, dessen Augen mittlerweile geschlossen waren. Zwar war er noch nicht blau angelaufen, doch lange dauern würde das sicher nicht mehr.

»Kannst du das?«, fragte Tony.

»Natürlich nicht. Öffne YouTube, da gibt es bestimmt ein Video zu. Hier gibt es genug Messer und Metallhalme.« Die waren auf jeden Fall stabil genug.

Tony ging eifrig ans Werk, doch die Rettungssanitäter kamen ihnen zuvor. Die Tür wurde aufgerissen, und mehrere Personen eilten herein. Tilly und Tony gaben eine hastige Zusammenfassung der Ereignisse und wichen zurück. Sie sahen dabei zu, wie Herr Koblinski Injektionen bekam, auf eine Trage gelegt und abtransportiert wurde.

Innerhalb von zehn Minuten waren sie wieder allein.

Eine Zeit lang ließen sie die Stille einfach wirken.

»Und jetzt?«, fragte Tony.

»Schließen wir ab und hängen ein Schild auf, dass morgen geschlossen ist.« Tilly zuckte mit den Schultern. »Wir sollten wohl auch Persephone Richter einweihen, damit die Bescheid weiß.«

»Denkst du, das war …«

»Zufall?« Tilly schüttelte den Kopf. »Eine dritte Person aus dem damaligen Quartett stirbt beinahe an einem anaphylaktischen Schock in seiner eigenen Mensa-Cafeteria und – oh Überraschung – sein Epi-Pen ist nicht im Etui. Er wäre der Nächste gewesen.«

»Aber damit könnten wir die Unschuld von Paula beweisen, oder?« Tony gab sich selbst die Antwort und schüttelte den Kopf. »Es gibt ja keinen Beweis, dass es ein Mordversuch war.«

»Eben. Die werden garantiert im Krankenhaus feststellen, dass Alois Koblinski zu viele Allergene abbekommen hat. Aber daraus ergibt sich nicht zwangsläufig ein Anschlag. Spannend wäre nur, wie die verabreicht wurden. Quellen gibt es hier genug.«

Ein Rumpeln erklang. Tony fuhr zusammen. Mit einem Satz war sie am Herd und schnappte sich eine Bratpfanne. »Das kam aus der Kühlkammer!«

Vorsichtig näherten sie sich der Tür.

»Hallo?!«, rief Tilly.

»Wir sind bewaffnet!«, brüllte Antonia. »Und nur, damit Sie es wissen, ich schlage erst zu und stelle dann Fragen.«

»Was redest du denn da?«, zischte Tilly.

»Klang doch gut.«

»Bitte nicht«, erklang eine zittrige Stimme aus der Kühlkammer. »Ich bin unbewaffnet.«

»Frau von Lampenstell?« Tilly zog am Riegel der Tür und öffnete sie.

Im Inneren stand die Mutter von Hartmut-Eloi, hielt eine Umhängetasche an sich gepresst und klapperte mit den Zähnen. »D… darf ich raus?«

»Natürlich, sie erfrieren doch sonst.« Tilly gab den Weg frei.

»Die T…Tür ist zugef…fallen.«

»Sie haben sich darin versteckt?« Tony erwiderte den Blick der Mutter anklagend; die Pfanne hatte sie sinken lassen, aber noch nicht wieder zurückgelegt.

Das Zittern der Frau ließ langsam nach, sie rieb sich die Arme. »Ja, wissen Sie, ich dachte doch nicht, dass er noch hier ist. Ich wollte nur Proben nehmen.« Sie deutete auf ihre Umhängetasche. »Mein Hartmut-Eloi hatte hier den anaphylaktischen Schock. Ich wollte sichergehen, dass sich das nicht wiederholt. Aber nachdem ich die Proben hatte, kam der Alois. Also bin ich in die Kühlkammer geflüchtet. Die Tür war anfangs angelehnt, daher konnte ich sehen, dass er etwas aus dem Kühlschrank genommen, nachgewürzt und gegessen hat. Plötzlich musste er husten und ist umgekippt. Ich wollte schon helfen, aber da ist jemand gekommen. Zuerst ging ich davon aus, dass die Person ihm hilft, aber stattdessen roch es kurz darauf nach Honig-Minze.«

Sie schwieg, um die Worte wirken zu lassen.

»Der Mörder«, hauchte Antonia.

Eleonore von Lampenstell nickte eifrig. »Das glaube ich auch. Darum bin ich in der Kammer geblieben. Es hat erst geklappert, dann wurde es still. Aber als ich gerade hinaus wollte, kamen Sie beide.«

»Und ich habe, in Gedanken versunken, die Kühlkammer zugemacht«, sagte Tilly. »Ich dachte, Alois Koblinski hätte dort etwas geholt und nicht mehr die Möglichkeit gehabt, sie zu schließen.«

Die durch Eleonore von Lampenstell geschilderten Ereignisse bestätigten die Vermutung, die Tony und Tilly bereits angestellt hatten.

»Paula Lotz ist unschuldig«, sagte Frau von Lampenstell leise. »Sie kann schwer an zwei Orten gleichzeitig sein.«

»Davon sind wir sowieso immer ausgegangen.« Tilly verschränkte die Arme und betrachtete das Spülbecken. »Ich sehe keinen benutzten Teller.« Sie blickte in den Müll. »Ja, hier ist das Essen. Der Mörder hat den Teller gereinigt. Wir werden wahrscheinlich nichts mehr finden.«

Eleonore von Lampenstell schlug die Hand vor den Mund. »Hat mein Hartmut-Eloi deshalb den Anfall bekommen? Hatte der Mörder das Essen vergiftet?«

»Aber das hätte doch alle Schüler getroffen, oder nicht?«, fragte Tony.

Die Frau schüttelte den Kopf. »Eben nicht. Ich bestehe stets darauf, dass mein Sohn ökologische Vollwertkost bekommt. Dafür zahle ich extra, und Alois hat stets etwas im Kühlschrank gelassen, was er ihm dann gegeben hat. Meine Vermutung war, dass er was gestreckt oder ordinäre Kost verwendet hat, wie sie die anderen bekommen. Die Proben hätten nicht nur bewiesen, dass sich Allergene im Ordinäressen befinden, sie hätten auch enthüllt, dass mein Hartmut-Eloi genau das bekam.«

Tilly schnippte mit dem Finger und verdrängte all die Dinge, die sie Eleonore von Lampenstell gerne vor den Latz geknallt hätte. »Wenn das stimmt, dachte der Mörder möglicherweise, es handelt sich um das Essen von Herrn Koblinski. Er wusste nicht, dass es für Hartmut-Eloi gedacht war. Dann wäre der erste Mordanschlag bereits viel früher erfolgt, aber niemand hat es bemerkt.«

Die Augen der Helikoptermutter bekamen die Größe von Suchscheinwerfern. »Mein Sohn hätte sterben können! Wir müssen diesen Kerl erwischen!«

»Wir?«, krächzte Tony.

»Absolut.«

»Sie können uns leider nicht helfen«, sagte Tilly sanft. »Dann gäbe es niemanden mehr, der Hartmut-Eloi beschützt. Das ist zu gefährlich. Sie sollten mit Direktorin Richter sprechen. Die sucht gerade noch eine Sekretärin. Dort könnten Sie sich undercover einschleichen und so ein Auge auf die Schüler haben – insbesondere natürlich auf den armen Hartmut-Eloi. Das wäre sehr heldenhaft.«

»Das …« Ein Lächeln überzog das Gesicht der Mutter. »Eine hervorragende Idee! Frau Blich, wir sind ein tolles Team. Vertrauen Sie mir, spätestens morgen hat die Schule eine neue Sekretärin.« Übertrieben zwinkerte Frau von Lampenstell. »Sie verstehen schon, ›Sekretärin‹. Morgen ist zudem der Elternabend, an dem die Schulleitung uns allen Rede und Antwort stehen muss. Auch die Bürgermeisterkandidaten habe ich eingeladen, das ist ein wichtiges Ereignis.«

»Absolut.« Tilly zwang sich ein Lächeln auf die Lippen.

»Am besten bespreche ich das sofort mit der Direktorin.« Frau von Lampenstell eilte davon. »Ich habe ihre Privatnummer.«

Ihre Schritte verhallten, die Tür schloss sich hinter ihr.

»Lieblings-Blich, ich habe noch nie jemanden gesehen, der so schnell improvisieren konnte. Du hast uns gerettet.« Sie blickte in Richtung Tür. »Ich habe damals auch ›Ordinäressen‹ bekommen. Hat mir nicht geschadet.«

»Würde das Opfer deines Dermabrasionszwischenfalls das bestätigen?«, neckte Tilly.

Tony knuffte ihr in die Seite.

Tillys Gedanken widmeten sich wieder dem Hier und Jetzt. Was konnten sie tun, um dem Mörder näher zu kommen? Hier augenscheinlich nichts mehr.

»Was ist das nur mit diesem verdammten Honig-Minze-Zeug?«, fragte Antonia.

»Gute Frage«, sagte Tilly. »Beide Toten wurden mit einer Substanz eingerieben, die danach riecht. Hier hat der Mörder aber darauf verzichtet. Andererseits glaube ich eher, dass er es noch tun wollte, nachdem Koblinski tot ist. Wir sind ihm dazwischengegrätscht. Er hatte die Creme auf jeden Fall dabei. Es muss etwas mit damals zu tun haben. Lass uns abschließen. Für heute ist es leider zu spät, aber ich verschiebe einen Putztermin von morgen früh, und wir fahren zum Pflegeheim des ehemaligen Sportlehrers. Er kann uns vermutlich noch am meisten erzählen – falls er sich an die vier Schüler erinnert.«

»Irgendwie habe ich das Gefühl, unser Quartett konnte man nicht so leicht vergessen.«

Gemeinsam mit Tony ging Tilly hinaus. Sie verschlossen die Tür, den Ersatzschlüssel behielt sie bei sich. Drei von vier Personen hatte der Angriff des unbekannten Mörders bereits getroffen. Zwei davon waren tot, einer lag im Krankenhaus. Die vierte Person von damals, Pfiffikus Vogel, war ausgewandert, daher befand sich sonst niemand mehr in unmittelbarer Gefahr.

Zumindest hoffte Tilly das.

# 23. KAPITEL

An diesem Abend kam Tilly nicht zur Ruhe. Gerdy wusste nun über die Ereignisse in der Mensa-Cafeteria Bescheid, sie behielt den Gesundheitszustand von Alois Koblinski im Auge. Der hatte es zwar überstanden, wurde aber für eine Nacht auf der Intensivstation beobachtet und schlief.

Wie es schien, waren seine Augen so zugeschwollen gewesen, dass er nicht hatte erkennen können, wer ihn attackierte. Immerhin war er im Krankenhaus und unter ständiger Beobachtung erst einmal sicher.

Dennoch hatte Tilly bei der ganzen Sache ein mulmiges Gefühl. So viele Bälle befanden sich gerade in der Luft, dass einer von ihnen unweigerlich in Kürze herabfallen würde.

Und sie war nicht die einzige unruhige Person.

Tony saß auf der Couch, hatte Trash-TV angeschaltet, knabberte aber die ganze Zeit gedankenverloren an ihrer Unterlippe.

Kurz hatte sie auch mit Leon telefoniert, der mit Elif und Emil vorm Computer saß, Energydrinks herunterstürzte und die Datenbankabfrage beobachtete.

Morgen würde sie Muffin mit in das Altenpflegeheim nehmen. Möglicherweise konnte der Welpe das Sportlerherz eines in die Jahre gekommenen grummeligen alten Mannes zum Schmelzen bringen.

Gerdy würde weiterhin alles in der Firma managen, mit tatkräftiger Hilfe von Herrn Höffler. Er freute sich über den Kaffee, und angeblich linste er immer öfter zu den Kuchenstücken. Gerdy hatte es sich zum Ziel gemacht, dass er wenigstens *einmal* eines essen würde. Und sei es nur ein Stückchen.

Zum Abendessen schauten sie kurz im *Eintöpfle* vorbei. Dort aßen sie Käsespätzle mit Krautsalat. Traude Lohmann hatte mittlerweile eine paar Kölsch auf Eis gelagert, damit Tilly sich ein wenig mehr wie daheim fühlte. Muffin bekam eine Schüssel Wasser, linste aber ständig in Richtung Küche.

Der Abend tat Tilly in der Seele gut, denn Antonia und sie schwelgten in Erinnerungen, lachten und freuten sich am Beisein der jeweils anderen. Es war ein seltsames Gefühl, dass sie beide hier waren. Als habe man eine spanische Palme an die Pfälzer Weinstraße versetzt.

Gegen Mitternacht fiel Tilly ins Bett, Antonia auf die Couch und Muffin in sein Körbchen.

Als der Discokugel-Wecker sie mit einem »You Can win the race« von Modern Talking weckte, nahm sie sich fest vor, das verdammte Ding von der Decke zu schießen. Sie hatte keine Ahnung, wie groß der Liedspeicher war, doch Herr Plitz hatte eindeutig auch die Neunziger eingespeichert.

Der Morgen war frisch, aber wenigstens trocken. Nachdem sie alle drei die Morgentoilette hinter sich gebracht und gefrühstückt hatten, stiegen sie in Tillys Stromer. Das Altenpflegeheim befand sich in Stuttgart, was eine gute Stunde entfernt war. Plus die Zeit, die man benötigte, um die Innenstadt zu durchqueren. Glücklicherweise war Tilly den Fahrstil der Kölner in der ständig verstopften Ex-Heimatstadt gewöhnt.

Das Alten- und Pflegeheim *Zur Schwabeneiche* lag im Westen von Stuttgart und hatte seine besten Tage bereits hinter sich.

»Was sagt es über mich aus, dass ich im ersten Augenblick ›Zur Schwabenleiche‹ gelesen habe?« Tilly schüttelte über sich selbst den Kopf.

»Dass du schon eine Leiche zu viel gesehen hast?«, schlug Antonia vor.

Am Empfang saß eine Kaugummi kauende junge Frau mit einem Piercing in der Nase und einer Zeitung vor sich. Der Anblick brachte Tilly vollkommen aus dem Konzept. Ein Smartphone hätte sie erwartet, aber nicht das.

Die junge Frau sah auf, bemerkte den Blick und zuckte mit den Schultern. »Wir haben hier Probleme mit dem Netz.«

Was sie nun gar nicht wunderte. »Wir würden gerne Herrn Albrecht Abel besuchen.«

Die Frau wirkte eine Sekunde verblüfft, ihre Braue wanderte in die Höhe. Doch sofort saß die Maske der distanzierten Freundlichkeit wieder. »Erster Stock, Zimmer 5a.«

»Müssen wir irgendwas wissen?«, fragte Antonia.

»Sie sehen beide robust aus, Sie packen das.« Die Zeitung wurde wieder hochgehoben und Melanie, wie Tilly jetzt auf dem bisher von einer Stofffalte verdeckten Namensschild erkannte, vertiefte sich in einen Lokalartikel über Stuttgart 21, das angeblich wirklich total bald und jetzt ganz sicher fertiggestellt sein würde.

Tilly nahm Muffin für die Treppenstufen auf die Arme, und zu dritt suchten sie das Zimmer von Albrecht Abel auf.

Auf ihr Klopfen hin erklang eine kratzig-herrische Stimme. »Herein!«

»Man erkennt sofort die Bundeswehrwurzeln«, sagte Tony. »Und den Lehrer.«

Sie betraten den Raum. Die Bodendielen quietschten. Alle Fenster waren geöffnet, doch Tilly erkannte, dass sie bereits länger nicht geputzt worden waren. Neben einem Bett gab es einen einfachen Schrank sowie einen Schreibtisch. Trotz des Zustroms an frischer Luft roch es muffig. Albrecht Abel saß in einem Lehnstuhl, eine Decke über die Beine gelegt, mit Blick zur Tür.

»Zack, zack, sie verursachen Durchzug«, begrüßte er Tilly und Antonia.

Schnell zog Tony die Tür zu.

Muffin schnüffelte aufgeregt und wedelte mit dem Schwanz.

»Den Flohläufer halten sie mir aber vom Hals, ja?« Herr Abel blinzelte sie grimmig an, auf seinem Kopf gab es nur noch vereinzelt graue Haare, die strähnig anlagen. »Sind Sie zwei ehemalige Schülerinnen?«

Tilly schaltete blitzschnell. »Sind wir. Aktuell schreiben wir an unseren Memoiren, und darin sollen Sie natürlich auch einen Platz bekommen.«

Im gleichen Wimpernschlag setzte sich Herr Abel so aufrecht in seinem Stuhl auf, dass sein Rücken einen dreifachen Knack von sich gab. »Das ist auch richtig so, immerhin habe ich euch gestählt.«

»Wie Stahl, Emotionen verboten«, sagte Tony abschätzig – aber glücklicherweise leise.

Tilly nahm Muffin auf den Arm, damit Herr Abel endlich aufhörte, ihn so grimmig anzuschauen. Sie bekam direkt Angst um ihren Winzling. In Tillys Armen entspannte er sich. Weil sie ihn wie ein Baby hielt, konnte er sich aufmerksam umsehen.

Herr Abel machte keine Anstalten, ihnen einen Platz anzubieten, darum lehnte Antonia sich an die Fensterbank.

Tilly blieb stehen. Kurz durchdachte sie ihre Möglichkeiten, hielt es aber für am sinnvollsten, direkt mit der Tür ins Haus zu fallen. »Wir werden natürlich unsere Klassenkameraden vorstellen, doch wir möchten auch den Zeitgeist einfangen und dabei den damaligen Diebstahl einfließen lassen.«

Die Stirn von Herrn Abel umwölkte sich. »Dieser kleine Dieb hat bis zum Ende nicht verraten, wo er meine Pfeife versteckt hat! Das war Rache, ganz sicher.«

Tilly schwieg. Herr Abel schien sich von allein in Rage zu reden.

»Als ich dort ankam, gab es keine Disziplin in dem Haufen«, redete er auch prompt weiter. »Ich musste sie hart anpacken, damit aus diesen verweichlichten Gören was werden kann. Ständig haben irgendwelche Jungs so getan, als würden sie kollabieren. Einer war besonders schlimm, so ein Moppelchen, das von den Eltern verhätschelt wurde.«

Tilly musste all ihre innere Ruhe aufbringen, um diesem garstigen Kerl nicht die Meinung zu geigen. Glücklicherweise waren die heutigen Pädagogen anders ausgebildet, als es jene von damals gewesen waren.

»Zu schade, dass es die Prügelstrafe nicht mehr gab«, entfuhr es Tony.

»Absolut, das sage ich schon die ganze Zeit.« Herr Abel überhörte die Ironie. »Auf jeden Fall gab es da ein Quartett, vier Kerle.«

»Richtig!« Tilly tat so, als erinnere sie sich. »Markus, Alois, Pfiffikus und Harald.«

»Genau die waren das.« Herr Abel nickte eifrig. »Wollten sich wohl an mir rächen für die geforderte Disziplin und haben unter Körpercreme ein Juckmittel gemischt. Gab einen heftigen Ausschlag. Daraufhin habe ich sie noch härter rangenommen, bis sie am Boden lagen. Moppelchen ist auch wieder ›kollabiert‹.« Herr Abel malte mit seinen Händen Gänsefüßchen in der Luft. »Am kommenden Tag war meine Trillerpfeife verschwunden.«

»Und Sie sind davon ausgegangen, dass es einer der vier war?«, mutmaßte Tilly.

»Nicht persönlich natürlich, die hatten nämlich gerade

Strafliegestütze. Aber ich hatte das im Urin, dass sie involviert waren. Ich hatte die Trillerpfeife in meinem Büro liegen lassen, habe durch die Scheibe gesehen, dass sie Schabernack treiben, und bin raus. Bei meiner Rückkehr war die Pfeife verschwunden.« Er schnaubte. »Danach habe ich einen neuen Lehrplan entwickelt.« Herr Abel grinste diabolisch. »Es war quasi ein Kräftemessen. Sie sollten mir die Trillerpfeife zurückgeben, und dafür hätte ich es nicht noch schlimmer gemacht. Als der Pfiffikus Vogel sich nach einer Sportstunde übergeben musste, waren sie so weit. Sie haben ihren Komplizen verraten.«

Stille setzte ein.

»Und?«, fragte Tony. »Wer war es?«

»Das Moppelchen.«

Tilly erwiderte den Blick von Herrn Abel und bekam eine Gänsehaut. Eine böse Vorahnung beschlich sie. »Sie haben das natürlich nicht auf sich sitzen lassen?«

»Ha! Wo kämen wir da hin? Ich habe den doppelt und dreifach rangenommen«, blaffte Abel. »Weil sie sich für so witzig hielten, musste er sein T-Shirt ausziehen. Dann habe ich die Körpercreme mit dem Juckpulver auf seine Arme geschmiert und ihn Runden laufen lassen. Vor jeder Sportstunde! Hat immer geheult. Beim ersten Mal hat er noch behauptet, er hätte die Pfeife nicht genommen. Beim zweiten Mal kam er mit einem blauen Auge in die Stunde und hat lediglich gesagt, dass er nicht verrät, wo er sie versteckt hat.«

Tilly wurde übel. Herr Abel war nicht nur ein grässlicher Mensch, er war ebenso dumm. Anders konnte sie es nicht ausdrücken. Sie wusste durch Frau Stoffelich, dass das infernale Jungsquartett jemand bestimmten über alle Maße gemobbt hatte. Dabei handelte es sich zweifellos um den armen Jungen, den Herr Abel Moppelchen nannte. Das Quartett hatte doch garantiert das Juckpulver in die Creme getan und später irgendwie auch die Trillerpfeife geklaut. Dann hängten sie es dem anderen Jungen an, damit die Strafen endlich aufhörten, und mit einem blauen Auge hatten sie ihn dazu gebracht, es nicht länger zu leugnen. Ein Unschuldiger wurde zum Schuldigen.

Die Demütigung, jede Sportstunde Juckcreme aufgetragen zu bekommen und dann mit nacktem Oberkörper Runden laufen zu müssen, bis er zusammenbrach, musste entsetzlich gewesen sein. Leider bot das ein perfektes Mordmotiv, das obendrein die Trillerpfeife und den verdammten Geruch erklärte.

»Diese Creme roch nach Honig-Minze?«, fragte Tony.

Abel nickte. »Extra für mich hergestellt. Stählt die Haut.«

»Wann haben Sie die Rennerei beendet?«, wollte Tilly wissen. »Offenbar hat der Junge nicht verraten, wo die Trillerpfeife steckte.«

»Am Ende des Schuljahres beschwerte sich die Kiosk-Tussi beim Direktor. Aber Moppelchen hat dann sowieso die Schule gewechselt«, sagte Herr Abel. »Ist nach Stuttgart. Auf irgendeine Weicheierschule. Da war meine Pfeife endgültig weg.«

Was die Frage aufwarf, wie besagte Trillerpfeife zum Mörder gekommen war. Denn falls es sich tatsächlich um den gemobbten Jungen handelte, der viele Jahre später als Erwachsener zurückgekehrt war, dann musste er irgendwie in deren Besitz gelangt sein. Oder war er es doch gewesen, der sie gestohlen hatte?

Bei der Creme war das einfacher. Weil sie eine Eigenanfertigung war, stand das Rezept möglicherweise auf der Packung. Damit war sie leicht nachzumachen, falls man es abschrieb.

»Ich erinnere mich dunkel«, sagte Tilly, die Stirn gerunzelt. »Wie hieß unser Schulkamerad noch gleich, der dann nach Stuttgart ging?«

»Es war die Parallelklasse«, erwiderte Tony.

»Das Moppelchen war Frank Richter. Seine Eltern hielten sich für was Besseres. Der Vater war irgendein Professor, der sich auf Altgriechisch spezialisiert hatte. Die Mutter Archäologin. Hätten sie mehr Zeit mit ihrem Spross verbracht, wäre der nicht aufgegangen wie ein Hefekloß.«

Tilly konnte den ehemaligen Sportlehrer nur anstarren. Und sogar Antonia hatte sich kerzengerade aufgerichtet.

»Richter«, sagte Tilly heiser. »Wie Persephone Richter?«

Herr Abel verdrehte die Augen. »Das Gegenteil von ihrem Bruder, das Mädchen hatte eindeutig *zu viel* Pfeffer. Und die Eltern haben ihr doch tatsächlich diesen dämlichen Namen verpasst – Persephone. Dass ausgerechnet die kurz darauf mit dem Markus Eberhardt rumknutscht, habe ich nie verstanden.«

Tilly wechselte einen schnellen Blick mit Antonia. Die Konrektorin Persephone Richter, deren Bruder von vier Jungs gemobbt worden war, hatte einst eine Affäre gehabt mit dem späteren Direktor Eberhardt – einem der Mobber?

Sie konnte spüren, dass sie kurz vor der Lösung des Falls standen. Doch etwas fehlte noch, ein Puzzleteil, das offenbarte, wie alles zusammenhing. Die Mobber, beide Richter-Geschwister, die Trillerpfeife. Beinahe hätte Tilly vor Wut mit dem Fuß aufgestampft. Konnte es sein, dass Persephone Richter tatsächlich den Tod ihres Bruders rächte?

»Die Schwester war dann in eurer Klasse?« Herr Abel blickte auf.

»Richtig«, sagte Antonia hastig.

Vermutlich war die Demütigung ihres Bruders bis zu ihr vorgedrungen, etwas Derartiges blieb nie lange geheim. Sie mussten unbedingt noch einmal mit ihr sprechen. Immerhin fand heute der Elternabend statt, bei dem über die vergangenen Ereignisse gesprochen wurde.

Noch wichtiger allerdings war Frank Richter, der Bruder der Direktorin. Wenn er damals in Stuttgart auf die Schule gegangen war, wohnte er möglicherweise in Untertannberg.

Sie stellten Herrn Abel ein paar letzte sinnlose Fragen, bevor sie ihn wieder verließen. Auf dem Gang atmete Tilly auf. Sie verstand jetzt, was Melanie vom Empfang gemeint hatte. Es konnte nicht einfach sein, jemanden zu pflegen, der derartige Dinge sagte. Gedanklich war Herr Abel noch immer in der Nachkriegszeit verortet.

Muffin durfte wieder auf den Boden und schnüffelte drauflos. Sie verließen die *Schwabeneiche.* Tilly reichte Antonia die Leine und öffnete ihren Browser auf dem Smartphone. Sie googelte nach Frank Richter – bedauerlicherweise kein seltener Name. Es gab Hunderte über ganz Deutschland verstreut. Die Ergänzung mit Untertannberg lieferte jedoch ein Ergebnis.

»Oh nein«, hauchte Tilly.

»Was?« Tony blieb ruckartig stehen. »Haben wir einen Durchbruch?«

»So kann man das auch nennen, und das direkt vor der Nase. Der *Untertannberger Morgen* hat nämlich erst kürzlich über eine Tragödie berichtet. Vor einigen Monaten. Eine Beerdigung.«

»Von wem?«

»Frank Richter.« Tilly sah vom Smartphone auf. »Der Bruder von Persephone Richter ist kürzlich verstorben. Er kann gar nicht unser Mörder sein.«

Tilly blickte wieder auf das Bild, aufgenommen aus der Distanz, das die Trauergemeinde zeigte.

Was ging hier verdammt noch mal vor?

# 24. KAPITEL

Sie fuhren zurück nach Untertannberg, und Tilly ließ sich das eben Gehörte im Kopf herumgehen, während andere Autos und Bäume an ihnen vorbeizogen.

»Er ist tot«, sagte Tony und klang geradezu vorwurfsvoll. »Dabei wäre er garantiert der Täter gewesen.«

»Das ist alles irgendwie verworren und gleichzeitig klar. Verstehst du, was ich meine?«

Antonia setzte dazu an, etwas zu sagen, doch Tillys Handyklingeln unterbrach sie. Sie sah, dass es Leon war, nahm an und stellte das Gespräch auf Lautsprecher.

»Und?«, sagte er sofort.

Tilly berichtete über die Ereignisse und fragte dann: »Wie steht es um den Schlüssel?«

»Suche läuft noch«, erklärte er. »Aber ich muss unterbrechen. Meine Mom schleppt mich später mit in die Schule. Heute Abend findet dort doch die große Versammlung statt, um alles aufzuarbeiten. Man möchte auch uns ›Kinder‹ mit einbeziehen. Als ob wir fünf Jahre alt wären, echt.«

»Vielleicht bekommst du etwas raus«, sagte Tony. »Auf solchen Veranstaltungen wird doch immer viel getratscht.«

»Ich könnte mich mit Elif und Emil runter ins Archiv schleichen und …«

»Nein!«, riefen Tilly und Antonia gleichzeitig.

»Ist ja gut. Boah, das wird voll der langweilige Abend. Ich denke mal drüber nach, ob mir was einfällt.« Stille. »Moment, ich habe den Frank Richter gerade mal gegoogelt. Der hatte eine Bäckerei, und es steht da, dass er über der gewohnt hat.«

»Das heißt?«, fragte Tilly.

»Tjaha, das wüsstest du gerne, was?«

»Leon Nobler«, drohte sie.

»Okay, musst nicht gleich die schweren Geschütze auffahren.« Er seufzte. »Das Gebäude, in dem er gewohnt hat, gehört der Pelz.«

»Dorothea?!«, rief Tilly.

»Wer ist das?«, fragte Antonia sofort.

Mittlerweile näherten sie sich Untertannberg.

»Das ist die Dame, die mir ein gut florierendes Putzunternehmen mit engagierten Mitarbeitern verkauft hat. Oh, und eine luxuriös ausgestattete Wohnung mit Retrochic in bester Lage.«

Was sich eben als umgebauter Friseurladen aus den Siebzigern mit geschmackloser Einrichtung und einer heruntergekommenen Firma mit einem Zwangsmitarbeiter (Leon) erwiesen hatte.

»Ich fahre direkt zu ihr«, beschloss Tilly. »Wenn es jemanden gibt, der uns mehr über Frank Richter sagen kann, dann ist es sicher seine Vermieterin. Andernfalls komme ich zur Schule und knöpfe mir die saubere Direktorin noch mal vor.«

»Ich wäre so gerne dabei«, nörgelte Leon. »Stattdessen muss ich einen Anzug anziehen. Meine Eltern wollen voll Eindruck machen. Das ist oberpeinlich.«

»Du schaffst das, Nobler«, meldete sich Tony zu Wort. »Ich glaube an dich. Der Anzug macht dich nur sexier. Wer weiß, vielleicht entdeckst du ganz neue Zielgruppen. Einige Väter sind geschieden und single.«

»Meinst du?« Leons Grinsen drang durch die Leitung.

»Nein!«, patzte Tilly. »Setz ihm keine Flausen in den Kopf.«

»Da hätte Emil auch was dagegen. Euch noch eine gute Fahrt.« Leon legte auf.

Tilly wollte gar nicht wissen, was er wieder anstellte. Auf jeden Fall war er nicht auf den Mund gefallen. Neben ihr zuckte Antonia entschuldigend mit den Schultern.

Auf der Reststrecke kontaktierte Tilly Dorothea Pelz, deren Telefonnummer noch eingespeichert war. Sie hatten beständig Kontakt gepflegt, um den Kauf von *Plitz & Blank* abzuwickeln. Da sich diese gerade in Untertannberg befand und ihren Gärtner beaufsichtigte, war sie guter Dinge. Zuerst lehnte sie Tillys Gesuch rundheraus ab. Zwar war die Wohnung von Frank Richter noch nicht geräumt, da hatte Persephone Richter – die sich um alles kümmerte – sich Zeit erbeten, bisher war sie nicht dazugekommen. Doch man könne ja nicht einfach so jeden da hineinspazieren lassen.

Woraufhin Tilly erklärte, dass so eine Besichtigung manch einen vor bösen Überraschungen bewahrt hatte (»Sie haben mich ganz schön hereingelegt und dabei Geld gemacht«). Aber sie könne ja auch nur kurz, weil der Steuerberater die alten Bücher prüfe (»Den könnte ich auch problemlos bei Ihnen vorbeischicken, die Firma gehörte ja ihrem Ex-Mann. Möglicherweise kommt da eine Nachzahlung auf Sie zu«). Der Subtext kam an.

Frau Pelz erklärte sich schließlich dazu bereit, von einem Boten die Schlüssel bringen zu lassen, das würde aber noch ein paar Minuten dauern. Dann musste sie sich allerdings wieder um den Gärtner kümmern.

Sie fuhren zuerst zur Firma, wo Gerdy die Aufsicht über Muffin bekam. Wer konnte schon wissen, was sie in der Wohnung fanden? Dann ging es zur Zieladresse, wo sie erst einmal warteten. Und warteten. Und warteten.

Zwei Stunden später erschien endlich der »Bote«, ein breitschultriger Mann im mittleren Alter, dessen Oberarme so dick wie Stahlträger waren. Er lächelte ihnen zu. »Wie geht es denn so?« Ein Zwinkern folgte.

»*Sie* sind der Bote?«, entfuhr es Tilly.

Er hielt den Schlüssel in die Höhe. »Viele Grüße von Dorothea. Mein Bruder und ich kümmern uns um ihren Garten.«

Was das weiße Unterhemd und die verschlissenen Jeans erklärte. Tilly fühlte sich unweigerlich in einen Werbespot versetzt. Es fehlt nur die eisgekühlte Cola, die heruntergekippt wurde. »Danke Ihnen.«

»Sag ruhig Du. Ich bin der Benno.«

Tilly wurde von einer gewissen Person, die den Status »beste Freundin« gleich verlor, zur Seite gedrängt. »Ich bin Antonia, aber sag gerne Tony.«

Prompt begannen die beiden mit einem Flirt, der die Luft zum Kochen brachte. Was vor allem an den Blicken lag. Tilly konnte es Tony nicht verdenken, schließlich sah Gärtnerbruder Benno wirklich zum Anbeißen aus. Ein Blick auf die Uhr verriet ihr allerdings, dass der Elternabend demnächst begann. Sie hatten schon zu viel Zeit durch die Fahrt und das Warten auf den Schlüssel verloren.

Benno und Antonia tauschten ihre Nummern, woraufhin dieser abzog.

»Du lebst dich wirklich schnell ein in Untertannberg.« Tilly öffnete die Tür.

Der Hausgang war dunkel, kühl und es roch nach Stein. Vom Erdgeschoss hinauf zum ersten Stockwerk gab es eine gemauerte Treppe, danach folgte ein Holzanbau. Frank Richter hatte im dritten Stock gewohnt.

Der Schlüssel ließ sich problemlos drehen, und beide betraten die Wohnung des Verstorbenen. Im Flur standen Umzugskartons, die bereits prall gefüllt waren.

»Wenn diese Frau Richter bisher nicht dazugekommen ist, hier auszuräumen«, sagte Antonia, »wer hat dann hier alles eingepackt?«

»Hallo!«, rief Tilly sicherheitshalber.

Sie hatte nicht einkalkuliert, dass es möglicherweise

eine Lebensgefährtin gab. Oder einen Lebensgefährten. War er verheiratet gewesen? Letztlich wussten sie über Frank Richter nur, dass er einst gemobbt worden war. Darauf wollte Tilly ihn nicht reduzieren. Die Wohnung war, abgesehen von den Umzugskartons, aufgeräumt, der Boden mit gesaugten Teppichböden ausgelegt, die Fenster geputzt. Entweder war Herr Richter sehr reinlich oder auch hier war bereits jemand zugange gewesen.

»Was denkst du?«, fragte Antonia.

Sie betraten das Wohnzimmer.

»Keine persönlichen Gegenstände mehr da, die verteilen sich wohl auf die Kisten. Die Bilder an der Wand zeigen alle Landschaftsmalereien, gleicher Stil.« Tilly ging an eines davon näher heran und entdeckte in der unteren Ecke die Signatur. Ein verschlungenes F, das in ein Richter überging. »Er hat sie alle selbst gemalt. Ganz schön talentiert!«

Antonia stellte sich neben Tilly. »Trotzdem wirken sie irgendwie traurig, findest du nicht? Da ist Weite, Ferne, aber immer auch ein Hauch von Verlorenheit.«

Es mochte natürlich sein, dass sie hier durch die bekannte Vorgeschichte voreingenommen waren, doch Tilly war geneigt, dem zuzustimmen.

Ein Flachbildfernseher stand an einer teuren Multimediawand. Die Boxen waren von Bose, einer Edelmarke, die Tilly sich nicht mal eben leisten konnte. Frank Richter hatte also Geld gehabt und war künstlerisch tätig gewesen. Obwohl er hauptberuflich eine Bäckerei geführt hatte?

Das Rätsel klärte sich auf, als sie das Arbeitszimmer betraten. »Wow, so viele Auszeichnungen habe ich schon lange nicht mehr gesehen.«

»Er hatte nicht *eine* Bäckerei«, realisierte Tilly. »Es waren vier. Gemessen an den Auszeichnungen, wusste er, was er tat.« Sie betrachtete eine Siegerurkunde nach der anderen an der Wand.

Frank Richter hatte sich darauf spezialisiert, in seinen Bäckereifilialen keine Massenware zu verkaufen, sondern Biobackwaren aus Dinkelmehl, ohne Zusatzstoffe. Dazu gab es Fair-Trade-Kaffeebohnen. Die Rezepte für seine Backwaren hatte er selbst erdacht und damit sogar den Schwäbischen Wohlschmeckerpreis sowie andere Auszeichnungen geholt.

»Was stand denn in dem Artikel, woran er gestorben ist?«, fragte Tilly.

Auf den Bildern sah sie einen kräftigen Mann, der viel lächelte und gesund wirkte. Natürlich handelte es sich um gestellte Fotos mit Siegerurkunde, doch es gab auch Aufnahmen von Jubiläumsfesten. Seine Mitarbeiter strahlten etwas aus, das man auch für eine Kamera nicht stellen konnte.

»Sie haben ihn gemocht«, sprach Tilly es aus.

Tony wirkte nachdenklich, als sie bestätigte: »Das glaube ich auch. Im Zeitungsbericht stand lediglich, dass es nach langer Krankheit passiert ist. Irgendwie weiß ich nicht, was mir lieber wäre. Noch Abschied nehmen können von allen, aber dafür körperlich leiden. Oder abrupt durch einen Unfall und nichts mehr mitbekommen.«

»Vorzugsweise gesund und munter in sehr hohem Alter einschlafen«, sagte Tilly. »Aber das ist irgendwie nicht vielen vergönnt.«

»Ich suche mal weiter.«

Antonia ging zum nächsten Raum, doch Tilly blieb stehen und blickte versonnen auf den lächelnden Frank Richter. An diesem Punkt kam sie sich schäbig vor. Er war ein guter Mensch gewesen, und sie wühlten sich – metaphorisch gesprochen – durch seine privaten Räume, schnüffelten in seinem Leben. Und wie sollte ihnen das weiterhelfen? Er war tot.

»Tilly«, erklang Tonys Stimme, und sie wusste sofort, dass etwas ganz und gar nicht stimmte.

Sie eilte ins angrenzende Zimmer und blieb abrupt stehen. Es war das Schlafzimmer. Immerhin, *das* war noch erkennbar. Was den Rest anging, traf das nicht mehr zu. Jemand hatte offenbar eine Tonfigur in Form eines Koalas auf den rechteckigen Stehspiegel an der Wand geworfen. Die Risse sahen aus wie ein Spinnennetz. Auf dem Boden lag Kleidung verstreut, eine Kommode war umgeworfen worden.

»Ein Einbruch?«, überlegte Antonia.

»Wirkt auf mich eher wie ein Wutanfall.« Tilly deutete auf die Tonfigur am Boden. »Die wurde nicht auf den Spiegel geworfen, weil jemand etwas gesucht hat. Das war ein Ausbruch von Hass.«

»Frank Richter stirbt also, und kurz darauf kommt eine Person hierher, packt alles zusammen und explodiert dann, als sie das Schlafzimmer erreicht.« Antonia achtete sorgsam auf die Spiegelsplitter am Boden, als sie zum Bett ging. »Vielleicht doch eine Ehefrau, die einen Hinweis auf die Geliebte entdeckt hat?«

Was passen würde und vermutlich gar nicht so selten vorkam. Falls Frau Pelz recht behielt, war es nicht Persephone Richter gewesen, denn die hatte keine Zeit gehabt, die Wohnung aufzusuchen. Die wäre, als Schwester des Verstorbenen, wohl auch kaum so durchgedreht.

»Auf den Bildern war er außerdem immer allein, keine Frau zu sehen«, sagte Tilly.

»Gehen wir das doch mal gemeinsam durch.« Tony deutete auf die Tür. »Jemand kommt hier herein und beginnt, Dinge in Kisten zu verpacken.«

»Damit die Wohnung übergeben werden kann«, spann Tilly den Faden weiter. »Nichts anderes ergibt Sinn, denn die waren gepackt.« Sie schnippte mit den Fingern. »Das bedeutet, es gab einen zweiten Schlüssel. Den haben die meisten Wohnungen.«

»Den gibt man jemandem, dem man vertraut.« Tony nickte eifrig. »Nun wusste Herr Richter, dass er bald sterben würde, lange Krankheit und so. In dem Artikel stand, die letzten Wochen hat er im Krankenhaus verbracht.«

Tilly versuchte, sich in die Person hineinzuversetzen, die damit begonnen hatte, Kleidung und andere Dinge in die Kisten zu verpacken. Schnell eilte sie zu einer der umgeworfenen Umzugskisten an der Seite. »Die hier ist randvoll.«

Antonia schnappte sich eine andere. »Die auch.« Sie eilte weiter. »Aber die hier nur halb. Darin ist Kleidung.«

Folglich hatte die unbekannte Person beim Verstauen der Kleidung etwas entdeckt. Tilly öffnete die Schiebetür der schwarz verglasten Kleiderschranktür. Ihr Blick fiel auf ein Fach in der Wand. »Da. Es ist offen, da liegen Papiere und … ein leeres Kästchen.«

Sie zog beides heraus.

Auf dem Papier, das so aussah, als habe jemand es kürzlich zerknüllt und wieder glatt gestrichen, standen die Namen Alois Ramsauer, Pfiffikus Vogel, Markus Eberhardt und Harald Pichler, dazu ihre Adressen und der ausgeübte Beruf. Es folgte der damalige Sportlehrer, Albrecht Abel. Unter seinem Namen stand die Altenpflegeeinrichtung verzeichnet.

»Das sind alle, die mit den Ereignissen um diese gepanschte Creme und den Diebstahl der Trillerpfeife in Verbindung stehen«, sagte Tilly. »Frank Richter hat seine Wut nie losgelassen, und ich kann es ihm nicht einmal verdenken. Er wird mit diesem Dreckszeug eingerieben, auf das er allergisch reagiert. Muss mit nacktem Oberkörper herumrennen, obgleich er sich in Grund und Boden schämt. Das alles, obwohl er nichts damit zu tun hat. So was prägt.«

»Aber man versteckt doch nicht ein paar Blätter mit Adressen.« Antonia hielt Tilly das geöffnete Holzkästchen hin. »Leer.«

»Wenn da die Trillerpfeife drin war …« Tilly schüttelte

den Kopf. »Das ergibt keinen Sinn.« Sie runzelte die Stirn. »Warum sollte auf dieser Grundlage jemand durchdrehen?« Sie wandte sich vom Schrank ab in Richtung Bett.

Wie hätte sie reagiert, wenn sie etwas gefunden hätte, was bedeutsam war. Sie sank auf die Matratze, auf der noch immer ein Bezug lag. Ebenso auf der Decke und den Kissen. Ihr Blick fiel auf die Spalte zwischen dem Nachtschränkchen und dem Schrank. Etwas steckte dort. Ein Büchlein.

»Oh verdammt, ich ahne es.« Tilly sprang auf. »Hilf mir mal.«

Gemeinsam mit Tony schob sie das Nachtschränkchen beiseite. Das Büchlein war zerfleddert, auf der Vorderseite prangte ein Messingschloss. Es war geöffnet.

»Ein Tagebuch«, hauchte Antonia.

»Sieht zumindest so aus.« Sie öffnete es. »Ja, es ist eines. Ein altes. Der erste Eintrag stammt aus dem Frühling 1984. Also vor den Ereignissen. Vermutlich hat er es da geschenkt bekommen.« Sie überflog kurz die Zeilen. »Er beschwert sich darüber, dass seine Schwester ständig in seinen Sachen schnüffelt.« Sie sog scharf die Luft durch die Zähne ein. »Die beiden haben sich nicht gut verstanden.«

Tilly blätterte weiter, bis sie jenen Abschnitt erreichte, an dem der Vorfall stattgefunden hatte. Frank Richter hatte stets Tag und Jahr notiert. Sie erkannte sofort, wann es war, denn seine Worte veränderten sich. Die Schrift wurde krakeliger, die Sätze abgehackter.

Antonia setzte sich neben sie.

Gemeinsam tauchten sie in die Ereignisse ein, die vor über vierzig Jahren stattgefunden hatten. Mit jeder Zeile wurde Tillys Herz schwerer.

Und am Ende begriff sie endlich, was hier vor sich ging.

# 25. KAPITEL

Als Tilly ihren Stromer mit quietschenden Reifen zum Stehen brachte, war sie absolut sicher, jeden Geschwindigkeitsrekord gebrochen zu haben, der in Untertannberg jemals aufgestellt worden war. Auf dem Weg hatte sie versucht, Sarah zu erreichen und im Revier erfahren, dass diese sich als Vertreterin der Polizei ebenfalls auf der Schulversammlung befand. Eleonore von Lampenstell hatte darauf bestanden, eine hochrangige Vertretung der Exekutive vor Ort zu haben. Natürlich hatte diese eigentlich auf Stubs gehofft, ohne zu ahnen, wie viel kompetenter Sarah war.

Anschließend wählte Tilly die Nummer von Gerdy, die aber nicht ranging. Vermutlich hielt Muffin sie auf Trab.

»Ist denn jeder Einzelne auf dieser verdammten Versammlung oder nicht erreichbar?!«

Sie sprangen aus dem Auto und eilten zum Schulgebäude. Die Aula war leer.

»Wo halten die den dämlichen Elternabend denn ab?«, fragte Tony. »Stopfen sie alle Eltern in ein Klassenzimmer?«

»Viele Möglichkeiten haben sie nicht. Draußen setzt demnächst Regen ein, also werden sie … die Sporthalle!«

Beide warfen sich herum und rannten über den Hof zurück zum Eingang der Halle. Von drinnen erklang bereits Gemurmel, vereinzelt erkannte Tilly streitende Stimmen.

Sie riss die Tür auf.

Bedauerlicherweise nahm niemand von ihnen Notiz, dafür war zu viel los. Direktorin Persephone Richter hatte die Eltern aller Jahrgangsstufen zusammengetrommelt, es mochten gut einhundertfünfzig sein; dazu kamen die Schüler. Nicht alle Eltern hatten ihre Sprösslinge mitgebracht, doch auch hier kamen einige zusammen. Antonia und Tilly erreichten den Rand der Halle. Direkt gegenüber war ein Podium aufgebaut. Sarah saß dort und wirkte nicht sehr glücklich. Neben ihr sprach Eleonore von Lampenstell ohne Punkt und Komma. Die beiden Bürgermeisterkandidaten saßen ebenfalls dabei.

»Hey ihr.« Plötzlich stand Leon neben Tilly. »Ich dachte, ihr seid auf Detektivtour.«

»Sind wir«, erwiderte Antonia. »Du wirst nicht glauben, wer in eine wahre griechische Tragödie verstrickt ist.«

»Frau Richter«, sagte Leon.

»Woher weißt du das?« Tony starrte ihn schockiert an.

»Na, wegen des Vornamens.«

»Oh, daran habe ich gar nicht gedacht«, gab Antonia zu. »Aber sag mal, wo ist sie denn?«

Glücklicherweise gab es neben den zahlreichen besetzten Stühlen auch noch ein paar leere. Leon stieg auf einen davon. In seinem Anzug sah er gar nicht schlecht aus. Er hatte die Krawatte abgenommen, in seine Tasche gestopft und den Knopf am Kragen geöffnet.

»Hallo«, grüßte Elif sie.

»Hallo, Elif«, sagte Tilly. »Weißt du, wo eure Direktorin ist?«

»War sie es?« Neben Elif tauchte Emil auf. »Ich hab es doch gesagt.«

»Nein«, sagte Antonia. »War sie nicht. Aber unter Umständen könnte sie das nächste Opfer sein.«

Die beiden Teenager starrten Tony mit großen Augen an.

»Da ist sie!«, rief Leon.

Damit atmete Tilly erst einmal auf, denn wenn die Direktorin sich hier im Raum befand und noch aufrecht ging, war sie nicht in Gefahr.

»Sie wirkt aber seltsam«, ergänzte Leon.

Tilly sprang kurzerhand auf den Stuhl an seiner Seite, wobei die Bewegung nicht unbedingt die gleiche Eleganz aufwies wie bei ihm. »Wo?«

»Dort, neben der Bühne.«

Tilly erhaschte einen Blick auf Persephone Richter, die seltsam steif dastand. Bedauerlicherweise stand direkt hinter ihr jene Person, die mutmaßlich für zwei Morde und einen Mordversuch verantwortlich war. Die Haltung der Direktorin wies eindeutig darauf hin, dass sie in Gefahr war. Langsam ging sie nun zur Tür, wobei die andere Person ganz nah bei ihr blieb.

Mit einem Ächzen stieg Tilly vom Stuhl. »Ich glaube, sie wird bedroht. Tony, du alarmierst Sarah.«

Tilly wartete nicht auf eine Antwort, stattdessen rannte sie wieder zurück zur Tür, durch die sie gekommen waren. Erst auf der anderen Seite merkte sie, dass Leon ihr gefolgt war.

»Was machst du?«, fragte sie.

»Äh, rennen.«

»Geh wieder rein, du kannst auf keinen Fall …«

An der Tür klackte es. Verwirrt starrte Tilly in die Richtung. »Was ist das denn?«

Jemand hatte über dem Schloss der Tür ein rundes, elektronisches Element angebracht. Dieses drehte sich gerade und mit ihm ein Schlüssel, der eingeschoben worden war.

»Das ist ein elektronisches Aufsatzschloss«, sagte Leon. »Das kann man für ein paar Euro im Internet bestellen. Dann steckt man den Schlüssel in das Türschloss und setzt es obendrauf. Damit kann man die Tür mit einer App aus der Ferne öffnen.«

»Oder verschließen.« Tilly schluckte. »Ich wette, damit ist jedes Schloss der Sporthalle versehen. Alle sind eingesperrt.«

In der Ferne erklang ein Schrei – Persephone Richter.

»Wir sind die Einzigen, die ihr helfen können.« Tilly rannte los. »Du bleibst so nah wie möglich bei mir.«

Was Leon zu der unweigerlichen Frage verleitete: »Und wenn auf uns geschossen wird?«

»Dann gehst du in Deckung«, erwiderte Tilly knurrend.

Sie verließen die Sporthalle durch den Haupteingang.

Die Frage war, was mit der Direktorin passieren sollte. Die Sporthalle war für Markus Eberhardt reserviert gewesen, die Aula für Herrn Pichler. Die Mensa war das perfekte Terrain für den allergenen Anschlag auf Alois.

»Die Tür zur Aula ist offen«, bemerkte Leon.

In diesem Augenblick begann der Regen. Sie schafften es gerade noch in das Gebäude, bevor der Himmel über Untertannberg alle Schleusen öffnete. Vermutlich stand der Keller im verfallenen Nebengebäude mittlerweile vollkommen unter Wasser.

Tilly blieb abrupt stehen.

»Was ist los?«, fragte Leon.

»Ich glaube, ich weiß, was mit Frau Richter geschehen soll. Die Aulatür ist eine Ablenkung.«

»Wie meinst du das?«

»Es gibt eine Stelle im Tagebuch, in der Frank Richter beschreibt, wie sich seine Schwester Persephone und sein größter Mobber Markus Eberhardt geküsst haben. Und zwar um die Lehrer zu ärgern, vor aller Augen. Sie hatten ein Banner vom Dach heruntergelassen und sich dort geküsst.«

»Sie wollen aufs Dach?!«

Tilly sah sich aufmerksam um, bis sie den hüpfenden Schein der Taschenlampe erkannte. »Das alte Gebäude, das abgesperrt wurde.«

»Echt jetzt? Kann es nicht einfach irgendwo sein, wo es wenigstens warm ist und trocken?«

Sie rannten weiter, was Tilly langsam aber sicher zum

Keuchen brachte. Die Tür zum abgesperrten Gebäude stand sperrangelweit offen, was ihren Verdacht bestätigte. Dieses Mal wandten sie sich natürlich nicht dem Keller zu, wo das Wasser tatsächlich bereits bis zum Erdgeschoss angestiegen war. Die vergangenen Regentage hatten es stetig weitersteigen lassen. Stattdessen ging es die Stufen nach oben. Diese waren glitschig vor Feuchtigkeit. Auch hier prangte der Schimmel an der Wand, Wasser tropfte von der Decke.

»Kaum zu glauben, dass das Gebäude noch steht«, kommentierte Tilly.

Leon klatschte sich mit der Hand gegen die Stirn. »Das musstest du jetzt sagen, oder?«

»Bist du etwa abergläubisch?«

»Mein Onkel Norbert hat da auch nie dran geglaubt.«

»Bis was passiert ist?«

»Nichts, er hat einfach nie dran geglaubt. Der väterliche Teil der Familie ist sehr pragmatisch.« Leon zuckte mit den Schultern.

»Der väterliche Teil?« Tilly durchdachte das Gesagte. »Hieß dein Onkel Norbert Nobler?«

»Fanden seine Eltern wohl witzig.«

»Der arme Junge.«

Sie erreichten das vierte Stockwerk und Tilly keuchte schwer. Sie nahm sich fest vor, irgendwo ein Rudergerät oder einen Stepper zu erwerben, das Gerät in die Räume ihrer Firma zu stellen und jeden Tag mindestens eine Stunde darauf zu verbringen.

»Du kippst jetzt aber nicht um, oder?«, fragte Leon. »Soll ich schon mal allein vor?«

Tilly schüttelte den Kopf. »Auf keinen Fall.«

»Willst du mir nicht sagen, was es mit all dem Mist auf sich hat?«

Sie nahmen die Treppen zum letzten Stockwerk in Angriff. Über ihnen knallte eine Tür, vermutlich jene zum Dach.

»Persephone Richter ging ebenfalls hier zur Schule. Sie hat total für Markus Eberhardt geschwärmt. Der hat sie aber nie beachtet. Deshalb wollte sie etwas ganz Großes machen, um ihm zu gefallen.«

»Hm. Kann ich schon nachempfinden, ist mir mit Patrick auch so gegangen. Wir wissen, wohin das geführt hat.«

»In deinem Fall zu einem tollen Job bei *Plitz* & *Blank*. Im Fall von Persephone Richter zu einem Diebstahl.«

Leon blieb so abrupt stehen, dass Tilly in ihn hineinlief. »Die Pfeife!«

»Die Pfeife«, bestätigte sie. »Lauf weiter.«

Obgleich sie Leons Stoppen am liebsten als Ausrede genutzt hätte, doch ein wenig zu verschnaufen. Leider hätte das für die amtierende Direktorin ein abruptes Ende bedeutet. Die Führungsposition an dieser Schule war ein Schleudersitz.

»Aber dann ist sie die Mörderin«, schloss Leon. »Mit der Pfeife wurde der Eberhardt doch ermordet.«

»Dachte ich auch zuerst.«

Endlich erreichten sie den Durchgang zum Dach. Direkt daneben stand ein schmaler Metallschrank, in dem uralte Putzutensilien – unter anderem ein kaputter Wischmopp und ein löchriger Eimer – aufbewahrt wurden.

Tilly griff nach der Klinke der Tür. Abgeschlossen. »Das ist jetzt ein Witz. Diese verdammte Person lässt jede Tür offen, aber die zum Dach, die zieht sie schön zu.«

Leon zog seinen Schlüsselbund aus der Tasche. »Jetzt bist du froh darüber, was?«

»Kein Kommentar.«

Mit gerunzelter Stirn suchte er nach dem richtigen Schlüssel. »Die haben sich echt so nach und nach angesammelt.« Leon suchte fieberhaft nach dem richtigen Schlüssel.

»Schneller.« Tilly wedelte mit der Hand.

»Hetz. Mich. Nicht.« Leon lachte, und das Zitat klang an dieser Stelle tatsächlich lustig.

Endlich hatte er den Schlüssel gefunden. Er schob ihn ins Schloss, drehte ihn und rüttelte an der Tür. Die schabte über den Boden.

»Erinnert mich traurigerweise an unsere Eingangstür«, kommentiert er. »Damit meine ich die von *Plitz & Blank*.«

Tilly sagte nichts dazu.

Stattdessen trat sie aufs Dach.

Der Wind fegte von vorn heran und sie beinahe zurück ins Treppenhaus. Sie taumelte. Regen peitschte. Ein Wunder, dass sie nicht längst mit triefender Nase und Fieber im Bett lag.

Leon – der kleine Schlingel – benutzte Tilly als Windschutz. Vorsichtig lugte er an ihr vorbei. Zugegeben, sie hatte ihm aufgetragen, in Deckung zu bleiben.

»Dort vorne.« Er deutete an den Rand des Daches.

Persephone Richter hatte die Arme erhoben und stand mit Blick in den Abgrund an der Kante. Ein weiterer Schritt würde genügen, dann fiele sie in den Tod. Aktuell kam der Wind frontal, trieb sie also eher weg vom Abgrund. Andernfalls hätte eine Böe ausgereicht, um ihr Schicksal zu beschleunigen.

Hinter ihr stand – mit dem Rücken zu Tilly und Leon – jene Person, die grausame Rache an den Verantwortlichen der damaligen Tragödie nahm. Und genau das war es auch, denn Tilly hatte gemeinsam mit Antonia das Tagebuch gelesen, den Schmerz des jungen Frank Richter, der ihn Zeit seines Lebens niemals losgelassen hatte.

Die Ereignisse in seiner Schulzeit hatten ihn geprägt. Und obgleich er körperlich weitergezogen war, hatte ein Teil von ihm das Schulhaus niemals verlassen. Der Abschluss war ihm nie gelungen.

Doch die wahre Tragödie nahm ihren Lauf, als er heiratete und sich einige Jahre später wieder scheiden ließ.

Donner grollte, ein Blitz zuckte auf das Nachbargebäude herab. Sie durfte nicht länger warten.

Tilly pirschte sich heran.

Ein Schlag würde genügen, und Persephone Richter war damit außer Gefahr.

Doch genau in diesem Augenblick sah die Direktorin vom Abgrund auf, über ihre Schulter und der Funken Hoffnung, der sich in ihren Blick stahl, verriet sie. Es knirschte, als die andere Person sich umwandte und den Lauf ihrer Pistole dem neuen Ziel zuwandte.

»Alles für die Rache?«, fragte Tilly.

»Du!«

»Mich würde wirklich interessieren, wie du dein Alibi gefälscht hast.«

Vor ihr stand eine junge Frau in blauem Overall.

»Hallo, Vanni«, sagte Tilly.

# 26. KAPITEL

Die Überraschung verschwand aus dem Gesicht von Vanessa – Vanni – Hoffmann, der Hausmeisterin der Schule. Sie wurde abgelöst von Wut. »Tilly Blich!«

»Ich fürchte, ja.«

»Einen Schritt näher und ich schieße dieses Miststück vom Dach.«

Weder Leon noch Tilly rührten sich.

Persephone Richter wäre wohl am liebsten zurückgewichen, doch hinter ihr stand nun einmal eine Mörderin, die ihr den Pistolenlauf in den Rücken presste.

»Du willst wirklich deine Tante umbringen?«, fragte Tilly.

»Tante?«, echote die Direktorin.

»Gerade deshalb hat sie es verdient!«, brüllte Vanni. »Ich habe alles gelesen! Mein Vater hat Tagebuch geführt. Weißt du, was sie getan hat?!« Anklagend deutete sie mit dem Lauf der Waffe wie mit einem Zeigefinger auf die Direktorin.

»Markus Eberhardt, Harald Pichler, Alois Ramsauer und Pfiffikus Vogel waren in den Achtzigern Freunde. Ein ganz übles Gespann, das zahlreiche Klassenkameraden gemobbt hat. Darunter auch deinen Vater, Frank Richter.«

Tilly machte einen vorsichtigen Schritt zur Seite, hoffte, dass Leon außer Sicht hinter ihr blieb, und sprach hastig weiter, damit Vannis Fokus sich auf sie konzentrierte. »Um sich an dem herrischen Sportlehrer zu rächen, haben die Jungs seine Creme mit einem Juckpulver versetzt. Daraufhin hat dieser die Klasse bis zum Limit gepeinigt. So weit richtig?«

»Du hast wirklich gut ermittelt, besser als dieser dämliche Kriminalhauptkommissar Stubs.« Vanni verzog abschätzig die Mundwinkel. »Eberhardt war der Schlimmste. Er hatte die Idee, dass sie Albrecht Abel – dem Sportlehrer – seine blöde Trillerpfeife klauen. Leider waren die zu schlau, sie haben dafür gesorgt, dass sie ein Alibi haben. Und wen schickt Markus vor, damit er das Ding klaut?«

Tilly blickte in Richtung der Direktorin. »Das Mädchen, das bis über beide Ohren in ihn verschossen ist. Die Schwester von Frank Richter.«

»Wir waren Kinder!«, rief diese über den Sturm hinweg.

»Du hast einfach dabei zugesehen, wie diese vier grausamen Arschlöcher es meinem Vater anhängen! Er wurde mit dieser Creme – samt Juckpulver darin – eingeschmiert. Er musste mit nacktem Oberkörper Runden drehen. Am Ende wollte er nur, dass es vorbei ist! Eberhardt hat ihm ein blaues Auge verpasst, damit er vorlügt, er hätte die Pfeife geklaut.« Vannis Stimme brach. »Mein Vater hat sich davon nie erholt. Er hat mehrere Therapien gemacht, nahm Tabletten. Die Ehe mit meiner Mutter hat nicht funktioniert. Nie habe ich verstanden, warum. Aber ich hatte selbst ein paar schlimme Jahre in der Schule. Als er starb, habe ich das Tagebuch gefunden.«

Tilly machte einen weiteren Schritt zur Seite.

Diesen Augenblick wollte die Direktorin eindeutig nutzen, um wegzulaufen. Ein aus der Verzweiflung geborenes sinnloses Unterfangen.

Vanni betätigte den Auslöser der Waffe. Ein Schuss löste sich, die Kugel schlug Funken auf dem Kies, mit dem das Dach ausgelegt war. Persephone Richter ruderte mit den Armen, und für eine Sekunde sah es so aus, als würde sie diese Tragödie im Stil von Ikarus beenden, der aus luftiger Höhe in den Tod gestürzt war. Doch sie fing sich.

»Du hast es ihm nicht einmal gesagt!«, brüllte Vanni.

Während sie in Richtung der Direktorin starrte, machte Tilly einen weiteren Schritt zur Seite. Leon tat es ihr spiegelverkehrt gleich. Noch ein Stück und Vanni konnte ihn nicht mehr entdecken.

»W… was?«, fragte Frau Richter.

»Er hat die Trillerpfeife zehn Jahre später durch Zufall bei dir gefunden.« Vanni schüttelte den Kopf. »Weißt du eigentlich, was das ausgelöst hat? Für ihn ist eine Welt zusammengebrochen.« Sie wischte sich mit der Hand über ihr Gesicht.

Zuerst ging Tilly davon aus, dass Vanni den Regen wegwischte. Doch dann registrierte sie die laufende Nase, die geröteten Augen. Sie weinte.

»Seine eigene Schwester war für das schlimmste Leid in seinem Leben verantwortlich.« Vannis Stimme klang heiser. »Nur, weil sie einem Jungen gefallen wollte. Ich habe jede Seite gelesen, wieder und wieder. Sie sind alle davongekommen. Eberhardt wurde sogar Direktor! Als ob der Kinder unterrichten sollte!«

»Und dann hast du dich hier anstellen lassen?«, fragte Tilly.

»Personalmangel gibt es überall, da kam ich gerade recht. Dank der Unterlagen meines Vaters wusste ich, wo sich alle befinden. Nur Pfiffikus Vogel ist außer Reichweite, aber der war sowieso nur ein Mitläufer. Ich habe mich anstellen lassen und jeden ausgespäht. Eberhardt war der Schlimmste, also hat er die Trillerpfeife bekommen.« Sie lachte gehässig. »Ich habe das so sehr genossen.«

Tilly hatte gehofft, an Vannis gesunden Menschenverstand appellieren zu können. Bedauerlicherweise wirkte da nichts mehr gesund. Der Hass hatte sie komplett zerfressen. Wie konnte es nur sein, dass fünf Jugendliche zwei Leben so vollständig zerstörten?

»Aber wozu die Creme?«, fragte Tilly, obwohl sie sich die Antwort bereits denken konnte.

»Mein Vater hatte die Zutaten einmal notiert und auch in seinem Tagebuch festgehalten. Ich wollte, dass unser ach so netter Direktor seine eigene Medizin zu spüren bekommt. Ich habe ihn mit der Waffe bedroht, er musste sein Hemd ausziehen und sich damit einreiben. Dann wieder anziehen. Erst als es zu jucken begann, hat er kapiert, worum es geht. Das war wichtig. Dann kam die Pfeife.«

Tilly fluchte innerlich. Es wurde verbreitet, dass der

Direktor mit einer Trillerpfeife umgebracht worden war. Dass auf dieser das Monogramm AA – für Albrecht Abel – zu lesen gewesen war, hatte aber, abgesehen von den Anwesenden, niemand mitbekommen. Dadurch realisierten Persephone Richter, Harald Pichler und Alois Koblinski nicht, *welche* Trillerpfeife es gewesen war. Andernfalls hätten sie sich zweifellos bei der Polizei gemeldet.

»Aber du hattest ein Alibi«, sagte Tilly. »Dutzende von Schülern haben dich durch das Fenster der Mensa gesehen.«

Genugtuung schlich sich in das Gesicht von Vanni. »Das kommt davon, wenn man Kaugummi unter den Tisch klebt. Eine Schülerin im Abschlussjahr wurde dabei erwischt und als Strafe mir zugeteilt. Ich habe ihr einen Blaumann gegeben, und sie musste die Mülltonnen leeren. Von Weitem sieht sie so aus wie ich. Weil alle denken, ich bin die Einzige im Blaumann, wurde das nicht hinterfragt. Damit hatte ich die perfekte Gelegenheit, durch einen der Notausgänge in die Sporthalle zu schleichen.«

Tilly realisierte, dass sie die Entfernung zwischen den Mülltonen und der Mensa nie überprüft hatte. Das Wort der Schüler hatte ihr ausgereicht. Sie musste wirklich aufmerksamer sein. »Und Herr Pichler?«

»Tja, der Gute hat Lunte gerochen«, erwiderte Vanni bereitwillig. »Im wahrsten Sinne des Wortes. Er hat sich mit Paula Lotz unterhalten. Sie war dabei, als du die Leiche gefunden hast.«

Tilly schlug sich gegen die Stirn. »Sie hat den Geruch erwähnt?«

»Bingo, Frau Blich. Von da an war es nun wirklich nicht schwer, die weiteren Schlüsse zu ziehen. Dass nämlich jemand von damals dahintersteckte. Aber der gute Pichler ging erst davon aus, dass es einer der anderen Schüler ist, die aufgrund der Juckpulver-Sache einen Knacks bekommen hatten und sich nun rächen wollten. Die vier Jungs haben damals damit geprahlt, dass sie dafür verantwortlich waren. Deshalb wollte er am Abend ins Archiv, um sich die alten Akten anzusehen. Und wer hat den Schlüssel dazu und sollte ihn begleiten?«

Beinahe hätte Tilly im Reflex Leon gerufen. »Du.«

»Wieder Bingo. Ich hatte zuerst überlegt, ihn im Archiv verschwinden zu lassen, aber er hatte es verdient, an dem Ort zu sterben, wo er so viele gemobbt hat. Also in der Aula. Ich konnte ja nicht ahnen, dass Paula Lotz noch arbeitet. Das ganze Getuschel über ihre Person hat sie so sehr mitgenommen, dass sie es zu Hause nicht ausgehalten hat. Kam mir jedoch letztlich zugute.«

»Damit hast du eine Unschuldige ins Gefängnis gebracht«, sagte Tilly vorwurfsvoll.

»Erspar mir das Lamento.« Vanni erwiderte ihren Blick abschätzig. »Sobald meine Tante ihren Sprung hingelegt hat, weiß doch sowieso jeder, dass die Lotz unschuldig ist. Sie musste nur ein paar Tage ausharren, das übersteht die schon.«

»Und was wäre mit uns passiert?«, fragte Tilly. »Im Archiv?«

»Das hattet ihr euch selbst zuzuschreiben«, blaffte

Vanni. »Ich musste euch irgendwie aufhalten. Hättet ihr bis heute überlebt, hätte ich jemandem Bescheid gegeben, der euch rausholt. Aktuell lässt sich die Tür leider nicht öffnen, weil eine Person das Schloss beschädigt hat.«

Da gab sich Tilly keinen Illusionen hin. Ein Mensch konnte durchaus einige Tage ohne Nahrung auskommen, bei Wasser sah das aber anders aus. Hätten sie den alten Durchgang also nicht freigelegt, wären sie verdurstet. Kein schöner Gedanke.

Tilly tat einen weiteren Schritt. Blitzschnell richtete Vanni den Lauf neu aus und schoss. Funken sprühten auf den Kies, direkt vor ihren Füßen. »Wenn du so weitermachst, bricht noch das Dach ein.«

»Halte mich nicht für blöd! Bleib stehen. Du auch, Leon. Du darfst allerdings gerne springen, Tantchen. Jederzeit.«

»Und Herrn Koblinski hast du vergiftet!?« Tilly gingen langsam die Fragen aus, und bedauerlicherweise gab es bisher keinen Ausweg.

Mittlerweile hatte Antonia zweifellos Sarah informiert und die über Handy ihren Chef kontaktiert. Wieso war Stubs nicht bereits hier? Wenigstens einmal hätte sie sich gerne auf ihn und seine Dienstwaffe verlassen.

»Ich wollte, dass jeder Einzelne der vier sein eigenes Gift zu schmecken bekommt«, erklärte Vanni. »Es war Koblinski, der damals das Juckpulver aus der Naturapotheke seiner Mutter besorgte. Mein Vater hatte sich notiert, dass Koblinski hochallergisch auf Zimt reagiert. Deshalb kocht er sich sein Essen daheim und nimmt es mit in seine dämliche Mensa. Ich habe ordentlich von dem Zeug draufgetan.«

So langsam begriff Tilly die Abfolge. »Aber du hast nicht gewusst, dass auch Eleonore von Lampenstell Essen für ihren Sohn Hartmut-Eloi dort deponieren ließ. Du hast das falsche Essen bestäubt.«

»Natürlich hatte dieses Kind allen Ernstes eine Allergie auf Gewürze. Es war schlicht ein dummer Zufall. Koblinski hat es das erste Mal also nicht getroffen, aber beim zweiten stand ich bereit. Gerade wollte ich ihn mit der Creme einschmieren, um ihm endgültig einen Histaminschock zu verpassen, doch wer taucht auf?«

»Das wären dann wohl Antonia und ich gewesen. Also haben sowohl Alois Koblinski als auch Pfiffikus Neumann es überstanden.«

»Solange es die Haupttäter trifft, kann ich damit leben.« Vanni zuckte mit den Schultern. »Da mein Vater es seiner Schwester nicht verziehen hat, dass die ausgerechnet mit dem Typen herumgemacht hat, den er so sehr verabscheute, brach der Kontakt zwischen beiden nach der Schule ab. Sie wusste zwar, dass mein Vater geschieden ist und eine Tochter hat, hat mich aber nie kennengelernt.« Vanni lachte auf. »Zuerst kam ich in die Schule, um ihr die Meinung zu sagen. Sie hielt mich für eine neue Mutter, die sich umsehen will. In dem Augenblick habe ich realisiert, welche Chance sich mir bietet. Also habe ich drauflos gelogen.«

Bedauerlicherweise überaus erfolgreich, wie Tilly fand.

Als Hausmeisterin hatte Vanni Zugang zu jedem Raum, konnte Notausgänge benutzen und das Archiv aufsuchen. Zudem nahm niemand sie so richtig wahr, wie Reinigungskräfte gehörte sie irgendwie einfach zum Gesamtbild. Tilly ärgerte sich maßlos. Normalerweise war sie es, die den Fakt ausnutzte, dass keiner auf Putzende achtete.

»Wie soll das Ganze hier deiner Ansicht nach enden?«, fragte Tilly.

Eigentlich hätte sie das Thema gerne gemieden, aber sie gab die Hoffnung nicht auf, Vanni zur Aufgabe überreden zu können. Immerhin war all das die Auswirkung eines Dramas, das bereits über vierzig Jahre zurücklag.

»Persephone macht den Abflug.« Vanni zuckte zusammen, als ein Blitz in den Ableiter der Sporthalle einschlug. »Danach, fürchte ich, kommt es zu einem tragischen Unfall von euch beiden.«

»Du willst Leon töten?«, fragte Tilly.

»Dich auch, falls dich das beruhigt.«

»Er ist noch ein Schüler!«

Vanni winkte ab. »Dafür bist du verantwortlich. Wieso bringst du ihn mit hierher? Bis das Chaos sich gelegt hat, bin ich weg. Es gibt keinen Grund, warum ich ins Gefängnis gehen sollte. Das hier war Gerechtigkeit!«

»Du hast zwei Morde begangen, und wenn dein Plan aufgeht, werden daraus fünf. Du glaubst doch nicht wirklich, dass du damit davonkommst?«

»Sie hatten den Tod verdient!«

»Niemand hat das, Vanni. Sie hätten verdient, dass man

sie bestraft. Definitiv hätten sie sich bei deinem Vater entschuldigen sollen. Aber deshalb bringt man keine Menschen um. Die Kinder von damals, die all das getan haben, die gibt es doch gar nicht mehr. Es sind Erwachsene geworden, die ihr Leben auf eine völlig andere Art leben. Auch die Lehrer sind heute besser geschult als damals.«

»Du nimmst sie in Schutz«, sagte Vanni gefährlich leise. »Und ich habe dich für einen guten Menschen gehalten. Nervig, aber doch im Inneren gut. Dann ist es vielleicht gar nicht schlecht, dass du heute stirbst.«

»Hörst du dich eigentlich reden?« Tilly konnte die andere Frau nur fassungslos anstarren. »Du sprichst davon, einfach so um dich zu schießen. Ist ein Leben dir denn gar nichts mehr wert?«

Der Wind ließ etwas nach, und trotz des Regens legte sich eine eigenartige Stille über das Dach.

»Nein«, sagte Vanni. »Ich habe die Abgründe der Menschen gesehen.«

Damit fuhr sie herum, richtete den Lauf auf ihre Tante.

Tilly schrie ein »Nein« und hechtete los. Gleichzeitig fegte eine Windböe frontal gegen sie alle, ein Blitz schlug in den Ableiter des Daches ein, Donner grollte. Das Gewitter war jetzt direkt über ihnen und übertönte jedes andere Geräusch.

Wie in Zeitlupe nahm Tilly die Ereignisse wahr.

Sie rannte, sprang. Vannis Finger krümmte sich, die Kugel wurde abgefeuert. Der Wind hatte ihren Arm getroffen, der dadurch einen Ticken zur Seite glitt. Die Kugel schrammte haarscharf an der Direktorin vorbei. Leider nahe genug, dass diese taumelte. Mit rudernden Armen stürzte Persephone Richter in die Tiefe.

# 27. KAPITEL

Mit einem gewaltigen Satz warf sich Tilly nach vorne. Den Sturz konnte sie jedoch nicht mehr verhindern, da Vanni sich umgehend auf sie stürzte.

Tilly rang mit ihr. Durch ihre Tätigkeit als Hausmeisterin besaß diese bedauerlicherweise deutlich mehr Muskeln als eine den Wischmob schwingende Reinigungskraft. Immerhin lag die Waffe einen Meter entfernt auf dem Kies des Daches, wo sie bei Tilly Attacke gelandet war. Aber ihre Gegnerin besaß noch ihren Werkzeuggürtel.

»Ich hätte dich sofort erschießen sollen!«, brüllte Vanni. »Wie kannst du sie nur in Schutz nehmen?!«

»Man bringt nicht einfach Leute um, nur weil die charakterlich neben der Spur sind. Da könntest du halb Deutschland erledigen.«

Tilly hätte gerne noch etwas ergänzt, doch Vanni rammte ihr das Knie in den Magen. Aufkeuchend krümmte Tilly sich zusammen.

In Sichtweite zog sich Persephone Richter gerade wieder auf das Dach, bis zur Brust hatte sie es bereits geschafft. Was leider auch Vanni bemerkte. Sie schnappte sich die Waffe, hob sie in die Höhe und zielte erneut.

Leon sprang aus dem toten Winkel voran, brüllte und

schwang einen kaputten Wischmopp. Es war das Uraltteil, das sie auf dem Weg nach oben im offenen Schrank gesehen hatten.

Das flache Ende sauste durch die Luft. Wieder gellte ein Schuss, ging aber erneut daneben. Persephone Richter hing mit weit aufgerissenen Augen am Dachrand und konnte sich offenbar nicht entscheiden, ob sie nach oben in die Schussbahn klettern oder doch lieber den Sturz wagen sollte.

Vanni fuhr zu Leon herum. Der holte erneut aus. Ein Schuss peitschte, ging jedoch ins Nichts. Der Wischmopp katapultierte die Waffe zum Dachrand. Vanni legte mit einem Schlag nach und traf Leon am Kinn.

Er kippte wie ein gefällter Baum um.

»Hey!«, brüllte Tilly und kam auf die Beine. »Lass den Jungen gefälligst in Ruhe.«

In Vannis Gesicht stand der blanke Hass. Da war kein vernünftiges Denken mehr, keine Aufnahmefähigkeit für Logik. Sie wollte es beenden – auf die ihr einzig möglich erscheinende Art.

»Sie haben das Leben meines Vaters zerstört, und ich werde nicht ruhen, bis auch meine ›Tante‹«, sie spuckte das Wort aus, »bezahlt hat.«

Das Schlimme war, dass Tilly den Hass sogar nachempfinden konnte. Er hatte sich in Vannis Herz gefressen, weil sie durch die Worte ihres Vaters seinen Schmerz miterlebt hatte. Durch das Tagebuch erfuhren auch Tilly und Antonia davon.

»Es ist vorbei!«, rief sie. »Stubs ist doch längst auf dem Weg.«

Vanni wich langsam zurück, näherte sich ihrer Waffe. Selbst wenn Tilly jetzt losrannte, würde sie es nicht mehr rechtzeitig schaffen, sie aufzuhalten. Kurzerhand nahm sie, was verfügbar war – den Wischmopp, der am Boden lag.

Mit weiten Schritten rannte sie durch den Sturm auf Vanni zu. Diese ließ sich aber nicht erneut überraschen. Anstatt in die Knie zu gehen und die Pistole aufzunehmen, zog sie einen unterarmlangen Schraubenschlüssel aus der Rückseite ihres Werkzeuggürtels.

Über dem Gebäude zuckten Blitze, Donner grollte, und der Wind peitschte den Regen vor sich her. Vanni und Tilly standen sich gegenüber, Wischmopp gegen Schraubenschlüssel.

Wieder zuckte ein Blitz über den Himmel und malte zuckende Schatten auf ihre Gesichter. Tilly war die Einzige, die zwischen dem endgültigen Sturz von Persephone Richter sowie einer Kugel für Leon und sich selbst stand. Sie würde niemals zurückweichen.

Vannis rechter Arm schoss vor, das dunkle Metall schwang durch die Luft. Tilly blockte es mit ihrem Wischmopp ab, deutete eine Bewegung an und schlug stattdessen auf der anderen Seite zu. Der Schlag traf. Mit Genugtuung sah sie, wie ihre Gegnerin zurücktaumelte und keuchte.

Die Gegenattacke kam mit nicht minder starker Wucht,

doch Tilly konnte sie abblocken. Langsam bekam sie eine gewisse Routine darin, sich mit Reinigungsutensilien zu verteidigen. Elegant wie eine Kämpferin in den besten Jahren machte sie einen Schritt zurück. Doch der Kies rollte unter ihren Füßen weg, sie geriet ins Wanken.

Vanni sprang nach vorne, holte aus und schlug zu.

Tilly entging dem Schlag, in dem sie sich auf den Boden warf und zur Seite rollte. Blitzschnell hob sie den Mopp in die Höhe und parierte den Folgeangriff. Diese Dinger waren eindeutig robust konzipiert worden, andernfalls hätte ein solcher Schlag das Gerät zerbrechen lassen.

Ein Stöhnen erklang.

Leon regte sich. Wie er so dalag, mit bleichem Gesicht, das obendrein noch immer voller Schnittwunden war, durchnässt bis auf die Knochen, brandete der Beschützerinstinkt in Tilly auf. Sie holte aus und ließ den Stab des Wischmopps seitlich gegen Vannis Wade donnern. Diese schrie auf, sprang zurück und hüpfte verärgert auf einem Bein.

»Ich bin gut darin, einen Nerv zu treffen«, rief Tilly.

Keuchend rappelte sie sich auf. Das Unwetter zehrte an ihrer Kraft.

Leon setzte sich blinzelnd auf. »Krasser Schlag.«

»Hilf Frau Richter!«, brüllte Tilly.

»Oh nein, das tust du nicht!« Vanni wollte sich ihm in den Weg stellen.

Doch das ließ Tilly nicht zu. Sie griff seitlich an und lenkte die Aufmerksamkeit der mörderischen Hausmeisterin damit wieder auf sich. »Lass es gut sein! Noch kannst du fliehen. Aber in Kürze wird der Kriminalhauptkommissar hier auftauchen, zusammen mit seinen besten Leuten.«

Vannis Antwort war ein müdes Lächeln. »Ich fürchte mich ja so sehr.«

Wieder schlugen Wischmopp und Schraubenschlüssel gegeneinander. Beide geführt mit dem Willen, zu siegen. Aus den Augenwinkeln sah Tilly, wie Leon Frau Richter zurück aufs Dach half. Wenn die zwei es bis zur Tür schafften, konnten sie das Gebäude verlassen, und Vanni hatte endgültig verloren. Dann blieb ihr keine Wahl, sie musste aufgeben.

»Du feiges Miststück!«, brüllte die Hausmeisterin ihrer Tante hinterher, die in Richtung Tür hetzte. »Was du auch tust, ich finde dich. Du wirst dich niemals sicher fühlen können, das schwöre ich dir.«

Was Tilly Vanni sogar zutraute.

Persephone Richter ging es wohl ebenso, denn sie stoppte im Lauf. Diese Aktion verwirrte Tilly so sehr, dass sie einen Augenblick lang nicht auf ihre Deckung achtete. Der Schraubenschlüssel sauste herab und traf sie an der Schläfe. Im nächsten Moment fand sie sich auf dem Boden wieder, blinzelte und betrachtete die hübschen Blitze, die über das Firmament zuckten.

»Tilly.« Leon kniete neben ihr. »Bist du okay?«

Ihr linkes Auge fühlte sich seltsam an. Es klebte. Sie berührte es, sog ob des stechenden Schmerzes zischend die

Luft ein und begutachtete ihre Finger. Blut. Der Schraubenschlüssel war eindeutig brutaler als der Wischmopp. »War ich lange bewusstlos? Ist sie verhaftet?«

»Äh«, sagte Leon.

»Mehr Worte.«

»Du warst nur zehn Sekunden im Traumland.«

Wieso konnte er dann so ruhig neben ihr knien? Sie sah sich um, versuchte, ihre zähen Gedanken wieder anzutreiben. Am Rand des Daches standen Persephone Richter und Vanni. Doch jetzt lag die Pistole in der Hand der Direktorin. »Bilde ich mir das gerade ein?«

Leon griff sie an der Schulter und half ihr auf. »Die Richter ist plötzlich hysterisch geworden.«

Was dadurch belegt wurde, dass sie mit roten Wangen ihre Nichte anbrüllte.

»… ihn geliebt. Du kannst das nicht verstehen, du dämliches Balg. *Deshalb* bin ich an der Schule geblieben. Markus hat vielleicht etwas Zeit gebraucht, doch an seinen Blicken konnte ich sehen, dass er mich auch liebt.«

Tilly starrte verdutzt auf die Direktorin. Was ging hier ab?

»Dieser Kerl hat niemanden geliebt außer sich selbst«, brüllte Vanni. »Wegen ihm hast du meinen Vater durch die Hölle geschickt.«

»Du hast meinen Markus getötet!« Die Pistole in der Hand der Direktorin zitterte.

Tilly realisierte, dass sie Persephone Richter falsch eingeschätzt hatte. Natürlich, sie hatte als Jugendliche die Trillerpfeife gestohlen, um damit das Herz von Markus Eberhardt zu erobern. Was für eine kurze Zeit funktioniert hatte. Später hatte sie ihn aus der Ferne angeschmachtet. Wie es schien, hatte sie ihr Leid über den Tod des Direktors hervorragend verborgen.

»Wie kann man nur so dämlich sein?«, brüllte Vanni. »Aber du hast ohnehin unsere ganze Familie mit deiner Tat zerstört.«

»Wenn dein dämlicher Vater mein Geschenk für Markus nicht bei mir entdeckt hätte, wäre das alles nicht passiert. Aber er musste ja herumschnüffeln.«

»Geschenk?!« Vannis Stimme wurde dezent hysterisch. »Du hast die Trillerpfeife gestohlen und es ihm angehängt, zusammen mit deinem Psycho-Lover! Ich hätte *dich* damit erdrosseln sollen.«

Tilly betrachtete die beiden Frauen und kam nicht umhin, die Wichtigkeit von Familientherapien neu zu bewerten. Ganz zweifellos hätte ihre eigene Mutter davon ebenfalls profitiert.

»Sollen wir einfach gehen?«, fragte Leon.

»Tja, da bin ich irgendwie unschlüssig.« Tilly räusperte sich, was im Sturm allerdings vollständig unterging. »Hallo!«

Beide Frauen blickten zu ihr.

»Mein Vorschlag wäre, dass wir auf den Kriminalhauptkommissar warten, aber drinnen. Dann können wir Vanni der Obhut des Gesetzes übergeben.« Vorzugsweise mit anwesender Presse.

»Damit sie irgendwann wegen guter Führung vorzeitig entlassen wird und mich doch noch erwürgt?!«, rief Frau Richter. »Auf keinen Fall. Das hier ist Notwehr.«

Vermutlich hätte Doktor Wilhelm Muffel da eine ganz eigene Meinung. Paragrafen waren in dieser Situation aber eher nicht der richtige Ansatzpunkt.

»Frau Richter, wenn Sie Ihre Nichte erschießen, ohne angegriffen zu werden, machen Sie sich doch nur unglücklich«, versuchte es Tilly. »Und kommen selbst ins Gefängnis.«

»Das bekommt niemand mit.« Die Direktorin blinzelte in Richtung von Leon und Tilly.

»Will die uns jetzt etwa auch abknallen?«, fragte Leon leise. »Die spinnen, die Richter-Hoffmanns. Alle beide.« Er tippte sich gegen die Schläfe.

»Selbst deine eigenen Schüler halten dich für übergeschnappt«, brüllte Vanni. »Markus hat das auch gedacht.«

»Sei still!«

»Aber warum denn? Ich habe ihn beobachtet, weißt du. Ständig hat er telefoniert und dabei aufreizend gelächelt. Oh, er hatte Spaß im Leben. Nur nicht mit dir! Wie könnte er auch? Du bist wie ein staubiger Aktendeckel!«

An dieser Stelle hatte Frau Richter wohl endgültig genug von ihrer Nichte. Sie zielte und drückte ab. Der Schuss peitschte, Leon schrie auf und Tilly ebenso. Glücklicherweise hatte die Direktorin noch nie eine Waffe benutzt, wie kurz darauf deutlich wurde. Das Thema »Rückstoß« lernte sie nun am eigenen Leib kennen.

Der Wind traf ihren Arm, der Ruck des Schusses tat sein Übriges. Vanni wurde getroffen, allerdings an der Wade. Schreiend kippte sie um.

Genau wie ihre Tante, die der Rückstoß rücklings zu Boden riss. Die Waffe hielt sie noch immer in der Hand. Was dazu führte, dass sich ein weiterer Schuss löste. Der Querschläger traf die Steinwand des Daches, prallte ab und landete in der Wade von Persephone Richter. Die schrie ebenfalls auf.

Tilly konnte nur kopfschüttelnd zusehen. Leon schlug sich mit der Hand gegen die Stirn.

Im gleichen Augenblick gab es einen weiteren Knall. Die Tür zum Dach flog auf, und Kriminalhauptkommissar Stubs stürmte mit gezogener Waffe heran. Sein verwirrter Blick traf Persephone Richter und Vanni Hoffmann, die sich beide die blutige Wade hielten.

Erst dann registrierte er Tilly.

»Darf ich Ihnen die wahre Mörderin der Herren Pichler und Eberhardt präsentieren.« Sie deutete auf die Hausmeisterin. »Vanessa Hoffmann. Nichte von Direktorin Richter. Paula Lotz ist unschuldig.«

Zwei weitere Polizisten stürmten auf das Dach, die Tilly jedoch nicht kannte. Ganz zum Schluss kam auch Sarah durch die Tür, die es irgendwie geschafft hatte, sich aus der Sporthalle zu befreien.

»Leon, ist alles okay?« Sie eilte zu ihm. »Du hast ein paar neue Schrammen.« Ihr Blick wanderte zu Tilly. »Diese Platzwunde muss genäht werden.«

»Ich will Antworten!«, brüllte Stubs. »So lange bleiben Sie gefälligst hier.« Ein Windstoß ließ ihn taumeln. Schnell schob er die Pistole ins Holster.

»Im Trockenen«, sagte Sarah.

Die unterwürfige Haltung gegenüber ihrem Chef hatte sie definitiv abgelegt. Sie führte Tilly und Leon zur Tür.

Dort blieb Tilly noch einmal stehen, blickte zu Vanni und rief: »Der Wischmopp gewinnt am Ende immer.«

Im Treppenhaus atmete sie auf und war dankbar für Sarahs starke Hand, die sie stützte. Diese überließ es ihren Kollegen, sich um die beiden Frauen auf dem Dach zu kümmern. Auf dem Weg nach unten kamen Leon, Sarah und Tilly der Notarzt und mehrere Helfer entgegen.

Sie wollten bereits stehen bleiben, doch sie winkte ab. »Zwei Schussopfer auf dem Dach. Ich komme klar.«

»Das dürft ihr mir unten alles in Ruhe erklären«, sagte Sarah.

Dort angekommen war die Aufregung groß. Die Eltern und Schüler wurden soeben aus der Sporthalle gebracht, wo Krankenwagen, Polizei und Presse bereitstanden. Zwischen Blaulicht und Blitzlichtgewitter wandten sich ihnen alle Blicke zu.

Leon wurde von seinen Mitschülern mit großen Augen angestarrt. Nach dieser Nacht besaß er eindeutig Heldenstatus. Emil kam zu ihm gerannt und zog ihn in eine Umarmung. Tillys Herz schmolz dahin.

Auch Antonia kam angerannt, doch was Tilly wirklich ein Kribbeln durch den Körper schickte, war der Anblick von Sascha. Er stand zwischen den Schaulustigen, musterte sie besorgt und schenkte ihr ein Lächeln.

Eleonore von Lampenstell riss das Heft des Handelns sofort an sich, indem sie auf Reporter zustürmte und berichtete, dass sie sich als Sekretärin eingeschleust hatte, um verdeckt zu ermitteln. Auf diese Art war die Aufklärung des wahren Mörders geschehen, der alle Schüler durch Allergene im Essen in Lebensgefahr gebracht hatte. Als Beispiel musste Hartmut-Eloi herhalten, der von seiner Mutter umgehend vor die Kameras gezerrt wurde.

»Weißt du«, sagte Tilly leise zu Sarah, »irgendwie bin ich gerade sehr froh darüber, dass ich hier nicht mehr putze. Das ist alles recht kompliziert.«

»Auf jeden Fall haben sie Paula Lotz bald wieder«, erwiderte diese.

»Aber keinen Direktor und keine Direktorin.«

Tilly nahm in einem der Krankenwagen Platz und wurde dort erstversorgt. Während der Sanitäter zugange war, berichtete sie Sarah in allen Einzelheiten von ihren Ermittlungen und den Beweisen. Diese schrieb mit und telefonierte zwischenzeitlich. Kollegen der Spurensicherung würden die Wohnung von Frank Richter untersuchen und Beweismittel sicherstellen.

Sie hatte ihrerseits auch gute Nachrichten. Alois Koblinksi ging es nämlich wieder gut, er würde am nächsten Tag aus dem Krankenhaus entlassen werden.

»Das alles nur wegen einer verdammten Trillerpfeife.« Sarah schüttelte den Kopf.

»Es war mehr«, erwiderte Tilly. »So unglaublich viel mehr. Eine Gruppe aus halbstarken Mobbern, ein furchtbarer Sportlehrer und ein verliebtes Mädchen, das in ihrem Wahn manipuliert wurde. Unterm Strich ist das alles ziemlich traurig.«

»Das sind Mordfälle immer. Aber du hast ihn aufgeklärt.« Sarah grinste. »Das ist mir sogar die miserable Laune von Stubs wert. Bevor ich dich nach Hause bringen lasse, schauen wir doch kurz bei den Reportern vorbei.«

Als Tilly ins Scheinwerferlicht der Presse trat, kam Stubs bereits angerannt. Zu spät.

Dieser Punkt ging eindeutig an sie.

# 28. KAPITEL

Als Tilly am kommenden Morgen die Augen aufschlug, fühlte sie sich wie gerädert.

»Guten Morgen, Lieblings-Blich«, trällerte es.

Erst danach startete der Discokugel-Wecker und weckte auch Muffin, der sich neben ihr in die Decke gekuschelt hatte. Er schüttelte sich einmal kurz und rannte dann in Richtung Futternapf.

Netterweise wartete auch auf Tilly ein reichlich gedeckter Frühstückstisch. »Du bist ein Engel, Tony-Teufel.«

Sie kicherten beide.

Am Vorabend hatte Antonia ihr ausführlich berichtet, was in der Sporthalle weiter geschehen war. Tatsächlich hatte Vanni automatische Schlösser mit integrierten nachgemachten Schlüsseln an *jeder* Tür angebracht, selbst an den Notausgängen. Die versammelten Eltern, Schüler, die Kommissarin und die beiden Bürgermeisterkandidaten saßen in der Falle. Nachdem Antonia Sarah alles berichtet hatte, alarmierte diese das Revier, die Sanitäter und jede erreichbare Ressource. Zusammen mit Elif und Emil versuchten die vier dann, die Türen aufzubrechen, was nicht gelang. An den Tauen bis zur Decke hochzuklettern und das Dachfenster zu öffnen, misslang ebenfalls und sorgte für einige Schrecksekunden, als Emil drohte, in die Tiefe zu stürzen.

Während alldem nutzten die Bürgermeisterkandidaten die Gunst der Stunde. Alfons Meierle und Ilse Blechle schmetterten Reden von der Bühne herab, die innerhalb kürzester Zeit in einem Schlagabtausch mündeten. Eleonore von Lampenstell fand es ganz fabelhaft, dass beide potenziellen Stadtoberhäupter zur Verfügung standen, und übernahm die Moderation.

Natürlich versprachen beide, allerlei gegen die Bildungsmisere in Untertannberg und ganz Deutschland zu tun (wie auch immer sie das anstellen wollten). Sie lobten die engagierten Eltern (es war klar, warum). Natürlich ging es auch darum, die Polizei zu stärken (das versprachen sie den konservativeren Anwesenden), aber nicht zu sehr (das den liberaleren).

»Ich hätte mir gerne eine Tüte Popcorn geholt und dieser Satire zugeschaut, doch ich habe mir Sorgen gemacht.« Antonia starrte kopfschüttelnd in ihren Tee. »Die Hausmeisterin, unglaublich.«

»Die Direktorin wird sich aber auch verantworten müssen«, sagte Tilly. »Sie hätte Vanni in Schach halten können, bis die Polizei eintrifft. Die ganze Zeit habe ich sie für das Opfer gehalten, doch wenn ich bedenke, was sie Frank Richter angetan hat … Dieser Markus Eberhardt hat sie perfekt manipuliert, sie war ihm eindeutig hörig.«

»Sogar über seinen Tod hinaus«, sagte Antonia. »Was für eine schreckliche Dynamik sich da entwickelt hat.«

Tilly tastete nach ihrem Handy. »Ich muss gleich mal bei Leon anrufen.«

»Du isst jetzt erst mal in Ruhe«, stoppte Tony sie. »Weil ich mir bereits gedacht habe, dass du wieder Hummeln im Hintern hast, habe ich schon alle Infos eingeholt. Leon geht es hervorragend. Als ich ihn angerufen habe, wurde er gerade von seinen Eltern gefragt, ob alles in Ordnung sei, und wie er sich fühlt. Der *Untertannberger Morgen* möchte mit ihm ein Interview führen. Die Fragen deuten aber eher darauf hin, dass sie daraus eine Geschichte über dich als Arbeitgeberin machen wollen, die ihren jungen Mitarbeiter in Lebensgefahr bringt.«

»Ich bin begeistert«, sagte Tilly trocken.

»Vanni und Persephone liegen noch im Krankenhaus, sind aber offiziell verhaftet. Paula Lotz wurde entlassen und hat bereits angekündigt, dass sie heute bei *Plitz & Blank* vorbeischauen will, wo Gerdy gerade die Stellung hält.« Sie räusperte sich. »Das wäre dann auch schon die schlechte Nachricht: Herr Höffler beendet am Mittag seine Prüfung. Er würde gerne mit dir sprechen. Ich habe ihm gesagt, wir sind gegen zwölf Uhr im Geschäft. Gerdy hat den einzigen Termin heute abgesagt, aber versprochen, dass du ein Autogramm gibst, wenn du ihn nachholst.«

»Frau Stoffelich?«

»Genau die. Ich sage dir, die Frau wittert ein Geschäft sogar noch bei Windstärke zehn.«

Bis eben hatte Tilly sich erleichtert gefühlt und auch

ein wenig stolz. Immerhin hatte sie Stubs im Duell um die Auflösung des Falls geschlagen. Erneut. Doch mit der Erwähnung von Herrn Höffler schwand das Gefühl dahin. War dies das Ende von Tillys Selbstständigkeit?

Sie verschlang in Rekordtempo ein Brötchen, stürzte ihren Kaffee hinunter und brachte die Morgentoilette hinter sich. Zwanzig Minuten später befanden sich Antonia, Muffin und sie vor der Firma. Tilly rüttelte die Tür auf, betrat den Raum und sog tief den muffigen Geruch durch die Nase ein, der typisch für *Plitz* & *Blank* war. Wie sie es vermissen würde.

»Guten Morgen«, wurde sie von Herrn Höffler begrüßt.

Selbst Gerdy sah aus, als könne jedes laute Geräusch sie ins Jenseits befördern. Die angespannte Situation sorgte dafür, dass jeder Muffin streicheln wollte, was eine ungemein beruhigende Wirkung hatte.

Wie drei Schüler vor dem Direktor stellten sie sich auf. Herr Höffler saß am Schreibtisch, hatte die Finger ineinander verschränkt und blickte sie schweigend an.

Das Telefon klingelte.

Sie zuckten alle zusammen, sogar der Steuerprüfer.

Gerdy nahm den Hörer ab und legte ihn direkt wieder auf die Gabel. »Legen Sie los.«

»Erst einmal muss ich etwas loswerden«, sagte Herr Höffler. »Ihre Steuerunterlagen waren das Schlimmste, was mir in meiner beruflichen Laufbahn je untergekommen ist. Ich empfehle Ihnen dringend, das Ganze zu digitalisieren. Damit ist jederzeit alles abrufbar. Frau Maple hat mir versichert, dass dieser Umstellungsprozess nur eine Frage der Zeit ist.«

Die Worte bedeuteten wohl, dass Herr Höffler von einem Weiterbestand der Firma ausging. Wie hoch mochten die Steuerschulden sein, die Tilly abstottern musste?

Das Telefon klingelte erneut.

Gerdy nahm den Hörer ab und donnerte ihn wieder auf die Gabel. »Sprechen Sie weiter.«

»Ich würde gerne noch hören, wie Sie den Fall aufgeklärt haben.« Herr Höffler lehnte sich zurück und trank einen Schluck Kaffee.

»Bitte was?« Tilly blinzelte.

»Nun, ich habe das hier live miterlebt, Ihre Recherche und die Besprechung. Überaus spannend. Im Hotel habe ich zudem einen Bericht gesehen über die Mördernichte und die Todestante.«

»Echt jetzt, so werden die genannt?«, wunderte sich Tilly.

»Hach, da fühle ich mich direkt wieder an den Kölner Sonderblitz erinnert«, sagte Antonia. »Der hatte auch immer solche Titel.«

Da Tilly Herrn Höffler nicht verärgern wollte, berichtete sie von ihren Ermittlungen. Gerdy nutzte die Gunst der Stunde, holte ein Stück Kuchen und schob es ihm zu. Wie in Trance begann er zu essen, lauschte dabei aber weiter der Erzählung.

»Wow«, sagte er schließlich. »Einfach wow.«

»Bekommen wir dann jetzt auch unsere Antwort?«, fragte Tilly.

»Natürlich.« Höffler nickte.

Das Telefon klingelte.

Gerdy nahm den Hörer ab und knallte ihn wieder auf die Gabel. »Reden Sie weiter.«

»Hervorragender Kuchen übrigens.«

»Danke.« Gerdys Wangen wurden rot.

»Herr Höffler!«, platzte es aus Tilly heraus. »Meine Zukunft als Geschäftsfrau steht auf dem Spiel.«

Er wandte sich ihr zu. »Ach, richtig, das denken Sie ja noch immer. Also, das tut mir leid. Sie haben gar keine Steuerschulden.«

Stille.

Muffin sah sich verdutzt um.

Noch mehr Stille.

»Bitte was?«, fragte Tilly.

»Deshalb bin ich hier«, erklärte er.

»Weil ich *keine* Steuerschulden habe.«

»So kann man das sagen.«

»Aber die Schwarzarbeit meines Vorgängers?«

Herr Höffler atmete tief ein und wieder aus. »Sehen Sie, das ist es ja. Ihr Vorgänger hat sich etwa acht Wochen vor der Firmenübergabe selbst gemeldet, die Schwarzarbeit aufgeführt und alles vollständig bezahlt. Inklusive Strafe. Dann kam die Firmenübernahme durch Sie. Einmal haben Sie das ebenfalls gemacht, bei Frau Blechle, es jedoch auch sofort nachgemeldet. Im Zuge Ihrer Meldung wurde klar, dass Sie sich erst einarbeiten. Aber als dann über die Kollegen von der Staatsanwaltschaft Hinweise eingingen, wurden wir hellhörig. So kam es zu der Prüfung. Die Meldung Ihres Vorgängers war jedoch vollständig und korrekt.«

»Es wurde alles bezahlt?«, hakte Tilly nach.

»Richtig. Ein Geschäftspartner von Herrn Plitz hat die Summe von seinem Konto überwiesen. Dazu wurden die Papiere eingereicht, es hat also alles seine Richtigkeit.«

Tilly fühlte sich gefangen zwischen einer Art von Euphorie, die sie nur nach einem Zuckerschock kannte, und Neugierde. »Welcher Geschäftspartner war das denn?«

»Das darf ich Ihnen selbstverständlich nicht sagen«, erwiderte Herr Höffler. »Doch was das Steuerliche angeht, sind Sie auf null, Frau Blich. Sie können ihre Firma in Ruhe aufbauen. Aber holen Sie sich Beratung, damit das nicht doch noch eskaliert.«

»Versprochen.«

Herr Höffler schob sich das letzte Stück Kuchen in den Mund. »Dann bleibt mir nur, mich zu verabschieden. Mein Büro in Stuttgart wartet.«

Damit verabschiedete er sich mit festem Händedruck von jedem und verließ mit Sack und Pack *Plitz & Blank*.

Nachdem die Tür hinter ihm ins Schloss gefallen war, brachen sie gemeinsam in Jubelrufe aus. Muffin sprang aufgeregt zwischen ihnen hin und her, wedelte mit dem Schwanz und freute sich mit.

»Ein aufgeklärter Mordfall und steuerlich freigesprochen«, fasste Tony zusammen. »Was willst du mehr? Hach, das ist so schön. Wir müssen anstoßen, aber erst mal gebe ich Leon Bescheid.«

Es rummste, weil jemand gegen die Tür knallte. Mittlerweile fand Tilly das gar nicht mehr so schlecht, auf diese Art wurden sie stets vorgewarnt.

Die Tür wurde aufgeruckelt, und Paula Lotz steckte den Kopf herein. »Störe ich?«

»Aber nein, komm nur rein«, rief Tilly. »Schön, dass es dir gut geht.«

Die Sekretärin wirkte blass, doch wohlauf. Unschuldig inhaftiert zu werden, war wohl für jeden ein Schock, der erst verdaut werden musste.

Paula klappte den Thekendurchgangsbereich in die Höhe, schloss ihn wieder und kam zu den Tischen. »Ich wollte mich bedanken. Nachdem ich aus der Untersuchungshaft entlassen wurde, habe ich die Zeitungen gelesen und Kriminalkommissarin Kraft kontaktiert. Sie hat mir berichtet, dass ihr tatkräftig dabei geholfen habt, den Fall aufzuklären. Es bedeutet mir so viel, dass ihr an meine Unschuld geglaubt habt.«

»Wir und Leon«, warf Antonia ein.

Paula lächelte. »Er hat das Herz am rechten Fleck, das wusste ich schon immer.«

Tilly unterdrückte den Drang, darauf hinzuweisen, dass sie die Schulschlüssel besser sichern musste. Denn was das betraf, hatte Leon noch immer die Lausbuben-Gene seines postpubertären Ichs behalten und ausgebaut. »Oh ja, du hast so recht.«

»Jedenfalls habe ich auch meine Stelle zurückbekommen«, sprach Paula weiter. »Eleonore von Lampenstell möchte sich mit mir treffen, um die Optimierung meines Büros zu besprechen. Sie ist undercover an der Schule gewesen?«

Tilly stöhnte auf. »Sagen wir einfach so: Du hast mein absolutes Mitleid. Diese Frau besitzt die Wucht einer Kanonenkugel.«

»Ich habe sie vertröstet, aber am Ende muss ich da wohl durch.«

»Wirst du denn an der Schule bleiben?«, fragte Tilly.

»Das weiß ich, ehrlich gesagt, noch nicht«, erwiderte Paula. »Kommt drauf an, wen sie als Nachfolger für den Direktorenposten hierher versetzen und ob wir personell besser aufgestellt werden. Aber eigentlich habe ich mich dort immer recht wohl gefühlt.«

»Wenn du beim Vorstellungsgespräch für den neuen Hausmeister dabei bist, solltest du auf jeden Fall alle Unterlagen sehr genau prüfen«, merkte Tony an. »Wir haben ja gesehen, was passieren kann.«

»Vanni Hoffmann«, sagte Paula nachdenklich. »Die habe ich echt gemocht. War immer zur Stelle, hat pragmatisch reagiert und sich ohne zu jammern um alles gekümmert. Sogar dem Sportlehrer hat sie Paroli geboten.«

»Jetzt wissen wir, wie wichtig das ist«, sagte Tilly. »Solltest du irgendwann mal Hilfe brauchen …«

»Rufe ich dich sofort«, versprach Paula. »Mit dem Wischmopp kannst du offensichtlich umgehen.« Sie zwinkerte Tilly zu, zog sie erneut in eine Umarmung und ging hinaus.

Lächelnd lehnte sich Tilly an den Tresen und betrachtete die alten Rechner, den muffigen Boden und die übrige Uralteinrichtung. Vor ihr lag noch verdammt viel Arbeit, doch jetzt konnte sie sich ohne Ballast daranmachen. Es gab keine Steuerschulden, ihrem Ruf hatte die Aufklärung des Mordes zweifellos gutgetan und Antonia hatte sie auch bei sich.

Was fehlte da noch zu ihrem Glück?

Gemeinerweise erschien prompt das Gesicht von Sascha vor ihrem inneren Auge. Sie konnte ihn endlich aufsuchen, ohne sich wie das hässliche Entlein zu fühlen – rein finanziell gesprochen.

»Leon kommt in zwei Stunden«, berichtete Antonia.

»Dann werde ich frischen Kuchen holen gehen«, rief Gerdy.

»Noch zwei Seiten und ich habe den Kreditantrag für die Bank fertig, das mache ich vorher zu Ende.« Tony schaltete den Computer ein.

»Was sagst du, Muffin, machen wir beide einen Ausflug zur Hunderanch?«

Das folgende Schwanzwedeln betrachtete sie als euphorische Zustimmung. Kurzerhand leinte sie Muffin an und verließ die Firma. In ihrem Rücken konnte sie förmlich Tonys Grinsen spüren.

Der Sturm war mittlerweile abgezogen und der Himmel aufgeklart. Die Luft roch frisch. Tilly packte Muffin ins Auto, und gemeinsam fuhren sie aus Untertannberg hinaus zur Hunderanch.

# 29. KAPITEL

Tilly spürte das Kribbeln in ihren Händen, als das Tor beiseitefuhr und sie ihr Auto auf dem Parkbereich abstellte. Wie immer pressten sich zahlreiche neugierige Welpenschnauzen an den Zaun ihres Geheges.

Einer der Betreuer war gerade dabei, Streicheleinheiten zu verteilen. Ein Basset lag wie ein Baby in seiner Armbeuge und streckte das Bäuchlein in die Höhe.

Normalerweise wäre Sascha in diesem Augenblick schon aus dem Haus gekommen, doch heute ließ er sich nicht blicken. Verwundert ging Tilly mit Muffin zur Tür.

»Hallo, Frau Blich«, wurde sie von einer Frau mit dunklem Pferdeschwanz und Hornbrille begrüßt. Sie trug einen weißen Kittel. Offenbar kannte sie Tilly bereits, wahrscheinlich aus der Zeitung. »Ich bin Doktor Pechtaal. Wir wurden uns noch nicht vorgestellt, ich arbeite im Nebengebäude, in der Hundeklinik.«

»Freut mich. Ich wollte eigentlich zu Sascha.«

Doktor Pechtaal ging in die Hocke und streichelte Muffin ausgiebig. Er schien sie zu kennen. »Er ist gerade in der Klinik. Eine der Dackel-Hündinnen hatte Probleme bei der Geburt. Sie wären gar nicht auf das Gelände gekommen, wenn ich Sie nicht über die Kamera gesehen hätte. Aber gehen Sie ruhig rüber, er freut sich bestimmt.«

»Darf Muffin mit?«

»Aber klar.« Sie gab ihm einen Abschiedsstreichler.

Tilly hatte diesen Bereich der Hunderanch bisher nie betreten. Sie ging durch die Tür, auf die Doktor Pechtaal gedeutet hatte, und folgte dem Gang. Muffin schoss aufgeregt schnüffelnd voraus.

»Gute Gerüche, was? Da muss ich dir einfach folgen.«

Der Gang führte in ein angrenzendes Gebäude, wo neben einem Empfang und einem weiteren Eingang allerlei Zimmer abzweigten. Es gab einen Röntgenbereich, Behandlungsräume und Hundespielsachen, die herumlagen.

Vor einem der Räume stand ein müder Sascha und blickte hinein. »Ah, Tilly. Schau mal.«

Sie kam näher.

Muffin schoss zwischen ihren Beinen hindurch und presste seine Schnauze an das hüfthohe Gatter, hinter dem auf einer weichen Decke eine müde Dackelhündin lag. Direkt daneben befand sich ein großer Dackel, zweifellos die Eltern des Wurfs. Die Winzlinge hatten die Augen noch geschlossen, waren so groß wie eine Hand und lagen nebeneinander bei Mama.

»Wie süß.« Tillys Herz ging bei dem Anblick auf.

Muffin jaulte und wedelte mit dem Schwanz.

»Es war eine lange Nacht«, sagte Sascha. »Gerade als ich beim Pfläumle-Gymnasium ankam, hat mich der Notruf erreicht, deshalb musste ich sofort wieder weg. Aber soweit ich das sehen konnte, warst du wohlauf.« Er betrachtete die Platzwunde an ihrer Stirn. »Gut getapet. Das gibt keine Narbe.«

»Ich fühle mich zwar wie durch den Wolf gedreht, aber darüber hinaus geht es mir gut.« Irgendwie sah er in diesem übernächtigten Look – ungebändigter Bartwuchs, Wuschelhaar – noch besser aus. Wie stellte er das nur an? »Hier hat dann auch alles geklappt?«

»Wir haben keinen Welpen verloren, der gesamte Wurf ist wohlauf«, erklärte Sascha. »Aber wir halten sie beständig unter Beobachtung, falls eines der kleinen Probleme bekommt. Die ersten paar Tage sind am kritischsten. Doch erzähl, ich konnte bisher nicht mal die Nachrichten lesen. Es war der Gärtner, habe ich recht?«

»Lass das nicht Antonia hören. Sie hat vorhin mit Benno geschrieben, einem der Gärtner von Dorothea Pelz. Da bahnt sich was an, sag ich dir. Tatsächlich war es die Hausmeisterin.«

»Bitte was?«

»Jap.« Sie berichtete über die Ereignisse der letzten Nacht und alle Ermittlungsergebnisse. Inklusive dem heldenhaften Kampf auf dem Dach des alten Schulgebäudes.

»Das wird zur Legende«, kommentierte Sascha. »Wischmopp gegen Schraubenschlüssel.«

»Du hättest da oben dabei sein sollen.«

»Danke, aber ich bin kein Fan von Unwettern. Einmal bin ich als Kind mit meiner Mutter zum Einkaufen gefahren. Weil ich keine Gummibärchen bekommen habe, wurde ich trotzig. Also hat meine Mutter alles eingepackt und sich allein ins Auto gesetzt. Dort hat sie gewartet. Ich stand unter dem Vordach des Supermarktes. So konnte ich live mit ansehen, wie ein Blitz ins Auto eingeschlagen hat.«

»Ach du … ist ihr was passiert?«

»Die Türen waren zum Glück geschlossen. Sie hat es nur daran gemerkt, dass das Radio ausgefallen ist. Aber ich dachte, sie ist bestimmt auch zu einem Blitz geworden. Damit haben unsere Eltern uns immer Angst gemacht. ›Passt auf, dass ihr nicht vom Blitz getroffen werdet, sonst werdet ihr selbst zu einem und fliegt für immer durch die Welt. Dann kommt ihr nie wieder nach Hause‹.«

Tilly schüttelte den Kopf. »Meine Mutter sagte ständig, jede Minute Fernsehen sorgt dafür, dass man rechteckige Augen bekommt, und das ließe sich nur neutralisieren, wenn man gleich lang putzt.«

»Was?« Sascha hielt sich vor Lachen den Bauch. »Wie gemein ist das denn?«

»Frag nicht. Ich habe mit neun gewusst, wie man staubsaugt, den Müll rausbringt und den Abwasch macht. Zum zehnten Geburtstag habe ich mir Möbelpolitur gewünscht. Damit ich mehr Fernsehen kann. Die Wohnung war stets blitzblank. Die Freundinnen meiner Mutter haben sie dafür bei jedem Besuch gelobt. Sie hat bescheiden abgewunken.«

»Klingt, als wäre deine Mutter eine gewiefte Person.«

»Ein ICE, der auf seiner Strecke alles niedermäht«, entgegnete Tilly. »Aber ich hoffe, dass *deine* Mutter es aufgeklärt hat.«

»Ich habe in meinem Großmut auf die Gummibärchen verzichtet und bin zum Auto geeilt, damit ich – falls sie zu einem Blitz geworden ist – ebenfalls zu einem Blitz werde und mit ihr durch die Welt fliegen kann.«

»Ohhhhh.« Beinahe hätte Tilly ihm in die Wange gekniffen. »Du warst ja ein knuffiger Knirps.«

»Sie hat geweint. Dann sind wir Gummibärchen kaufen gegangen. Das war erziehungsstrategisch nicht so doll, denn bei jedem Unwetter habe ich auf die Blitze gedeutet und wollte Gummibärchen.«

»Trotzdem süß.«

Tilly war ganz froh darüber, dass ihre Mutter weit weg war. Nach dem Tod von Tillys Vater – sie war damals fünf Jahre alt gewesen – hatte sie, nach jahrelanger Witwenschaft und zahlreichen Dates, einen neuen Mann kennengelernt. Sie war zu ihm nach Chemnitz in Sachsen gezogen.

Zu diesem Zeitpunkt war Tilly bereits achtzehn und blieb in Köln. Da sie mit sechzehn angefangen hatte, neben der Schule zu arbeiten, machte sie einfach weiter.

Muffin kratzte an dem Gatter und blickte auffordernd zu ihnen auf.

»Tut mir leid, Kleiner, aber da kannst du noch nicht rein. Marietta ist müde von der Geburt, und die Kleinen verkraften das noch nicht. Aber in ein paar Tagen darfst du Hallo sagen.«

Muffin wedelte freudig mit dem Schwanz. Dass ihm das Ziel seiner Sehnsucht gerade verboten worden war, hatte er noch nicht realisiert.

»Du hast dir Stubs zum Feind gemacht«, sagte Sascha.

»Freunde werden wir in diesem Leben nicht mehr«, bestätigte Tilly. »Und er ist richtig sauer. Die Presse greift ihn zwar nicht an, doch mit dem Interview, das ich vor laufender Kamera gegeben habe, ist klar, dass *wir* den Fall gelöst haben, während er eine Unschuldige hat verhaften lassen. Eleonore von Lampenstell hat natürlich vollkommen vergessen, dass sie bei der Direktorin gegen Paula gewettert hat. Jetzt heißt es, sie sei von Anfang an von deren Unschuld überzeugt gewesen und habe mit mir zusammengearbeitet – O-Ton.«

»Diese Frau macht mir immer ein wenig Angst«, gab Sascha zu. »Es ging das Gerücht um, dass sie sich ebenfalls als Bürgermeisterkandidatin aufstellen lassen will.«

»Oh Gott.«

»Das haben wohl einige gedacht und es ihr ausgeredet. Ich fürchte aber, Frau Blechle hat ihr einiges versprochen. In den nächsten Wochen wird der Wahlkampf sich noch ganz schön ausweiten. Ich erinnere mich, wie das beim letzten Mal war. Es hätte mich nicht verwundert, wenn es zu einem Bürgerkrieg gekommen wäre.«

»Und wer ist wie immer mittendrin? Tilly Blich.« Sie hob beide Arme in einer präsentierenden Geste.

»Wirst du uns denn erhalten bleiben?«, fragte Sascha.

Für einen Augenblick setzte Stille ein, nur unterbrochen von den Atemzügen der Hunde. Tilly konnte spüren, dass die Atmosphäre sich veränderte. In dieser Frage schwang weitaus mehr mit, als gesagt worden war.

»Die Steuerprüfung ist beendet.« Sie grinste breit und spürte erneut Erleichterung durch ihre Adern strömen. Sie berichtete vom Ergebnis. »Seit einer guten Stunde ist *Plitz & Blank* gerettet.«

»Und du bist direkt hierhergekommen?« Saschas Blick wurde sanft, Lachfalten umrahmten seine Augen.

»Nun ja, ich wollte, also, wir müssen … und so.« Ihr Sprachzentrum hatte soeben einen Kurzschluss bekommen. »Also, ja.«

»Wie eloquent Sie sich auszudrücken verstehen, Frau Blich.«

»Vorsicht, ich kann mit einem Wischmopp Mörderinnen erledigen, da ist ein Hundearzt und -züchter kein Problem.«

Sascha strich ihr sanft über die Wange. »Bedeutet das jetzt, dass du nicht mehr davonläufst? Vor mir?«

Tilly hätte ihm gerne eine Antwort gegeben, doch während ihr Magen zu explodieren schien, wollte einfach kein Ton aus ihrem Mund herauskommen. Ihre Wangen brannten dagegen wie Feuer. Kurzerhand nickte sie nur und hoffte, es war die richtige Antwort. Was genau hatte Sascha gleich gefragt?

Er beugte sich vor, stoppte kurz und blickte sie fragend an. Tilly überbrückte die Distanz ihrerseits, und ihre Lippen fanden sich in der Mitte.

Seine waren überraschend weich, ganz anders als der maskuline Rest. Sein Bart kratzte, aber auf gute Art. Sie ließ sich fallen und versank in seiner Nähe. Der Hauch irgendeines Rasierwassers stieg ihr in die Nase, er roch trotz der langen Nacht frisch. Seine Arme umschlossen sie, drückten Tilly an seine muskulöse Brust.

Ihr Kuss schien eine Ewigkeit zu dauern, und wenn es nach ihr gegangen wäre, hätte er niemals enden sollen. Bedauerlicherweise musste sie niesen.

»Das ist jetzt hoffentlich keine Allergie auf mich«, sagte Sascha leise und strich ihr erneut über die Wange. Dann über die Stirn. »Du bist ganz schön heiß.«

Tilly schlug ihm gegen die Brust. »Na, jetzt gehen wir aber ran.«

»Ernsthaft, ich glaube, du hast Fieber.«

Anstelle einer Antwort musste sie erneut niesen. »Möglicherweise eine minimale Erkältung von der Zeit auf dem Dach. Aber das wirft eine Frau wie mich …« Sie nieste erneut und taumelte. »Nicht um.«

Sascha zog sie noch einmal in eine Umarmung und drückte ihr einen Kuss aufs Haar. »Ich schlage vor, du düst jetzt nach Hause und packst dich ein. Ich werde morgen bei dir vorbeischauen. Sobald es Ihnen besser geht, Frau Blich, möchte ich Sie zu einem Abendessen einladen. Und, ja, damit meine ich ein Date.«

Das Kitzeln in Tillys Bauch schlug jedes Gefühl von aufziehender Krankheit um Längen. »Gerne doch, Herr Neumann. Ich freue mich drauf.«

Sie verzichtete auf einen Abschiedskuss, immerhin wollte sie ihn nicht anstecken. So ein Ping-Pong-Effekt konnte sich ziehen. »Dann fahre ich mal zurück.«

Ihre Stimme klang bereits nasal.

Sascha brachte sie noch zum Auto. Muffin nahm seinen Platz im Fußraum des Beifahrerbereichs ein, und sie fuhren davon. Sie summte auf dem Weg ein Lied, genoss die Fahrt und ließ sich auch von ständigem Niesen nicht aus der Ruhe bringen. Was war schon ein kleiner Schnupfen? Muffin beäugte sie und fragte sich eindeutig, was mit Frauchen passiert war, und weshalb diese komischen Geräusche aus ihrem Mund kamen.

»Ich konnte noch nie singen«, erklärte sie ihm. »Musik war eines meiner schlechtesten Fächer. Ganz furchtbar. Schade, dass es kein Fach ›Putzen‹ gab. Ich hätte nur Einsen nach Hause gebracht.«

Sie steuerte das Auto in die Stadt und näherte sich der Firma. Erst hier registrierte Tilly, dass vier verpasste Anrufe von Leon eingegangen waren. Nun ja, sie würde ihn ja gleich persönlich sehen. Dabei hatte sie bei Sascha lediglich eine gute Stunde verbracht, sie war sogar früher zurück, als vereinbart worden war.

»Leider«, seufzte sie.

Doch der Gedanke an ein gemeinsames Abendessen mit Sascha bei Kerzenschein fegte jedes Bedauern beiseite.

»Das kann selbst die Erinnerung an meine Mutter nicht zunichtemachen«, erklärte sie Muffin.

Diese Frau war eine Künstlerin darin, andere für sich arbeiten zu lassen. Vorwiegend ihre Tochter. Das Ganze wurde einfach als Spiel oder eben eine Notwendigkeit für etwas anderes verkauft und schon ging das.

Zwar hatte Tilly dadurch recht früh jedes Reinigungsmittel zuordnen und auf Sterneniveau kochen können. Bedauerlicherweise hatte ihre Mutter ihr auch immer Bewertungen für das Essen und die Art, wie es serviert wurde, vergeben, die eines Restaurantkritikers würdig gewesen wären. Schließlich gab es stets Raum für Verbesserungen.

Instinktiv trat Tilly das Gaspedal durch, und als hinter ihr ein Polizeiwagen näher kam, fluchte sie laut. »Nein, lass dich nicht aus der Ruhe bringen. Gelöster Fall, keine Steuerschulden, Kuss mit Sascha.«

Es war Kriminalhauptkommissar Stubs, der an ihre Scheibe klopfte. »Das war 1 km/h zu schnell.«

»Ist das ein Witz?«, fragte Tilly nasal.

»Wissen Sie, Frau Blich, wir Ordnungshüter nehmen unseren Job sehr ernst. Dazu gehört auch, sich bei den Ermittlungen an das Gesetz zu halten. Wir befragen nicht wahllos Personen, verschaffen uns Zugang zu Wohnungen oder brechen nachts ins Archiv ein. In der Tat, Frau Hoffmann hat uns davon berichtet.«

»Eine Mörderin schwärzt mich an, Sie sind ja richtig gut.«

»Hätte ich Beweise, säßen Sie schon auf dem Revier«, stellte Stubs klar. »Aber bilden Sie sich nichts ein. Diesen Fall haben Sie nur zuerst gelöst, weil *wir* uns an die Regeln gehalten haben. Hätten Sie das ebenfalls getan, wäre es anders ausgegangen.«

»Frau Lotz hätte bestimmt auch etwas dazu zu sagen.« Tilly nieste abrupt, bedauerlicherweise konnte sie den

Kopf nicht mehr wenden und die Flut aus Bakterien schoss auf den Kriminalhauptkommissar zu.

»Sind Sie etwa krank?« Er wich zurück und rieb sich über das Gesicht.

»Ein bisschen.«

»Mein Kollege kommt mit dem Knöllchen. Ich behalte Sie im Auge.« Schon rannte er davon.

Ein anderer Polizist stieg aus, dieser in Uniform. Er reichte Tilly das Knöllchen und ermahnte sie, auf die Geschwindigkeit zu achten.

Sie schüttelte nur den Kopf, ließ die Scheibe wieder hoch und fuhr zurück zur Firma. Als sie die Räumlichkeiten betrat, waren bereits alle anwesend.

»Wir haben es!«, rief Leon. »Wir wissen, wo der Tresor steht, in den der Schlüssel passt.«

# 30. KAPITEL

Die Tür rastete hinter ihr ein, nachdem Tilly sich mit dem Rücken dagegen gelehnt und gedrückt hatte. »Endlich. Euer Datenbankabgleich hat also funktioniert.«

Leon wirkte wie ein Kind am Weihnachtsmorgen, das kurz davor stand, ein tolles Geschenk auszupacken. Als Antonia zum Sprechen ansetzte, rief er schnell: »Ich will es ihr sagen!«

»Ich wollte Tilly lediglich fragen, wie es bei Sascha war«, stellte diese klar.

»Sie strahlt von innen heraus, ihre Wangen sind gerötet und die Haare zerzaust«, entgegnete Leon. »Die beiden haben geknutscht. Aber mehr ist nicht gelaufen, und weil Sascha bestimmt ein totaler Gentleman ist, steht jetzt ein Date an.«

»Wow«, entfuhr es Tilly. »Du bist gut.«

»Waaaas? Ihr habt euch geküsst? Du musst mir alles erzählen. Wie hat es sich angefühlt? Ging es von dir aus oder von ihm? War es draußen? Oh, hat euch die Schabrinski gesehen?«

»Hallo«, brachte Leon sich in Erinnerung. »Tresor?«

Antonia seufzte. »Wir besprechen das später, Lieblings-Blich.«

Tilly musste niesen.

»Wirst du krank?«, fragte ihre beste Freundin.

»Irgendwie schon. Aber was ist denn jetzt mit dem Tresor?«

»Leon hat bei diesem Abgleich herausgefunden, dass es einen alten Tresor gibt, zu dem der Schlüssel passt. Die Firma Lenz hat ihn aber nur ein einziges Mal eingebaut. Vor dreißig Jahren, in eine Bank.«

Leon verschränkte die Arme. »Das ist meine Recherche gewesen.«

»Erzähl du weiter.« Tony tätschelte seine Schulter.

»Die Filiale der Bank wurde aber aus Einsparungsgründen aufgelöst. Eine Zeitungsredaktion zog ein. Selbes Schicksal. Und danach … eine Reinigungsfirma.« Er breitete die Arme aus. »Der Tresor ist hier.«

»Hier?« Tilly erwiderte Leons Blick verwirrt. »In diesem Raum?«

»Dem Gebäude«, stellte er klar. »Gerdy sucht gerade die alten Blaupausen heraus. Das sind die Risszeichnungen der Gebäude.«

»Ich weiß, was das ist. Aber ich verstehe es nicht. Einen Tresor hätten wir doch nicht übersehen, oder? Ist es ein kleiner?«

»Eben nicht, er ist verdammt groß«, erwiderte Leon. »Quasi ein kompletter Raum. Wie du es in den Filmen so siehst, wo sie die Schließfächer anschauen.«

Was hatte ihr Vorgänger nur darin versteckt? Ein Vermögen vielleicht? Immerhin hatte er all seine Steuerschulden kurz vor dem Verschwinden bezahlt. Das Geld musste irgendwo hergekommen sein. Keine Sekunde glaubte Tilly daran, dass irgendein Geschäftspartner das getan hatte.

Endlich tauchte Gerdy wieder auf. In ihrer Hand hielt sie eine Plastikröhre mit Schraubverschluss. »Ich habe sie gefunden. Wusste ich doch, dass ich so ein Ding schon mal gesehen habe.«

Auf der Seite klebte ein Schild, auf dem eine Projektnummer zu lesen war. Dahinter das Wort »Blaupausen-Bank«.

»Wann hat diese Zeitungsredaktion denn dicht gemacht?«, fragte Tilly.

»Das ist bestimmt schon zwanzig Jahre her, aber das müsste ich genauer recherchieren«, erwiderte Gerdy. »Die hatten sich einen Kampf der Schlagzeilen mit dem *Untertannberger Morgen* geliefert. Am Ende ist diese Stadt nicht groß genug für zwei Redaktionen.«

Was Tilly nur bestätigen konnte.

Gerdy öffnete den Schraubverschluss und schüttelte die Blaupausen heraus. Auf dem Tisch entrollten sie diese. Das Erdgeschoss und der Keller der damaligen Zeitungsredaktion waren eingezeichnet.

Vier Augenpaare starrten auf die Zeichnung, eine Hundeschnauze schob sich ebenfalls über den Rand des Tisches.

»Seht mal, hier.« Antonia deutete auf eine Stelle. »Hier im Keller gibt es einen weiteren Raum. Den haben wir nicht.«

Sie sahen einander an.

Wie aufs Stichwort rannten sie zur Tür in den hinteren Bereich, öffneten die Kellertreppe und stiegen hinunter.

Auf halbem Weg drehte Leon noch einmal um. »Ich hole den Schlüssel.«

Tilly betätigte den Kippschalter, die alten Lampen leuchteten auf. Der Schein wurde gedämpft von einer Staubschicht, die das Glas überzog. »Hier unten müssen wir unbedingt als Nächstes putzen.«

»Deine Mutter hat dich wirklich verdorben«, bemerkte Tony. »Dass du ständig alles putzen willst.«

Leon kehrte zurück, die letzten Worte hatte er gehört. »Das könnte mir nicht passieren.«

Tilly wusste, dass er entgegen seiner Worte sehr fleißig war, es aber ungern zugab.

»Also, dieser Raum müsste dort sein.« Antonia deutete auf eine Wand. »Und der Durchgang da, wo der Schrank steht.«

Tilly öffnete besagte Tür. Der Schrank war etwas größer als ein gewöhnlicher Türdurchgang. Im Inneren stand lediglich ein Putzeimer. Doch jetzt, wo sie genauer hinschaute, entdeckte sie die Scharniere an der einen Seite. An der anderen gab es einen winzigen Hebel. Sie betätigte ihn, und die Wand ließ sich problemlos nach innen klappen. Es war eine effektive Art, einen Türdurchgang einfach zu verbergen. Dahinter wartete ein staubiger Gang voller Spinnweben. Der Verputz war uralt.

Einen Kippschalter später kam fahler Lichtschein von den Wänden.

In ehrfürchtigem Schweigen gingen sie weiter, auf eine Stahltür zu. Diese war mit mehreren Streben gesichert und wies ein Schlüsselloch auf.

»Vielleicht wirst du reich«, flüsterte Antonia. »Da drin könnte sich Gold befinden. Oder Diamanten. Oder beides.«

»Bei meinem Glück liegt da drin mein Vorgänger«, kommentierte Tilly.

Tony wirkte beunruhigt. »Daran habe ich noch gar nicht gedacht. Och nee, nicht schon wieder eine Leiche.«

Leon führte den Schlüssel mit zittrigen Fingern in das Schloss. Hinter ihnen erklang das neugierige Schnüffeln von Muffin, der ihnen natürlich ebenfalls gefolgt war. Es klackte, als Leon den Schlüssel drehte, und die Tresortür öffnete sich tatsächlich.

Sie standen in der offenen Tür und starrten in die dahinter liegende Dunkelheit.

»Ich gehe vor.« Tilly gab sich einen Ruck. »Schließlich ist das hier meine Firma.« Sie betrat den Tresorraum, streckte die Hand nach links aus und fand einen weiteren Lichtschalter.

Ein Klicken.

Und es wurde Licht.

Tilly hätte allerlei erwartet, nicht jedoch das. Der Raum erinnerte tatsächlich an die klassischen Schließräume einer Bank. Nur gab es keine Sicherheitsfächer. Glücklicherweise auch keine Leiche.

Stattdessen standen Aktenschränke an der Wand, in

der Mitte ein Tisch, dessen Fläche nahezu den gesamten Raum einnahm. Auf diesem lagen diverse Gegenstände. Ein alter Laptop, eine aufgeschlagene Mappe mit Notizen darin und ein Diktiergerät. Die Notizen konnte Tilly jedoch nicht lesen, sie waren in irgendeiner kryptischen Schrift verfasst.

Sie versuchte, die Aufzeichnung des Diktiergerätes abzuspielen, doch die Batterie war leer.

Es quietschte, als Leon einen der Aktenschränke öffnete. Darin befanden sich unzählige Ordner. Er nahm einen davon heraus und spähte hinein.

»Und?« Antonia trat neben ihn.

»Das sind Rechercheergebnisse«, erklärte er. »Interviews, die geführt wurden. Schwarz-Weiß-Bilder, Notizen.«

Der Raum war quadratisch aufgebaut und jede der Seiten mit brusthohen Aktenschränken gepflastert. Obenauf lagen irgendwelche Ziergegenstände. Mit einer Ausnahme. Auf einer Seite waren Bilderrahmen mit verschiedenen Porträts aufgestellt.

»Seht mal, der Mann auf dem Bild steht vorne auf der Straße. Und da steht *Untertannberger Nachrichtenblitz*.«

»Die haben den Tresorraum, den die Firma Lenz hier eingebaut hat, einfach von der Bank übernommen«, schloss Tilly. »Wäre anders auch gar nicht gegangen, den bekommt man am Ende hier nicht mehr raus. Aber die Schließfächer hat die Bank beim Auszug entfernt.«

»Die Zeitungsredaktion nutzte den Tresorraum dann

für ihre Rechercheunterlagen – als Archiv«, nahm Leon den Faden wieder auf. »So waren die Unterlagen geschützt, und auch ihre Quellen. Wenn die sich wirklich ein Battle mit dem *Untertannberger Morgen* geliefert haben, war die Idee gar nicht so schlecht.«

»Was allerdings die Frage aufwirft, wieso sie nicht einfach alles mitgenommen haben«, überlegte Tilly. »Die haben die Räumlichkeiten aufgegeben, aber dieses Zeug hiergelassen? Nicht sehr sicher. Und wie wurde mein Vorgänger darauf aufmerksam?«

»Das ist doch mal nett«, sagte Gerdy. »Jetzt recherchieren wir mal ohne Leiche.«

Was – wie Tilly zugeben musste – eine gute Nachricht war. Sie hatten eine ganze Menge über das Rätsel ihres verschwundenen Vorgängers erfahren. Die Begleichung der Schulden, der ominöse Geschäftsfreund. Dazu der Brief mit dem Hilferuf und der Schlüssel, der hierher führte. Tim Plitz hatte in seiner Nachricht geschrieben, dass hier die Antwort auf sein Verschwinden lag, und eine mögliche Hilfe, die ihn retten konnte.

Ihr Blick schweifte über die Aktenschränke. Bedauerlicherweise gab es mehr als genug Material. Gedankenverloren betrachtete Tilly das Diktiergerät und die unleserlichen Notizen. Möglicherweise gab es jedoch eine erste Spur, der sie folgen konnten.

Leon trat zu ihr. »Ich bin wirklich froh, dass ich für dich arbeite. Es wird nie langweilig.«

Tony kam an ihre andere Seite. »Jetzt habt ihr mich, ich

passe auf euch auf. Damit nicht noch mehr Wunden und Schrammen hinzukommen.«

Gerdy betrachtete sie alle versonnen. »Und damit ihr nicht verhungert, habt ihr mich.«

Was Muffin dazu brachte, mit einem Jaulen auf sich aufmerksam zu machen. Tilly nahm ihn hoch, hielt ihn wie ein Baby mit einem Arm und kraulte seinen Bauch. »Du natürlich auch.«

So standen sie in stiller Eintracht in einem alten, verstaubten Tresor voller Unterlagen. Hier unten lag die Antwort darauf verborgen, was mit ihrem Vorgänger geschehen war. Sie mussten sie nur finden.

# EPILOG

Dieser Tag konnte nicht mehr schlimmer werden.

Der Fernseher lief, doch den Ton hatte Tilly leise gedreht. Der Inhalt ihrer Nase floss nur so, die Glieder schmerzten, und ihr war heiß. Eindeutig ein grippaler Infekt, der sie endgültig in dem Augenblick überfallen hatte, als sie die Wohnung betrat.

Auf dem Couchtisch stand eine Packung Taschentücher, neben ihr auf dem Boden ein Mülleimer für die Entsorgung. Eine gusseiserne Kanne auf einem Stövchen mit einem Teelicht darunter war gefüllt mit Ingwertee.

Sie schnäuzte sich erneut.

Neben ihr wackelte Muffins Schwanz, bevor er weiter schlummerte. Natürlich hatte er sich ebenfalls eingekuschelt, und Tilly besaß nicht die Kraft, ihn von der Couch zu schupsen.

Tony summte im Erdgeschoss. Ihr Date mit Gärtnerbruder Benno stand bevor, und vermutlich würde sie die Nacht außer Haus verbringen.

Ein Handy klingelte.

Erst mit der typischen Verzögerung einer Kranken registrierte Tilly, dass es ihres war. Es lag im Schlafzimmer. »Gehst du bitte ran?«

»Aber natürlich, Lieblings-Blich.« Tony verschwand. Kurz darauf erklang ihre Stimme, unterlegt von einem künstlichen Lachen.

Sehr untypisch.

Wieder ein paar Worte, dann Stille.

»Wer ist es?«, fragte sie.

Tony kam die Treppe hoch und reichte ihr das Handy. »Es tut mir so leid, Blichy.«

»Was?« Tilly setzte sich auf. Das Gespräch war beendet worden, sie konnte nicht mehr erkennen, wer angerufen hatte.

»Das war deine Mutter. Sie hat dich im Fernsehen gesehen.«

Tilly wartete darauf, dass Tony weitersprach. Dann realisierte sie, was der Blick ihrer besten Freundin bereits laut hinausschrie. »Oh, nein.«

»Ich fürchte doch, Blichy.« Antonia atmete tief ein und stieß den Atem schwer wieder aus. »Deine Mutter kommt nach Untertannberg.«

Tilly hatte sich geirrt.

Dieser Tag konnte doch schlimmer werden.

Ende

Was hat es mit dem geheimen Archiv unter den Räumen von *Plitz & Blank* auf sich? Wie wird das erste Date von Sascha und Tilly verlaufen? Und was hält das Wiedersehen mit Tillys Mutter bereit? Diese Antworten bekommt ihr im dritten Teil der Reihe!